INCENDEIA-ME

Universo dos Livros Editora Ltda.
Avenida Ordem e Progresso, 157 – 8º andar – Conj. 803
CEP 01141-030 – Barra Funda – São Paulo/SP
Telefone/Fax: (11) 3392-3336
www.universodoslivros.com.br
e-mail: editor@universodoslivros.com.br
Siga-nos no Twitter: @univdoslivros

TAHEREH MAFI

INCENDEIA-ME

São Paulo
2024

Grupo Editorial
UNIVERSO DOS LIVROS

Ignite me
© 2014 by Tahereh Mafi
All rights reserved.

© 2020 by Universo dos Livros
Todos os direitos reservados e protegidos pela Lei 9.610 de 19/02/1998.
Nenhuma parte deste livro, sem autorização prévia por escrito da editora, poderá ser reproduzida ou transmitida sejam quais forem os meios empregados: eletrônicos, mecânicos, fotográficos, gravação ou quaisquer outros.

Diretor editorial: **Luis Matos**
Gerente editorial: **Marcia Batista**
Assistentes editoriais: **Letícia Nakamura e Raquel F. Abranches**
Tradução: **Mauricio Tamboni**
Preparação: **Nathalia Ferrarezi**
Revisão: **Luisa Tieppo**
Capa: **Colin Anderson**
Foto de capa: **Sharee Davenport**
Arte: **Valdinei Gomes**
Projeto gráfico: **Aline Maria**
Diagramação: **Cristiano Martins**

Dados Internacionais de Catalogação na Publicação (CIP)
Angélica Ilacqua CRB-8/7057

M161i

    Mafi, Tahereh

    Incendeia-me / Tahereh Mafi ; tradução de Mauricio Tamboni. – São Paulo : Universo dos Livros, 2020.

    448 p. (Estilhaça-me ; 3)

    ISBN 978-65-5609-037-5

    Título original: *Ignite me*

    1. Literatura juvenil norte-americana 2. Distopia - Ficção

    I. Título II. Tamboni, Mauricio

20-2516   CDD 813.6

Aos meus leitores. Por seu amor e apoio. Este é para vocês.

Um

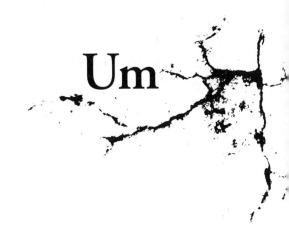

Sou uma ampulheta.

Meus dezessete anos entraram em colapso e me enterraram de dentro para fora. Minhas pernas parecem cheias de areia e grampeadas uma à outra, minha mente afundando em grãos de indecisão e escolhas não feitas e impaciente conforme o tempo escapa do meu corpo. A mãozinha no ponteiro do relógio me dá tapas à uma e às duas, às três e às quatro, sussurrando *Oi, levante-se, fique em pé e é hora de*

acordar

acordar

– Acorde – ele sussurra.

Uma inspiração dura e estou acordada, mas não em pé; surpresa, mas não assustada. De alguma maneira focada nesses olhos desesperadoramente verdes que parecem saber demais, saber bem demais. Aaron Warner Anderson está inclinado sobre mim, suas pupilas preocupadas me inspecionando, sua mão no ar como se prestes a tocar em mim.

Warner se afasta bruscamente.

Me olha fixamente, sem piscar, seu peito subindo e descendo.

– Bom dia – suponho que é o que devo dizer.

Não estou segura da minha voz, da hora do dia, das palavras escapando por meus lábios e desse corpo que me contém.

Percebo que ele está usando uma camisa branca parcialmente enfiada dentro de sua curiosamente amarrotada calça preta. As mangas da camisa estão dobradas até a área acima dos cotovelos.

Seu sorriso parece doer.

Forço-me a sentar-me e Warner se ajeita para me acomodar. Tenho que fechar os olhos para controlar a vertigem repentina, mas forço-me a permanecer parada até a sensação passar.

Estou cansada e enfraquecida pela fome, mas, fora algumas dores gerais, pareço bem. Continuo viva. Continuo respirando, piscando e me sentindo humana, e nem sei direito por quê.

Olho em seus olhos.

– Você salvou a minha vida.

Eu tomei um tiro no peito.

O pai de Warner enfiou uma bala em meu corpo e ainda sinto os ecos daquele momento. Se eu me concentrar, consigo reviver exatamente como aconteceu. A dor, tão intensa, tão excruciante. Jamais conseguirei esquecer.

Inspiro espantada.

Enfim estou ciente da estranheza familiar deste cômodo e rapidamente sou capturada por um pânico que grita para mim que não acordei onde dormi. Meu coração está acelerado e vou me afastando de Warner, encostando a cabeça à cabeceira da cama, agarrando esses lençóis, tentando não olhar o lustre do qual tão bem me lembro…

– Está tudo bem… – ele garante. – Está tudo certo…

— O que estou fazendo aqui? — Pânico, pânico; terror embaçando minha consciência. — Por que você me trouxe outra vez para cá...?

— Juliette, por favor. Eu não vou feri-la...

— Então por que me trouxe para cá? — Minha voz começa a falhar e eu me esforço para mantê-la estável. — Por que me trouxe para esse *buraco do inferno*...?

— Eu precisava escondê-la.

Ele expira, olha a parede.

— O quê? Por quê?

— Ninguém sabe que você está viva. — Vira-se para me observar. — Eu tive que voltar à base. Precisava fingir que tudo havia voltado ao normal e meu tempo estava acabando.

Forço-me a trancafiar meu medo.

Estudo seu rosto e analiso seu tom paciente e sincero. Lembro-me dele ontem à noite — deve ter sido ontem à noite. Lembro-me de seu rosto, lembro-me de senti-lo deitado ao meu lado no escuro. Ele foi carinhoso e doce e bondoso e me salvou, salvou a minha vida. Provavelmente me trouxe para a cama. E me ajeitou ao seu lado. Deve ter sido ele.

Porém, quando olho para o meu corpo, percebo que estou usando roupas limpas, sem marcas de sangue ou buracos ou nada em lugar nenhum e me pergunto quem me deu banho, quem me trocou. Fico preocupada com a possibilidade de ter sido o próprio Warner.

— Você por acaso... — Hesito, tocando a bainha da camisa que estou vestindo. — Você... quero dizer... minhas roupas.

Ele sorri. Encara-me até eu começar a enrubescer e chego à conclusão de que o odeio um pouquinho. Então ele nega com a cabeça e olha para as palmas das mãos.

– Não – diz. – As meninas cuidaram disso. Eu só a trouxe para a cama.

– As meninas... – sussurro confusa.

As meninas.

Sonya e Sara. Elas também estavam aqui, as gêmeas capazes de curar as pessoas, e ajudaram Warner. Ajudaram-no a me salvar porque agora ele é a única pessoa capaz de me tocar, a única pessoa no mundo capaz de transferir, sem causar riscos, o poder de cura delas para dentro do meu organismo.

Meus pensamentos estão se incendiando.

Onde estão as meninas o que aconteceu com as meninas e onde está Anderson e a guerra e ah meu Deus o que aconteceu com Adam e Kenji e Castle e eu preciso me levantar, preciso me levantar, preciso me levantar, sair da cama e entrar em ação

mas

tento me movimentar e Warner me segura. Estou sem equilíbrio, instável; ainda sinto minhas pernas ancoradas a esta cama, e, de repente, sou incapaz de respirar; vejo estrelinhas e sinto vertigem. Preciso me levantar. Preciso sair.

Não consigo.

– Warner. – Meus olhos apontam freneticamente para o seu rosto. – O que aconteceu? O que está acontecendo na batalha...?

– Por favor – ele responde, segurando meus ombros. – Você precisa começar devagar, melhor comer alguma coisa...

– Me responda...

– Não quer comer primeiro? Ou tomar um banho, talvez?

– Não – pego-me dizendo. – Preciso saber agora.

INCENDEIA-ME

Um momento. E dois e três.

Warner respira fundo uma vez. Um milhão de vezes mais. Mão direita sobre a esquerda, girando o anel de jade no dedinho uma vez e mais uma e mais uma e mais uma.

— Acabou – diz.

— O quê?

Digo a palavra, mas nenhum som escapa de meus lábios. Estou entorpecida, de alguma maneira. Piscando, mas sem enxergar nada.

— Acabou – ele repete.

— Não.

Expiro a palavra, exalo a impossibilidade.

Warner assente. Está discordando de mim.

— Não – insisto.

— Juliette.

— Não. Não. Não. Não seja idiota – digo a ele. – Não seja ridículo – digo a ele. – *Não minta para mim, seu maldito.* – Mas minha voz é aguda demais e se desfaz e treme. Eu arfo: – Não! Não, não, não...

Dessa vez, realmente me levanto. Meus olhos rapidamente se enchem de lágrimas e eu pisco e pisco, mas o mundo está uma bagunça e eu quero rir, porque só consigo pensar em quão horrível e lindo esse mundo é, que meus olhos embaçam a verdade quando eu não suporto enxergá-la.

O chão é duro.

Sei que isso é um fato, porque, de repente, estou com o rosto no chão e Warner tenta me tocar, mas acho que grito e dou um tapa em suas mãos, porque ele já sabe a resposta. Eu já devo conhecer a resposta porque posso sentir a repulsa borbulhando e revirando meu interior, mas mesmo assim pergunto. Estou na horizontal e de algum jeito ainda tropeçando, e os buracos na minha cabeça se rasgam e se abrem; eu me concentro em um ponto do tapete a menos de três metros e sequer sei se estou viva, mas tenho de ouvi-lo dizer.

— Por quê? – indago.

São só duas palavras ridículas e simples.

— Por que a batalha acabou? – pergunto.

Não estou mais respirando, não estou falando nada, só vou soltando letras pelos lábios.

Warner não olha para mim.

Ele observa a parede, o chão, os lençóis e a aparência das articulações de seus dedos quando fecha os punhos, mas não olha para mim, recusa-se a olhar para mim, e suas próximas palavras saem tão, tão leves.

— Porque eles estão mortos, meu amor. Todos eles estão mortos.

Dois

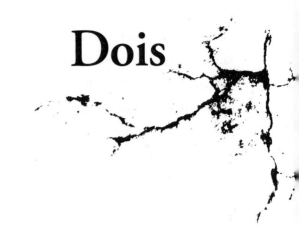

Meu corpo trava.

Meus ossos, meu sangue, meu cérebro congelam, capturados em uma espécie de paralisia repentina e incontrolável que se espalha tão rapidamente por mim que sequer consigo respirar. Estou chiando com inalações profundas e forçosas, e as paredes não param de se inclinar à minha frente.

Warner me puxa em seus braços.

— Me solte! — eu grito, mas ah, só na minha imaginação, porque meus lábios pararam de trabalhar, meu coração já parou de funcionar, minha mente foi passar o dia no inferno e meus olhos, meus olhos acho que estão sangrando.

Warner sussurra palavras de conforto que não consigo ouvir e seus braços me envolvem por completo, tentando manter-me onde estou puramente por meio da força física, mas é em vão.

Eu não sinto nada.

Ele tenta me fazer calar, embala-me para a frente e para trás, e só então percebo que estou emitindo o mais excruciante dos ruídos. Percebo a agonia expressada pelo meu corpo. Quero falar, protestar, acusar Warner, culpá-lo, chamá-lo de mentiroso, mas não consigo dizer nada, não consigo formular nada além de ruídos tão lamentáveis, que quase sinto vergonha de mim. Liberto-me de seus braços, arfando e dobrando o corpo, levando a mão ao estômago.

— Adam — afogo-me em seu nome.

— Juliette, por favor...

— Kenji.

Agora estou alterada no tapete.

— Por favor, meu amor, deixe-me ajudá-la...

— E James? — ouço-me dizendo. — Ele ficou no Ponto Ômega... ele não, não pôde v-vir...

— Tudo foi destruído — Warner admite lentamente, baixinho. — Tudo. Eles torturaram alguns membros do seu grupo até entregarem a localização exata do Ponto Ômega. Depois, bombardearam tudo.

— Ah, Deus.

Cubro a boca com uma das mãos e fico olhando para o teto, sem piscar.

— Eu sinto muito — ele diz. — Você não tem ideia do quanto eu sinto.

— Mentiroso — sussurro, veneno respingando da minha voz. Estou furiosa e irritada, e não perco tempo me importando com isso. — Você não sente coisíssima nenhuma!

Encaro Warner apenas tempo suficiente para ver a dor piscar em seus olhos. Ele raspa a garganta.

— Eu sinto muito — insiste com uma voz baixa, mas firme.

Pega a jaqueta dependurada em um cabide próximo; dá de ombros sem dizer mais nada.

— Aonde você vai? — pergunto, imediatamente me sentindo culpada.

— Você precisa de tempo para processar as informações, e claramente minha companhia não vai ser útil. Vou cuidar de algumas tarefas até você estar pronta para conversar.

— Por favor, me diga o que há de errado. — Minha voz falha. Minha respiração também. — Me diga se existe alguma chance de você estar errado.

Warner passa o que parece ser um bom tempo me encarando.

— Se houvesse sequer a menor chance de poupá-la dessa dor, eu faria justamente isso — enfim diz. — Você deve saber que eu não teria dito uma coisa desse tipo se não fosse a mais absoluta verdade.

E é isso... É a sinceridade de Warner que finalmente me faz rachar no meio.

Porque a verdade é tão insuportável, que eu preferiria que ele me contasse uma mentira.

Não lembro quando Warner saiu.

Não lembro como saiu nem o que falou. Só sei que estou deitada aqui, com o corpo curvado no chão, há tempo suficiente. Tempo suficiente para as lágrimas se transformarem em sal, tempo suficiente para minha garganta secar, meus lábios racharem e minha cabeça latejar com tanta força quanto meu coração.

Lentamente vou me sentando, sentindo o cérebro se repuxar em algum lugar do crânio. Consigo subir na cama e me sentar ali, ainda entorpecida, mas agora menos, e puxo os joelhos para perto do peito.

A vida sem Adam.

A vida sem Kenji, sem James e Castle e Sonya e Sara e Brendan e Winston e todo o pessoal do Ponto Ômega.

A vida sem Adam.

Tento aguentar firme, orar para a dor passar.

Ela não passa.

Adam não está mais entre nós.

Meu primeiro amor. Meu primeiro amigo. Meu único amigo quando eu não tinha ninguém, e agora ele se foi e não sei como me sinto. Estranha, provavelmente. Delirante também. Sinto-me vazia, estilhaçada, traída, culpada, furiosa e desesperadamente, desesperadamente melancólica.

Tínhamos começado a nos afastar desde que escapamos para o Ponto Ômega, mas foi por culpa minha. Ele queria mais de mim, mas eu queria que ele tivesse uma vida longa. Queria protegê-lo da dor que eu causaria. Tentei esquecê-lo, seguir a vida sem ele, preparar-me para um futuro longe dele.

Pensei que me manter distante o manteria vivo.

Menina idiota.

As lágrimas são novas e agora caem rapidamente, viajando em silêncio por minhas bochechas e entrando em minha boca aberta. Meus ombros não param de tremer, os punhos se apertam, meu corpo vai enrijecendo, os joelhos travando e hábitos antigos se arrastam para fora da minha pele; estou contando rachaduras, cores, sons e arrepios. Cambaleando para a frente e para trás, para a frente e para trás, para a frente e para trás, e tenho que deixá-lo ir, eu tenho que deixá-lo para trás, eu tenho que... tenho que

Fecho os olhos... e respiro.

Duramente, dificultosamente.
Inspiro.
Expiro.
Conto.

Eu já estive aqui antes, digo a mim mesma. Já me senti mais solitária do que agora, mais desesperada do que agora. Eu já estive aqui e sobrevivi. Vou passar por essa.

Mas nunca fui tão completamente roubada. Amor e possibilidade, amizades e futuro: adeus. Tenho que recomeçar agora, encarar o mundo outra vez. Tenho que fazer uma escolha definitiva: desistir ou prosseguir.

Então, fico em pé.

Minha cabeça está girando, pensamentos colidindo uns com os outros, mas eu engulo as lágrimas. Fecho os punhos, tento não gritar e empurro meus amigos para dentro do meu coração e

a *vingança,*

penso eu,

nunca pareceu mais doce.

Três

Aguente firme
Segure aí
Erga o olhar
Permaneça forte
Aguente firme
Segure aí
Pareça forte
Permaneça em pé
Um dia eu posso estilhaçar
Um dia eu posso
estilhaçar
 me libertar

Warner não consegue esconder a surpresa quando volta ao quarto.
Ergo o olhar, fecho o caderno em minhas mãos.
– Vou pegar este caderno de volta – aviso-o.
Ele pisca para mim.
– Então está se sentindo melhor?

Confirmo enquanto olho para trás.

— Meu caderno estava bem aqui, na mesa de cabeceira.

— Sim — ele responde lentamente. Cuidadosamente.

— Vou levá-lo de volta comigo.

— Eu entendo. — Warner continua parado próximo à porta, ainda congelado no mesmo lugar, ainda me encarando. — Você... — Balança a cabeça. — Perdão, mas você vai a algum lugar?

É só então que percebo que já estou a caminho da porta.

— Eu preciso sair daqui.

Warner não fala nada. Dá alguns passos cuidadosos para dentro do quarto, tira o casaco, dobra-o sobre uma cadeira. Puxa três revólveres do coldre em suas costas e leva o tempo necessário para ajeitá-los sobre a mesinha que ainda há pouco abrigava meu caderno. Quando enfim ergue o olhar, traz um leve sorriso no rosto.

Mãos em seus bolsos. Sorriso um pouquinho maior.

— Aonde você está indo, meu amor?

— Tenho algumas coisas para cuidar.

— É mesmo? — Ele apoia um ombro na parede, cruza os braços na altura do peito. Não consegue parar de sorrir.

— Sim.

Agora estou ficando irritada.

Warner espera. Encara. Assente uma vez, como se quisesse dizer "vá em frente".

— Seu pai...

— Não está aqui.

— Ah.

Tento esconder o choque, mas agora nem sei direito por que me sentia tão certa de que Anderson se encontrava aqui. Isso complica as coisas.

– Você achou mesmo que poderia simplesmente sair deste quarto, bater à porta do meu pai e se livrar dele? – Warner indaga.

Sim.

– Não.

– A mentira tem pernas curtas – Warner anuncia com uma voz leve.

Lanço um olhar fulminante em sua direção.

– Meu pai foi embora – afirma. – Voltou para a capital e levou Sonya e Sara.

Pego-me tão horrorizada que chego a arfar.

– Não pode ser.

Warner não está mais sorrindo.

– Elas estão... vivas?

– Não sei. – Ele simplesmente dá de ombros. – Imagino que estejam, já que são úteis para meu pai em diversas situações.

– Elas estão *vivas*? – Meu coração acelera tanto que chego a pensar que estou sofrendo um ataque cardíaco. – Preciso trazê-las de volta... Preciso encontrá-las, eu...

– Você o quê? – Warner me inspeciona atentamente. – Como você vai encontrar o meu pai? Como vai enfrentá-lo?

– Não sei! – Agora estou andando de um lado a outro do quarto. – Mas tenho que encontrá-las. Talvez elas sejam as únicas amigas que ainda me restam neste mundo e...

Fico em silêncio.

De repente, dou meia-volta, coração na garganta.

– E se tiver outros? – sussurro, com muito medo da esperança.

Encontro Warner do outro lado do quarto.

– E se existirem outros sobreviventes? – indago, agora em voz mais alta. – E se estiverem escondidos em algum lugar?

– Parece improvável.

– Mas existe uma chance, não existe? – Estou desesperada. – Se houver até mesmo a menor das chances...

Warner suspira. Passa a mão nos cabelos, esfrega-a atrás da cabeça.

– Se você tivesse visto a devastação que eu vi, não diria coisas desse tipo. A esperança só vai partir seu coração mais uma vez.

Meus joelhos já começaram a querer ceder.

Agarro-me à estrutura da cama, respiração rápida, mãos tremendo. Não sei de mais nada. Na verdade, não sei o que aconteceu ao Ponto Ômega. Não sei onde a capital fica nem como chegar lá. Não sei se conseguirei encontrar Sonya e Sara dessa vez. Mas sou incapaz de afastar essa esperança repentina e idiota de que outros amigos meus de alguma maneira conseguiram sobreviver.

Porque eles são maiores do que isso... mais inteligentes.

– Eles estavam se preparando para a guerra há muito tempo – ouço-me dizer. – Certamente tinham um plano B, um lugar para se esconder...

– Juliette...

– Que droga, Warner! Eu preciso tentar. Você precisa me deixar tentar.

— Isso não é nada saudável. — Ele se recusa a me olhar nos olhos. — É perigoso, para você, pensar que exista a chance de alguém ainda estar vivo.

Olho para seu perfil forte e firme.

Ele estuda as próprias mãos.

— Por favor — sussurro.

Ele suspira.

— Amanhã tenho que ir aos complexos, ou algo assim, só para olhar mais de perto o processo de reconstrução da área. — Ele fica tenso ao falar. — Perdemos muitos civis. Civis demais. Os que continuaram vivos estão compreensivelmente traumatizados e subjugados, como era a intenção de meu pai. Qualquer última esperança de promover uma rebelião foi arrancada deles.

Uma respiração dificultosa.

— E agora tudo precisa rapidamente voltar à ordem — prossegue. — Os corpos estão sendo recolhidos e incinerados. As unidades habitacionais danificadas estão sendo substituídas. Os civis, forçados a voltar ao trabalho; os órfãos, mudando-se; as demais crianças, recebendo ordens para irem às escolas do setor. O Restabelecimento não permite que as pessoas tenham tempo para sofrer.

Um pesado silêncio se instala entre nós. Em seguida, Warner continua:

— Enquanto eu estiver analisando os complexos, posso encontrar um jeito de levá-la de volta ao Ponto Ômega. Posso mostrar o que aconteceu. E aí, assim que você se deparar com as provas, terá que fazer a sua escolha.

— Qual escolha?

— Precisa decidir qual vai ser o seu próximo movimento. Pode ficar comigo... — Hesita por um instante. — Ou, se preferir, posso cuidar para que você viva sem ser encontrada, em algum lugar nas áreas não regulamentadas. Mas será uma existência solitária — fala baixinho. — Você nunca poderá ser descoberta.

— Ah.

Uma pausa.

— Sim — reafirma.

Outra pausa.

— *Ou então...* — agora é minha vez de falar. — Eu saio daqui, encontro e mato seu pai e enfrento sozinha as consequências.

Warner tenta esconder um sorriso, mas é em vão.

Baixa o olhar e ri só um pouquinho antes de me olhar diretamente no olho. Nega com a cabeça.

— Qual é a graça?

— Minha querida.

— *O que foi?*

— Eu esperava esse momento há muito tempo.

— O que quer dizer com isso?

— Você finalmente está pronta — afirma. — Enfim está pronta para lutar.

Sinto um choque atravessar o meu corpo.

— É claro que estou.

Em um instante, sou bombardeada por memórias do campo de batalha; o terror de tomar um tiro para morrer. Não esqueci meus amigos ou minhas novas convicções, minha determinação de fazer as coisas de outro jeito agora. De fazer a diferença. De, dessa vez, realmente lutar, sem qualquer hesitação. Não importa o que aconteça – e não importa o que eu venha a descobrir –, não tenho como voltar atrás. Não existem outras alternativas.

Eu não esqueci.

– Ou eu prospero, ou eu morro.

Warner dá uma risada alta. Parece prestes a chorar.

– *Eu* vou matar o seu pai – anuncio. – E vou destruir o Restabelecimento.

Ele continua sorrindo.

– Eu vou.

– Eu sei – diz.

– Então por que está rindo de mim?

– Não estou – explica. – Só estou me perguntando se você gostaria de contar com a minha ajuda.

Quatro

– O quê?

Descrente, pisco os olhos agitadamente.

– Eu sempre falei que nós dois formaríamos um time excelente – Warner diz. – Sempre falei que estava esperando você se sentir pronta, reconhecer sua raiva, sua força. Espero desde o dia em que a conheci.

– Mas você queria me usar para o Restabelecimento... queria que eu torturasse pessoas inocentes...

– Não é verdade.

– O quê? Do que está falando? Você mesmo me disse...

– Eu menti.

Ele ergue os ombros.

Eu me pego boquiaberta.

– Tem três coisas a meu respeito que você precisa saber, meu amor. – Ele dá um passo adiante. – A primeira é que odeio meu pai mais do que você jamais será capaz de entender. – Raspa a garganta. – A segunda é que sou uma pessoa extremamente egoísta e não tenho vergonha nenhuma disso. Do tipo que, em quase todas as situações, faz escolhas pautadas unicamente por interesse próprio.

E a terceira... – Hesita e olha para baixo. Deixa escapar uma risadinha. – Eu nunca tive intenção nenhuma de usá-la como arma.

Fico sem palavras.

Sento.

Entorpecida.

Warner prossegue:

– Esse foi um esquema sofisticado que criei unicamente para o benefício de meu pai. Eu precisava convencê-lo de que seria boa ideia investir em alguém como você, de que poderíamos usá-la para ganhos militares. E para ser muito, muito sincero, até hoje não sei como consegui. A ideia é absurda. Gastar todo esse tempo, dinheiro e energia para corrigir uma garota supostamente psicótica em nome de seu futuro? – Ele balança a cabeça. – Eu soube, desde o início, que essa seria uma tarefa infrutífera, uma total perda de tempo. Existem métodos muito mais eficazes de extrair informação daqueles que não estão dispostos a entregá-las.

– Então por que... por que você me quis?

Seus olhos estão queimando de sinceridade.

– Eu queria estudá-la.

– O quê? – arfo.

Ele vira as costas para mim. Fala tão baixinho que tenho de fazer esforços para ouvir:

– Você sabia que minha mãe mora naquela casa? – Olha para a porta fechada. – A casa aonde meu pai a levou? Aquela onde ele atirou em você? Minha mãe estava no quarto dela. No final do corredor, onde ele o mantinha.

Eu não respondo, e Warner se vira para me encarar.

– Sim – sussurro. – Seu pai comentou algo sobre ela.

– Ah, é? – Seu rosto de repente parece alarmado, mas ele se apressa em esconder a emoção. – E o que ele falou a respeito da minha mãe? – indaga, esforçando-se para parecer calmo.

– Que ela está doente – relato, odiando-me pelo tremor que se espalha no corpo dele. – Que ele a mantém aqui porque ela não se sente bem nos complexos.

Warner encosta o corpo na parede, parecendo precisar de apoio. Respira dificultosamente.

– Sim – finalmente diz. – É verdade. Ela está doente. Ficou doente de modo muito repentino. – Seus olhos se concentram em um ponto distante, em outro mundo. – Quando eu era criança, ela parecia perfeitamente bem. – Gira e gira e gira o anel de jade em seu dedo. – Mas aí, certo dia, minha mãe simplesmente… desmoronou. Por anos, briguei com meu pai para buscar tratamento, para encontrar uma cura, mas ele nunca se importou. Eu me vi sozinho em minhas tentativas de encontrar ajuda para ela e, por mais que eu me esforçasse para conversar com os médicos, nenhum deles podia cuidar dela. Ninguém… – Agora ele praticamente nem respira. – Ninguém sabia o que havia de errado com a minha mãe. Ela vive em um estado constante de agonia, e eu sempre fui egoísta demais para deixá-la morrer.

Warner ergue o olhar antes de prosseguir:

– E aí ouvi falar de você. Ouvi histórias a seu respeito, rumores. E, pela primeira vez, senti esperança. Eu queria ter acesso a você, queria estudá-la. Queria conhecê-la e entendê-la antes de todos os outros. Porque, segundo todas as minhas pesquisas, você era a única pessoa da qual eu já ouvira dizer que talvez pudesse me oferecer respostas sobre a condição da minha mãe. Eu estava desesperado, disposto a tentar qualquer coisa.

– O que quer dizer com isso? – pergunto. – Como alguém como eu poderia ajudá-lo nessa situação com a sua mãe?

Seus olhos encontram os meus, brilham cheios de angústia.

– Porque, meu amor, você não pode tocar em ninguém. E ela, ela não pode ser tocada.

Cinco

Perdi a capacidade de falar.

— Eu enfim entendo a dor da minha mãe — Warner enuncia. — Enfim entendo como deve ser para ela. Por causa de você. Porque pude ver o que essa situação lhe causava, ou melhor, causa. Percebi o que é carregar esse tipo de fardo, existir com tanto poder e viver entre aqueles que não entendem.

Warner inclina a cabeça de volta na direção da parede, esfrega as mãos nos olhos e prossegue:

— Ela, assim como você, deve se sentir como se existisse um monstro em seu interior. Porém, diferentemente de você, no caso da minha mãe, a única vítima é ela própria. É incapaz de viver consigo mesma. Não pode ser tocada por ninguém, nem mesmo por suas próprias mãos. Nem para afastar os cabelos da testa ou fechar os punhos. Tem medo de falar, de mexer as pernas, de alongar os braços, mesmo para se ajeitar em uma posição mais confortável, simplesmente porque a sensação de sua pele esfregando na própria pele lhe causa uma dor excruciante. — Baixa as mãos e diz com uma voz estável: — Parece que alguma coisa no calor do contato humano desencadeia um poder terrível e destrutivo existente dentro dela e, como ela é ao mesmo tempo a causadora e a receptora da dor, de alguma maneira, é incapaz de se matar. Então, existe como prisioneira dos próprios ossos, incapaz de escapar dessa tortura que inflige em si.

Meus olhos queimam. Pisco-os agitadamente.

Passei tantos anos pensando que minha vida era difícil. Pensei que entendia o que significava sofrer. Mas isso? É algo que sequer posso começar a entender. Nunca parei para pensar que outra pessoa pudesse viver em uma situação ainda pior que a minha.

O que me faz sentir vergonha por ter tido tanta pena de mim.

— Por muito tempo, pensei que ela só estivesse… doente — Warner continua. — Pensei que tivesse desenvolvido algum tipo de doença que atacasse seu sistema imunológico, alguma coisa que tornasse sua pele sensível e dolorosa. Imaginei que, com o tratamento adequado, minha mãe enfim ficaria curada. Mantive a esperança até perceber que anos tinham se passado e nada havia mudado. A agonia constante começou a destruir sua estabilidade mental. Até que ela desistiu da vida. Deixou a dor soterrá-la. Passou a se recusar a sair da cama ou se alimentar com regularidade. Deixou de se importar com a higiene básica. E a solução do meu pai foi drogá-la. Ele a manteve trancada naquela casa sem ninguém além de uma enfermeira para fazer companhia. Agora é viciada em morfina e perdeu completamente a cabeça. Sequer me reconhece mais. Ela não me reconhece. E as poucas vezes que tentei tirá-la das drogas… — Agora baixa a voz. — Ela tentou me matar.

Fica um instante em silêncio, parecendo ter se esquecido de que ainda estou no quarto. Enfim diz:

— Minha infância foi quase tolerável às vezes, só por causa dela. E, em vez de cuidar da minha mãe, meu pai a transformou em algo irreconhecível. – Ergue o olhar e ri antes de prosseguir: – Pensei que, se eu fosse capaz de encontrar a raiz do problema... imaginei que pudesse fazer alguma coisa, pensei ser capaz de... – Contém-se. Arrasta a mão no rosto. – Não sei – sussurra. Vira o rosto. – Mas nunca tive nenhuma intenção de usar você contra a sua vontade. Essa ideia nunca me pareceu interessante. Eu só precisava manter o fingimento. Meu pai, entenda, não aprova o fato de eu me interessar pelo bem-estar da minha mãe.

Ele abre um sorriso estranho, repuxado. Olha na direção da porta. Dá risada.

– Ele nunca quis ajudá-la. Minha mãe é um fardo do qual ele sente nojo. Meu pai pensa que, ao mantê-la viva, está fazendo um grande ato de generosidade pelo qual eu deveria me sentir grato. Ele pensa que isso deve ser o bastante para mim, essa coisa de ser capaz de ver minha mãe se transformar em uma criatura feral tão completamente consumida pela própria agonia, a ponto de ficar fora de si.

Passa a mão trêmula pelos cabelos, agarra a própria nuca e fala baixinho:

– Mas não foi. Não foi o suficiente. Eu fiquei obcecado por tentar ajudá-la. Por trazê-la de volta à vida. E eu queria sentir... – Agora fala direto comigo, olhando-me nos olhos. – Eu queria saber como seria enfrentar uma dor assim. Queria saber o que ela vivia todos os dias. Nunca tive medo do seu toque. Aliás, eu o recebia com prazer. Tinha tanta certeza de que você em algum momento me atacaria, tentaria se defender de mim. E eu esperei ansiosamente esse momento. Mas você nunca me tocava... – Nega com a cabeça. – Tudo o que li em seus arquivos me dizia que você era uma criatura violenta e descontrolada. Eu esperava que fosse um animal, alguém que tentasse me matar e matar os meus soldados na primeira oportunidade, alguém que precisava ser observada de perto. Mas você me desapontou por ser humana demais, amável demais. Tão insuportavelmente ingênua. Você não reagia.

Seus olhos estão desfocados, tomados por memórias.

– Você não reagia diante das minhas ameaças. Não respondia àquilo que importava. Agia como uma criança insolente. Não gostava de suas roupas, não comia sua comida requintada.

Warner ri alto e vira os olhos, e de repente esqueço minha compaixão.

Sinto-me tentada a jogar alguma coisa nele.

– Você ficou tão irritada – diz. – Porque eu pedi para você colocar *um vestido*. – Olha para mim com olhos iluminados, bem-humorados. – Lá estava eu, preparado para defender a própria vida contra um monstro descontrolado e capaz de matar, matar um homem com as próprias *mãos expostas*... – Engole outra risada. – E você teve um ataque por causa de roupas limpas e refeições quentinhas. Ah... – diz, olhando para o teto e negando com a cabeça. – Você foi ridícula. Foi completamente ridícula, e aquelas imagens foram os melhores momentos de entretenimento que já tive na vida. Sou incapaz de dizer o quanto gostei. Adorei deixá-la furiosa. – Seus olhos parecem maldosos. – Adoro deixá-la nervosa.

Estou segurando um de seus travesseiros com tanta força que chego a ficar com medo de rasgá-lo. Lanço um olhar fulminante para Warner.

Ele ri de mim.

– Fiquei tão distraído – continua, ainda rindo. – Sempre quis passar tempo com você. Fingir que planejava coisas para o seu suposto futuro com o Restabelecimento. Você sempre foi inofensiva e linda, e sempre gritou comigo. – Agora está com um sorriso enorme nos lábios. – Meu Deus, você gritava comigo até mesmo pelas menores coisas – comenta, lembrando. – Mas nunca encostou a mão em mim. Nem uma vez sequer, nem mesmo para salvar a própria vida.

Seu sorriso se desfaz.

– Aquilo me deixava preocupado. Me causava medo pensar que estava pronta para se sacrificar antes de usar suas habilidades para se defender. – Uma respiração. – Então, resolvi mudar de tática. Tentei provocá-la para que tocasse em mim.

Estremeço ao me lembrar bem demais daquele dia no quarto azul. Quando ele me provocou e me manipulou, e eu estive tão perto de feri-lo. Warner havia enfim encontrado as coisas certas para dizer e me ferir o suficiente a ponto de eu querer revidar.

E eu quase revidei.

Ele inclina a cabeça. Expira um ar profundo e derrotado.

– Mas também não funcionou, e logo comecei a perder de vista meu propósito original. Fiquei tão obcecado por você que esqueci por que eu inicialmente a trouxe à base. Fiquei frustrado por você não ceder, por recusar-se a explodir mesmo quando eu sabia que você queria. Mas, toda vez que eu me pegava pronto para desistir, você tinha aqueles momentos – diz, negando com a cabeça. – Tinha aqueles momentos incríveis nos quais finalmente mostrava um pouco da sua força crua e desenfreada. Era incrível. – Ele para. Encosta o corpo à parede. – Mas aí você sempre recuava. Como se sentisse vergonha. Como se não quisesse reconhecer os sentimentos que existiam dentro de si. Então, mudei outra vez de tática. Tentei outra opção. Uma coisa que eu tinha certeza de que a empurraria além do seu limite. E, devo dizer, foi tudo o que eu esperava. – Warner sorri. – Você pareceu realmente viva pela primeira vez.

Minhas mãos de repente ficam frias como gelo.

– A sala de tortura – arfo.

Seis

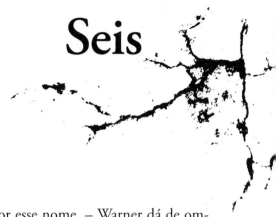

– Imagino que você chame por esse nome. – Warner dá de ombros. – Nós chamamos de câmara de simulação.

– Você me fez torturar aquela criança! – exclamo, raiva e fúria geradas por aquele dia ganhando força dentro de mim. Como eu poderia esquecer o que ele fez? O que me forçou a fazer? As memórias horríveis que me forçou a reviver em nome de seu entretenimento. – Nunca o perdoarei por aquilo – esbravejo, a voz respingando ácido. – Nunca vou perdoá-lo pelo que fez com aquele menininho. Pelo que me forçou a fazer com ele!

Warner franze o cenho.

– Perdão... o quê?

– Você estava disposto a sacrificar uma criança! – Minha voz agora sai trêmula. – Pelos seus joguinhos idiotas! Como pôde fazer uma coisa tão desprezível? – Jogo meu travesseiro contra ele. – Seu doente, seu sem coração. Seu *monstro*!

Warner segura o travesseiro quando atinge seu peito, encarando-me como se nunca antes tivesse me visto. Mas parece compreender alguma coisa enquanto o travesseiro cai de suas mãos. Cai no chão.

— Ah... — fala muito lentamente. Está com os olhos fechados bem apertados, tentando esconder seu bom humor. — Ah, você ia me matar — diz, agora rindo abertamente. — Acho que não posso suportar isso...

— Do que você está falando? Qual é o seu problema? — exijo saber.

Ele continua sorrindo ao dizer:

— Conte para mim, meu amor. Conte o que exatamente aconteceu naquele dia.

Fecho os punhos, ofendida por sua irreverência e tremendo com uma raiva renovada.

— Você me deu roupas horríveis e curtas para vestir! Depois me levou aos pisos mais baixos do Setor 45 e me trancou em uma sala velha e suja. Eu lembro perfeitamente — relato, esforçando-me para me manter calma. — Tinha paredes amarelas asquerosas. Um carpete verde e surrado. Um espelho transparente.

Warner arqueia a sobrancelha, acena para que eu prossiga.

— Depois... apertou algum interruptor — continuo, forçando-me a seguir falando. Não sei por que estou começando a duvidar de mim. — E aquelas lanças enormes de metal começaram a sair do chão. E aí... — Hesito, preparando-me. — Uma criança entrou. Estava com os olhos vedados. E você disse que era o seu representante. Disse que, se eu não o salvasse, você também não salvaria.

Warner agora me observa atentamente. Estuda meus olhos.

— Tem certeza de que eu falei isso?

— Sim.

— Mesmo? — Inclina a cabeça. — Sim, você estava de olhos abertos quando me viu dizer isso?

— N-não – respondo agilmente, pegando-me na defensiva. – Mas tinha alto-falantes… Eu ouvia a sua voz.

Ele respira fundo.

— Sim, é claro.

— Eu *ouvi* – reforço.

— E aí, o que aconteceu depois que me ouviu?

Engulo em seco.

— Eu tinha que salvar o menino. Ele morreria. Não conseguia ver aonde estava indo e seria perfurado por aquelas lanças. Eu precisava pegá-lo nos braços e tentar encontrar um jeito de segurá-lo sem matá-lo.

Um instante de silêncio.

— E conseguiu? – Warner indaga.

— Sim – sussurro, incapaz de entender por que está me perguntando isso; afinal, Warner viu com os próprios olhos tudo o que aconteceu. – Mas o menino desmaiou. Ficou temporariamente paralisado em meus braços. E aí você apertou outro interruptor e as lanças sumiram. Eu o coloquei no chão e ele… ele começou a chorar outra vez e tocou nas minhas pernas expostas. E começou a gritar. E eu… eu fiquei com tanta raiva de você…

— Aí você arrebentou o concreto – Warner lembra com um leve sorriso esboçado nos lábios. – Você arrebentou a parede de concreto só para tentar me matar enforcado.

— Você mereceu – ouço-me dizer. – Merecia coisa pior ainda.

— Bem… – ele suspira. – Se eu de fato fiz o que você falou que eu fiz, certamente soa como se eu merecesse.

— Como assim, *se* você fez? Eu *sei* que fez…

– Tem certeza?

– É claro que tenho!

– Então me diga, meu amor, o que aconteceu com o menino?

– O quê?

Sinto pingentes de gelo se arrastando por meus braços.

– O que aconteceu – ele insiste – com o menino? Você diz que o colocou no chão, mas aí quebrou a parede de concreto, uma parede que tinha um espelho enorme. E aparentemente não se importou com a criança que, segundo você, vagava pela sala. Não acha que o pobrezinho poderia ter se ferido com algo tão selvagem e descuidado? Meus soldados certamente saíram feridos. Você arrebentou uma parede de concreto, meu amor. Estilhaçou um espelho enorme. Não parou para avaliar onde os blocos ou os cacos caíram ou quem pode ter se ferido no processo. – Warner fica em silêncio por um instante e me encara. – Parou?

– Não – arfo, sentindo-me como se estivesse perdendo todo o meu sangue.

– Então o que aconteceu depois que você foi embora? – pergunta. – Não lembra dessa parte? Você deu meia-volta e saiu logo depois de destruir a sala, ferir meus homens e me jogar no chão. Você se virou e foi embora imediatamente.

Agora estou entorpecida pelas memórias. É verdade. Fiz exatamente isso. Não pensei. Só sabia que precisava sair daquele lugar o mais rapidamente possível. Precisava ir embora, esfriar a cabeça.

– Então, o que aconteceu com o menino? – Warner insiste. – Onde ele estava quando você foi embora? Chegou a vê-lo? – Arqueia as sobrancelhas. – E as lanças? Tomou o cuidado de olhar o chão para ver de onde elas poderiam ter vindo? Atentou-se ao fato de elas furarem o chão sem provocar danos ao carpete? Sentiu a superfície sob o seus pés se abrindo ou ficando irregular?

Agora respiro com dificuldade, esforço-me para permanecer calma. Não consigo afastar meu olhar do dele.

– Juliette, meu amor – ele fala baixinho. – Não tinha alto-falantes naquela sala. Aliás, ela é totalmente à prova de som, equipada apenas com sensores e câmeras. É uma câmara de simulação.

– Não – arfo, recusando-me a acreditar. Sem querer aceitar que estava errada, que Warner não é o monstro que eu pensei. Ele não pode mudar as coisas agora. Não pode me confundir assim. Não é para ser desse jeito. – Não é possível…

– Eu sou culpado por tê-la forçado a passar por uma simulação tão cruel – admite. – Aceito a culpa por isso e já pedi perdão pelas minhas ações. Eu só queria forçá-la a enfim reagir e sabia que recriar uma coisa daquele tipo rapidamente desencadearia alguma reação em você. Mas, santo Deus, meu amor… – Ele nega com a cabeça. – Você deve ter uma imagem absurdamente horrível de mim, se acha que eu roubaria o filho de alguém só para vê-la torturar uma criança.

– Não foi real? – Sequer reconheço minha voz rouca, em pânico. – Não foi de verdade?

Ele me oferece um sorriso compassivo.

– Eu criei os elementos básicos da simulação, mas a beleza do programa é que ele se desenvolve e se adapta conforme as respostas mais viscerais do soldado. Nós o usamos para treinar homens que precisam superar medos específicos ou se prepararem para uma missão particularmente complicada. Somos capazes de recriar quase qualquer ambiente – explica. – Até os soldados que sabem em que estão se metendo esquecem que estão em meio a uma simulação. – Evita olhar direto para mim. – Eu sabia que seria aterrorizante para você, mas mesmo assim fui em frente. E, por tê-la ferido, eu realmente me arrependo. Mas não... – Agora me olha nos olhos e fala baixinho outra vez. – Nada daquilo foi real. Você imaginou a minha voz naquela sala. Imaginou a dor, os barulhos, os cheiros. Tudo estava na sua mente.

– Não quero acreditar em você – retruco, minha voz apenas um sussurro.

Ele tenta sorrir.

– Por que acha que entreguei aquelas roupas para você? – pergunta. – O tecido estava forrado com um composto químico criado para reagir com os sensores daquela sala. E, quanto menos você vestisse, mais facilmente as câmeras seriam capazes de acompanhar o calor do seu corpo, seus movimentos. – Nega com a cabeça. – Depois não tive a oportunidade de explicar o que você viveu ali dentro. Eu quis acompanhá-la imediatamente, mas achei melhor dar algum tempo para você se recuperar. Foi uma decisão idiota da minha parte. – Seu maxilar fica tenso. – Eu esperei, não devia ter esperado. Porque, quando a encontrei, era tarde demais. Você estava pronta para pular pela janela e se livrar de mim.

– Eu tinha bons motivos para isso – irrito-me.

Ele ergue as mãos, como se estivesse se rendendo.

– Você é uma pessoa *horrível*! – explodo, lançando os outros travesseiros em seu rosto, furiosa, assombrada e humilhada, tudo ao mesmo tempo. – Por que me fez passar por algo assim se *sabia* o que eu já tinha enfrentado, seu idiota, seu arrogante...?

— Juliette, por favor – diz, dando um passo à frente, desviando de um travesseiro para segurar meus braços. – Eu sinto muito por feri-la, mas realmente achei que valesse a pena...

— Não toque em mim! – Afasto-me, olhos arregalados, agarrando o pé da cama como se fosse uma arma. – Eu devia atirar outra vez em você por ter feito aquilo comigo! Eu devia... eu devia...

— O quê? – Warner dá risada. – Vai jogar outro travesseiro em mim?

Empurro-o com força, mas, quando ele não se mexe, começo a dar socos. Vou atingindo seu peito, seus braços, o abdome, as pernas, onde quer que eu consiga tocar, desejando mais do que nunca que ele fosse incapaz de absorver a minha força, desejando realmente poder amassar todos os ossos de seu corpo e fazê-lo gemer de dor sob as minhas mãos.

— Seu... monstro... egoísta!

Continuo lançando os punhos em sua direção, sem mirar, sem perceber o quanto o esforço me deixa exausta, sem me dar conta de quão rapidamente a raiva se transforma em dor. De repente, só sinto vontade de chorar. Meu corpo treme com alívio e terror, enfim liberto do medo de eu ter causado algum dano irreparável a uma criança e, ao mesmo tempo, horrorizado por Warner me forçar a fazer uma coisa tão terrível. Para me *ajudar*.

— Eu sinto muito, de verdade – insiste, dando um passo mais para perto. – Sério, mesmo, desculpa. Eu não a conhecia naquela época. Não como a conheço hoje. Jamais faria algo assim com você agora.

— Você não me conhece – murmuro, secando as lágrimas. – Você acha que me conhece só porque leu o meu diário... seu idiota, bisbilhoteiro, invasor de privacidade... seu *filho de uma puta*...

– Ah... Por falar nisso... – Ele sorri outra vez, uma mão rapidamente puxando o diário enquanto se aproxima da porta. – Receio que ainda não tenha terminado de ler.

– Ei! – eu protesto, tentando alcançá-lo enquanto se distancia. – Você disse que me devolveria!

– Eu não falei nada disso – retruca, parecendo derrotado, jogando o diário no bolso de sua calça. – Agora, por favor, espere um momento aqui. Vou procurar algo para você comer.

Ainda estou gritando quando ele passa pela porta e a fecha.

Sete

Caio de costas na cama.

Libero um ruído furioso do fundo da garganta. Empurro um travesseiro contra a parede.

Preciso fazer alguma coisa. Preciso começar a agir.

Preciso terminar de esboçar um plano.

Passei tanto tempo na defensiva e correndo que, a essa altura, minha mente com frequência anda ocupada com sonhos elaborados e desesperados envolvendo derrubar o Restabelecimento. Passei a maior parte dos meus 264 dias naquela cela fantasiando justamente esse tipo de momento impossível: o dia em que eu seria capaz de cuspir pela janela na cara daqueles que oprimiram a mim e a todos os demais. E, embora eu sonhasse com um milhão de cenários diferentes nos quais me levantaria para me defender, nunca cheguei a realmente pensar que teria uma chance de fazer acontecer. Nunca imaginei que teria o poder, a oportunidade ou a coragem.

Mas agora?

Todos se foram.

Talvez eu seja a única que sobrou.

No Ponto Ômega, fiquei contente em deixar Castle liderar. Eu não sabia muito, não sabia quase nada e ainda me via receosa demais para agir. Castle já estava no comando e tinha um plano, então acreditei que ele soubesse qual era o melhor caminho a seguir; que ele sabia o que era melhor.

Um erro.

No fundo, eu sempre soube quem deveria liderar essa resistência. Senti-me em silêncio por muito tempo, sempre amedrontada demais para deixar as palavras chegarem aos meus lábios. Alguém que não tem nada a perder e tudo a ganhar. Alguém que não teme mais ninguém.

Não era Castle. Não era Kenji. Não era Adam. Nem mesmo Warner.

Era para ser eu.

Olho atentamente para a minha roupa pela primeira vez e percebo que devo estar usando mais das peças velhas de Warner. Estou me afundando em uma camiseta alaranjada desbotada e calças de moletom cinza que quase caem do quadril toda vez que fico em pé. Reservo um instante para recuperar o equilíbrio, avaliando a minha altura no tapete espesso e macio sob meus pés descalços. Viro a cintura da calça algumas vezes, até elas se ajeitarem no osso do quadril, e então puxo o tecido extra da camiseta e dou um nó em minhas costas. Pego-me vagamente consciente de que devo estar com uma aparência ridícula, mas ajustar as roupas ao corpo me oferece uma pitada de controle, e me apego a esse controle. Faz-me sentir um pouco mais acordada, um pouco mais no comando da situação. Agora só preciso de um elástico. Meus cabelos parecem pesados demais, parecem me sufocar, e vejo-me desesperada por afastá-los do pescoço. Para dizer a verdade, estou desesperada por um banho.

Dou meia-volta ao ouvir o barulho da porta.

Sou flagrada no meio de um pensamento, segurando os cabelos erguidos com as mãos para improvisar um rabo de cavalo. E, de repente, vejo-me agudamente consciente de que não estou usando roupa íntima.

Warner vem segurando uma bandeja.

Ele me encara sem piscar. Seu olhar desliza por meu rosto, pescoço, braços. Pousa na cintura. Sigo seus olhos só para me dar conta de que meus movimentos fizeram a bainha da camiseta se erguer, deixando meu abdome exposto, e imediatamente percebo por que ele está olhando tão fixamente.

A memória de seus beijos em meu torso, suas mãos explorando minhas costas, minhas pernas nuas, a área atrás das coxas, os dedos se perdendo no elástico da calcinha...

Ah!

Solto as mãos e os cabelos ao mesmo tempo, as ondas castanhas caindo pesadas e rápidas em volta de meus ombros, minhas costas, alcançando a cintura. Meu rosto está em chamas.

Warner de repente parece hipnotizado por um ponto logo acima da minha cabeça.

– Acho que preciso cortar os cabelos – digo para ninguém específico, sem sequer entender por que estou falando isso.

Não quero cortar meus cabelos. Quero me trancar no banheiro.

Ele não responde. Traz a bandeja para perto da cama e só depois que avisto os copos de água e os pratos de comida me dou conta de quão faminta estou. Não consigo lembrar quando foi a última vez que comi alguma coisa. Ando sobrevivendo da recarga de energia que recebi quando fui curada.

– Sente-se – ele convida, mas sem me olhar nos olhos.

Assente para o chão antes de se sentar no tapete. Ajeito-me à sua frente. Ele empurra a bandeja na minha direção.

– Obrigada – agradeço, olhos concentrados na refeição. – Está com uma cara deliciosa.

Tem uma salada e um arroz fragrante e colorido. Batatas picadas e temperadas, além de uma pequena porção de legumes cozidos. Uma porção de pudim de chocolate. Uma tigela de frutas frescas. Dois copos de água.

É uma refeição que teria me feito fechar a cara logo que cheguei.

Se eu soubesse o que sei agora, teria tirado vantagem de todas as oportunidades que Warner me deu. Teria aceitado a comida e as roupas. Teria aumentando minha força e prestado muita atenção quando ele me mostrasse a base. Buscaria rotas de escape e desculpas para andar pelos complexos, e depois sairia correndo. Encontraria um jeito de sobreviver sozinha. E jamais teria levado Adam comigo. Jamais teria me enfiado e enfiado tantas outras pessoas no meio dessa enrascada.

Quem me dera ter comido aquela maldita comida.

Eu era uma menina amedrontada, arrasada, combatendo do único jeito que sabia combater. Não é de se impressionar que eu tenha fracassado. Eu não conseguia pensar direito. Estava fraca, aterrorizada e cega à ideia de possibilidade. Não tinha experiência com discrição ou manipulação. Mal sabia interagir com as pessoas – mal conseguia entender as palavras em minha cabeça.

Fico chocada só de pensar em quanto mudei nesses últimos meses. Sinto-me uma pessoa completamente diferente. Mais esperta. Mais forte, sem dúvida. E, pela primeira vez na vida, estou disposta a admitir que sinto raiva.

É libertador.

Ergo o rosto bruscamente, sentindo o peso do olhar de Warner. Ele me encara como se estivesse intrigado, fascinado.

– Em que estava pensando? – pergunta.

Com o garfo, perfuro um pedaço de batata.

– Estou pensando que fui uma idiota por ter recusado até mesmo um prato de comida quente.

Ele arqueia a sobrancelha para mim.

– Não posso dizer que discordo.

Lanço um olhar fulminante em sua direção.

– Você estava tão arrasada quando chegou aqui – continua, respirando fundo. – Eu fiquei tão confuso. Esperava o momento de vê-la enlouquecer, estava pronto para vê-la pular na mesa do jantar e começar a golpear meus soldados. Tinha certeza de que você tentaria matar todo mundo, mas, em vez disso, foi teimosa e agiu como uma mimada, recusando-se a tirar suas roupas imundas, sempre reclamando para comer seus legumes.

Fico corada.

– Num primeiro momento – Warner prossegue, rindo –, pensei que estivesse tramando alguma coisa. Pensei que estivesse fingindo ser complacente só para que eu não desconfiasse de algum objetivo maior. Pensei que sua raiva por coisas tão pequenas era parte de um plano – relata enquanto seus olhos zombam de mim. – Imaginei que só podia ser.

Cruzo os braços na altura do peito.

— A extravagância era asquerosa. Tanto dinheiro desperdiçado no exército enquanto tantas pessoas morrem de fome.

Warner acena com a mão, faz que não com a cabeça.

— Não se trata disso. A questão é que eu não estava lhe oferecendo tudo isso por uma medida calculada e dissimulada. Não era nenhum teste. — Ele dá risada. — Eu não estava tentando desafiá-la ou testar seus escrúpulos. Pensei que estivesse fazendo um favor. Você tinha saído daquele buraco horrível, penoso. Eu queria que tivesse um colchão de verdade, que fosse capaz de se banhar em paz. Que tivesse roupas bonitas e limpas. E você precisava comer. Estava para morrer de fome.

Enrijeço o corpo, ligeiramente comovida.

— Pode ser. Mas você agia como louco — retruco. — Como um maníaco controlador. Sequer me deixava conversar com os outros soldados.

— Porque eles são animais — esbraveja, sua voz inesperadamente aguda.

Assustada, ergo o rosto para observar seus olhos verdes furiosos.

— Você, que passou a maior parte da vida trancafiada e isolada, não teve a oportunidade de entender o quão bonita é ou que efeito pode gerar nas pessoas. Fiquei preocupado com a sua segurança. Era tímida e fraca e vivia em uma base militar cheia de soldados armados, solitários, teimosos, com três vezes o seu tamanho. Eu não queria que eles a assediassem. Precisava que enxergassem que você na verdade era uma oponente formidável, uma oponente da qual seria melhor manterem distância. Eu estava tentando protegê-la.

Não consigo afastar meu foco da intensidade em seu olhar.

– Você deve pensar muito mal de mim – Warner supõe, negando com a cabeça. – Eu não tinha ideia de que me odiava tanto, de que tudo o que eu tentava fazer para ajudar passava por tanto escrutínio.

– Como pode se surpreender tanto? Que escolha eu tinha senão esperar o pior de você? Você foi arrogante e crasso, além de ter me tratado como uma propriedade sua...

– Porque eu tinha que fazer isso! – ele me interrompe, impenitente. – Cada movimento meu, cada palavra minha é monitorada quando não estou no quartel. Toda a minha vida depende de eu manter certo tipo de personalidade.

– E aquele soldado, aquele em quem você atirou na testa? Seamus Fletcher? – desafio-o, outra vez furiosa. Agora que deixei a raiva entrar na minha vida, percebo que ela surge com uma naturalidade um bocado excessiva. – Tudo isso também era parte do seu plano? Não, espere, não me conte... – Ergo a mão. – Era uma simulação, não era?

Warner fica rígido.

Empurra o corpo para trás, repuxa o maxilar. Olha para mim com uma mistura de tristeza e raiva nos olhos.

– Não – finalmente diz em um tom mortalmente leve. – Não era simulação.

– Então você não tem problema nenhum com isso? – pergunto. – Não se arrepende de ter matado um homem que roubou um pouquinho a mais de comida para tentar sobreviver, exatamente como você?

Warner morde o lábio inferior por meio segundo. Entrelaça os dedos.

— Nossa! — exclama. — Como você foi rápida em defendê-lo.

— Ele era um homem inocente! — retruco. — Não merecia morrer. Não por isso, não assim.

— Seamus Fletcher — Warner pronuncia calmamente, olhando para as palmas das mãos abertas. — Era um bêbado estúpido que espancava a esposa e os filhos. Não os alimentava havia duas semanas. Deu um soco na boca da filha de nove anos, deixando dois dentes quebrados e a mandíbula fraturada. Espancou tanto a esposa grávida que ela perdeu o bebê. Ele ainda tinha dois outros filhos, um menino de sete e uma menina de cinco. — Faz uma pausa. — Quebrou os dois braços deles.

Minha comida fica esquecida.

— Eu monitoro muito cuidadosamente a vida dos nossos cidadãos — Warner conta. — Gosto de saber onde estão e como têm se saído. — Dá de ombros. — Eu provavelmente não deveria me importar, mas o fato é que me importo.

Acho que nunca mais vou abrir a boca.

— Eu nunca aleguei viver por nenhum conjunto de princípios — continua. — Nunca afirmei ser correto ou bom. Ou mesmo que minhas ações fossem justificadas. A verdade nua e crua é que simplesmente não estou nem aí. Já fui forçado a fazer coisas horríveis na minha vida, meu amor, e não estou buscando nem perdão, nem sua aprovação. Porque não posso me dar ao luxo de ficar filosofando sobre escrúpulos quando sou forçado a agir basicamente por instinto todos os dias.

Ele me olha nos olhos.

– Pode me julgar – continua. – Julgue o quanto quiser. Mas não tolero um homem que bate na esposa. Tolerância zero para um homem que bate nos filhos. – Sua respiração vai ficando dificultosa. – Seamus Fletcher estava acabando com sua família. E você pode falar o que quiser, mas nunca vou me arrepender de ter matado um homem que empurrou o rosto da esposa contra a parede. Jamais me arrependerei de ter matado um homem que deu um soco na boca da filha de nove anos. Eu não me arrependo. E não vou pedir desculpas pelo que fiz. Porque uma criança vive melhor sem pai e uma esposa vive melhor sem marido do que com alguém como aquele homem. – Observo o movimento duro em sua garganta. – Eu sei muito bem disso.

– Sinto muito... Warner... eu...

Ele ergue a mão para me interromper. Recompõe-se, foca o olhar no prato intocado.

– Eu já falei antes, meu amor, e sinto muito por ter de repetir, mas você não entende as escolhas que eu tenho que fazer. Não sabe o que eu já vi e o que sou forçado a testemunhar todos os dias. – Ele hesita. – E eu não quero que entenda. Mas tampouco presuma que compreende as minhas ações – diz, enfim me olhando nos olhos. – Porque, se fizer isso, tenho certeza de que vai se deparar com decepções e, se insistir em continuar fazendo suposições sobre a minha personalidade, eu aconselharia uma coisa: sempre parta do pressuposto de que estará errada.

Ele se levanta com uma elegância casual que me assusta. Esfrega a mão nas calças. Puxa outra vez as mangas.

– Pedi para mudarem o seu armário para o meu *closet*. Tem roupas para você se trocar, se quiser. A cama e o banheiro são seus. Eu tenho trabalho a fazer. Vou dormir no meu escritório esta noite.

E, com isso, abre a porta lateral, que dá para o escritório, e se tranca lá.

Oito

Minha comida está fria.

Cutuco as batatas e forço-me a terminar de comer, muito embora tenha perdido o apetite. Só consigo me perguntar se dessa vez fui longe demais com Warner.

Pensei que as descobertas tivessem chegado ao fim por hoje, mas mais uma vez estava errada. O que me leva a indagar quanto ainda falta, quanto ainda descobrirei sobre Warner nos próximos dias. Meses.

E sinto medo.

Porque, quanto mais descubro a seu respeito, menos desculpas tenho para afastá-lo. Ele está se abrindo para mim, tornando-se algo completamente diferente; aterrorizando-me de uma maneira que jamais esperei.

Tudo o que penso é *não agora*.

Não aqui, não quando existem tantas incertezas. Quem dera minhas emoções entendessem a importância de agirem no momento certo.

Nunca percebi que Warner não sabia o quanto eu o detestava. Imagino que agora eu consiga entender melhor como ele via a si mesmo; entendo que ele nunca tenha visto suas ações como criminosas ou dignas de um culpado. Talvez pensasse que eu fosse lhe conceder o benefício da dúvida, que eu fosse capaz de entendê-lo com a mesma facilidade que ele me entende.

Mas eu não fui capaz. Não fui. E agora não tenho como não questionar se o desapontei de alguma maneira.

E por que me importo?

Levanto-me suspirando, detestando minha própria incerteza. Porque, embora eu possa não ser capaz de negar minha atração física por ele, ainda não consigo afastar as primeiras impressões que tive de seu caráter. Para mim, não é fácil mudar de forma tão repentina e passar, de uma hora para a outra, a reconhecê-lo como qualquer coisa que não seja uma espécie de monstro manipulador.

Preciso de tempo para me ajustar à ideia de Warner como uma pessoa normal.

Mas estou cansada de pensar. E, agora, tudo o que quero é tomar um banho.

Arrasto-me na direção da porta do banheiro antes de lembrar o que ele falou sobre as minhas roupas, que mandou levar meu armário para o seu *closet*. Olho em volta, em busca de outra porta, mas não encontro nenhuma além da entrada trancada de seu escritório. Pego-me tentada a bater e conversar diretamente com ele, mas chego à conclusão de que é melhor não. Então estudo a parede mais atentamente, perguntando a mim por que Warner não me deu instruções, já que é tão difícil chegar a seu *closet*. Mas aí eu vejo.

Um interruptor.

Na verdade, mais se assemelha a um botão, mas nivelado à parede. Seria quase impossível avistá-lo se você não estivesse ativamente procurando.

Aperto o botão.

Um painel desliza na parede. E, quando passo por ele, o cômodo se ilumina sozinho.

Esse *closet* é maior do que todo o quarto dele.

As paredes e o teto são cobertos por placas de pedra branca que brilham com a luz fluorescente; o piso é coberto com tapetes orientais espessos. Tem um pequeno sofá de camurça, cor de jade, exatamente no centro do ambiente, mas é um sofá peculiar: não tem encosto. Parece um divã enorme. E o mais estranho de tudo: não vejo nenhum espelho aqui. Dou uma volta de 360 graus, meus olhos analisando, certos de que devo ter ignorado uma peça tão óbvia, e me atento tanto aos detalhes desse ambiente que quase esqueço que aqui tem roupas.

As *roupas*.

Elas estão por todos os lugares, expostas como se fossem obras de arte. Divisórias de madeira escura e lustrosa instaladas nas paredes, prateleiras com fileiras e mais fileiras de sapatos. Todo o resto do espaço do *closet* é dedicado a araras, cada uma hospedando uma categoria diferente de roupa.

Tudo é coordenado de acordo com as cores.

Ele tem mais casacos, mais sapatos, mais calças e camisas do que já vi em toda a minha vida. Gravatas e gravatas borboleta, cintos, cachecóis, luvas, abotoaduras. Tecidos lindos, opulentos: seda e algodão engomado, lã e casimira. Sapatos sociais e botas de couro lustrosas, polidas à perfeição. Um caban de um tom alaranjado escuro e queimado; um casaco azul-marinho longo; um casaco de inverno de uma nuança roxa rica e impressionante. Atrevo-me a deslizar os dedos pelos diferentes tecidos e me pergunto quantas dessas peças ele de fato já usou.

Fico impressionada.

Sempre tive a impressão de que Warner se orgulha de sua aparência; suas roupas são impecáveis, têm o caimento de peças feitas sob medida para seu corpo. Mas agora finalmente entendo por que ele tomou tanto cuidado com o meu guarda-roupas.

Não estava tentando me tratar com ares de superioridade.

Estava se divertindo.

Aaron Warner Anderson, comandante-chefe e regente do Setor 45, filho do comandante supremo do Restabelecimento.

Ele gosta de moda.

Depois que meu choque inicial se dissipa, sou capaz de encontrar facilmente meu antigo armário. Foi deixado sem a menor cerimônia em um canto do cômodo e quase sinto pena dele. Destaca-se, sem combinar, de maneira nenhuma, com o restante do espaço.

Rapidamente fuço nas gavetas, grata pela primeira vez por ter peças limpas para vestir. Warner previu todas as minhas necessidades antes de eu chegar à base. O armário está repleto de vestidos, camisas e calças, mas também de meias, sutiãs e calcinhas. E, embora eu soubesse que isso deveria me fazer sentir constrangida, por algum motivo não me sinto. As calcinhas são simples. Básicas, de algodão, supercomuns e perfeitamente funcionais. Ele as trouxe antes de me conhecer. E saber que não foram compradas com nenhum nível de intimidade me faz sentir menos constrangida com a situação.

Pego uma camiseta pequena, calças de pijama e uma roupa íntima nova, e saio do *closet*. Assim que volto ao quarto, as luzes imediatamente se apagam e eu aperto o botão no painel para fechar a porta.

Agora olho o quarto dele com novos olhos, readaptando-me a esse espaço menor. O quarto de Warner parece idêntico àquele que ocupei quando estive na base, e sempre me perguntei por quê. Não há itens pessoais em lugar nenhum; nada de fotografias ou bugigangas.

E de repente tudo faz sentido.

Seu quarto não significa nada para ele. É pouco mais do que um lugar para dormir. O *closet*, por outro lado... Ali tem seu estilo, seu *design*. Provavelmente é o único espaço com o qual se importa em seus aposentos.

O que me leva a indagar como seria o interior de seu escritório, e meus olhos apontam para sua porta antes de eu lembrar que ele está trancado ali dentro.

Seguro um suspiro e vou ao banheiro, planejando tomar banho, trocar-me e imediatamente dormir. O dia foi longo demais e estou pronta para dá-lo como encerrado. Espero que amanhã consigamos retornar ao Ponto Ômega e realmente conquistar algum progresso.

Mas, independentemente do que estiver para acontecer, independentemente do que descobrirmos, estou decidida a encontrar o caminho para chegar a Anderson.

Nem que eu tenha que ir sozinha.

Nove

Não consigo gritar.

Meus pulmões não se expandem. Minha respiração se mantém rasa. Meu peito parece apertado demais. Minha garganta está se fechando. Eu tento gritar e não consigo, só sai um chiado. Vou batendo os braços e tentando desesperadamente respirar, mas o esforço é em vão. Ninguém consegue me ouvir. Ninguém jamais saberá que estou morrendo, que tem um buraco em meu peito se enchendo de sangue e dor, e uma agonia tão insuportável. É tanta agonia e tanto sangue quente se derramando à minha volta, que não consigo, não consigo, não consigo *respirar*...

– Juliette... Juliette, meu amor, acorde... *acorde*...

Estremeço tão agitada que meu corpo chega a se dobrar. Estou respirando profunda e dificultosamente, tão soterrada, tão aliviada por ser capaz de empurrar oxigênio para dentro dos pulmões que não consigo falar, não consigo fazer nada senão inspirar o máximo possível. Meu corpo todo treme, minha pele está úmida, vai de quente demais a fria demais rapidamente demais. Não consigo me equilibrar, não consigo conter as lágrimas silenciosas, não consigo afastar o pesadelo, não consigo me libertar da memória.

Não consigo parar de arfar em busca de ar.

As mãos de Warner envolvem meu rosto. O calor de sua pele, de alguma maneira, ajuda a me acalmar e finalmente sinto minha frequência cardíaca começando a diminuir.

— Olhe para mim — ele pede.

Forço-me a olhar em seus olhos, tremendo enquanto recupero o fôlego.

— Está tudo bem — sussurra, ainda com as mãos em minhas maçãs do rosto. — Foi só um pesadelo. Tente fechar a boca e respirar pelo nariz. — Assente. — Isso. Assim. Tranquila. Você está bem.

Sua voz é tão delicada, tão melódica, tão inexplicavelmente doce.

Não consigo deixar de olhar em seus olhos. Tenho medo de piscar, medo de ser empurrada outra vez para dentro do meu pesadelo.

— Não vou soltá-la até você estar pronta — ele me diz. — Não se preocupe. Demore o tempo necessário.

Fecho os olhos. Sinto meu coração voltar a bater em ritmo normal. Meus músculos começam a se soltar, minhas mãos deixam de tremer. E, muito embora eu não esteja ativamente chorando, não consigo evitar que as lágrimas escorram por meu rosto. Mas aí alguma coisa em meu corpo se quebra, desmorona de dentro para fora, e de repente me pego tão exausta que sequer consigo me sustentar.

De algum jeito, Warner parece entender.

Ele me ajuda a me sentar na cama, puxa os cobertores em volta dos meus ombros. Estou tremendo, secando minhas últimas lágrimas. Warner passa a mão em meus cabelos.

— Está tudo bem – diz com doçura. – Você está bem.

— Você... você não vai dormir tam-também? – gaguejo ao me perguntar em silêncio que horas seriam agora.

Percebo que ainda está totalmente vestido.

— Eu... sim – responde. Mesmo sob a luz fraca, consigo notar a surpresa em seus olhos. – Mais tarde. Não costumo ir para a cama tão cedo.

— Ah. – Pisco os olhos, agora respirando com um pouco mais de facilidade. – Que horas são?

— Duas da manhã em ponto.

É a minha vez de me surpreender.

— Não temos que estar em pé dentro de poucas horas?

— Sim. – O esboço de um sorriso surge em seus lábios. – Mas quase nunca consigo dormir quando preciso. Parece que não consigo desligar a mente – conta, sorrindo para mim por um instante mais antes de me deixar.

— Fique.

A palavra escapa por meus lábios antes de eu sequer conseguir pensar no que estou fazendo. Não sei direito por que eu a pronunciei. Talvez porque é tarde e ainda estou trêmula, e talvez tê-lo perto de mim possa afastar os pesadelos. Ou talvez eu só seja fraca, esteja sofrendo e precisando de um amigo neste momento. Não sei ao certo. Mas tem alguma coisa na escuridão, no silêncio desta hora, penso eu, que cria sua própria língua. Existe um tipo de liberdade estranha na escuridão; uma vulnerabilidade aterrorizante que nos permite sentir as coisas justamente no momento errado, pois a escuridão faz parecer que ela vai guardar nossos segredos.

Esquecemos que essa escuridão não é um cobertor; esquecemos que ela logo vai embora. Mas pelo menos, enquanto ela existe, a gente se sente forte o bastante para dizer coisas que jamais diria sob a luz.

Exceto Warner, que não pronuncia uma única palavra.

Por uma fração de segundo, chega a parecer alarmado. Estuda-me com um terror silencioso, espantado demais para falar, e sou capaz de recolher tudo e esconder sob as cobertas quando ele segura meu braço.

Fico paralisada.

Ele me puxa para a frente até eu me perceber aninhada em seu peito. Seus braços caem cuidadosamente à minha volta, como se ele me dissesse que posso me afastar, que ele vai entender, que a escolha é minha. Mas me sinto tão segura, tão acalentada, tão devastadoramente feliz, que pareço incapaz de pensar em um único motivo pelo qual não deva desfrutar deste momento. Aproximo-me um pouco mais, escondendo o rosto nas suaves dobras de sua camisa, e seus braços me seguram um pouco mais apertado, o peito subindo e descendo. Minhas mãos descansam em seu abdome, nos músculos rígidos ao meu toque. Minha mão esquerda desliza por suas costelas, suas costas, e Warner congela, coração acelerado junto a meu ouvido. Meus olhos se fecham exatamente quando sinto-o inspirar.

– Ah, Deus – ele arfa. Afasta-se bruscamente, desfazendo nosso contato. – Não posso fazer isso. Não vou sair vivo.

– O quê?

Ele logo está em pé e só de ver sua silhueta já percebo que está tremendo.

– Não posso continuar com isso...

– Warner...

– Da última vez, pensei que conseguiria me distanciar – diz. – Pensei que poderia deixá-la ir embora e odiá-la por isso, mas não consigo. Porque você dificulta tanto... – fala com a voz instável. – Porque você não joga limpo. Acaba fazendo alguma coisa para tomar um tiro e me *arruinar* no processo.

Tento permanecer perfeitamente parada.

Tento não emitir um único ruído.

Contudo, minha mão se recusa a parar de tremer e meu coração se recusa a parar de espancar o peito. Com apenas algumas palavras ele conseguiu desmantelar meus mais concentrados esforços para esquecer o que lhe provoquei.

Não sei o que fazer.

Meus olhos finalmente se ajustam à escuridão e eu pisco só para me deparar com Warner me encarando, como se conseguisse enxergar a minha alma.

Não estou pronta para isso. Ainda não. Ainda não. Não assim. Porém, as sensações e as imagens de suas mãos, seus braços e seus lábios aceleram em minha mente. Eu tento, mas não consigo afastar os pensamentos, não consigo ignorar o cheiro de sua pele e a familiaridade insana de seu corpo. Sou capaz de ouvir seu coração batendo no peito, posso ver o movimento tenso de seu maxilar, a força silenciosamente contida em seu interior.

E, de repente, seu rosto se transforma. Preocupação.

— O que foi? Está com medo? — ele pergunta.

Fico assustada, respiro mais rápido, grata por ele só conseguir perceber a direção geral dos meus sentimentos e nada além disso. Por um instante, chego a sentir vontade de dizer que não. Não, não estou com medo.

Estou petrificada.

Ficar tão próxima assim de você faz isso comigo. Coisas estranhas, irracionais, que vibram em meu peito e trançam meus ossos. Quero respostas, nitidezes e livros da revelação. Quero um bolso cheio de sinais de pontuação para finalizar os pensamentos que ele força a entrarem em minha cabeça.

Mas não expresso nada disso em voz alta.

Em vez disso, faço uma pergunta para a qual já conheço a resposta.

— Por que eu sentiria medo?

— Você está tremendo — responde.

— Ah.

As duas letras e seu sonzinho assustado escapam por minha boca para procurarem refúgio em um lugar longe daqui. Continuo desejando ter a força necessária para deixar de observá-lo em momentos assim. Continuo desejando que minhas bochechas não pegassem fogo com tanta facilidade. Continuo desperdiçando meus pensamentos com coisas idiotas, penso eu.

— Não, não estou com medo — enfim respondo. Realmente preciso que ele se afaste de mim. Realmente preciso que Warner me faça esse favor. — Só estou surpresa.

Ele fica em silêncio, mas seus olhos não demoram a me implorar por uma explicação. Warner se tornou ao mesmo tempo tão familiar e tão estranho para mim em um período tão curto de tempo; exatamente e nada parecido com o que eu imaginei que seria.

— Você deixa o mundo todo pensar que você é um assassino sem coração — digo. — Mas não é.

Warner ri um pouquinho, suas sobrancelhas se arqueiam, tomadas por surpresa.

— Não — responde. — Receio que eu só seja o tipo comum de assassino.

— Mas por quê? Por que finge ser tão implacável? — questiono. — Por que deixa as pessoas te tratarem assim?

Ele suspira. Puxa outra vez as mangas da camisa para cima do cotovelo. Não consigo não acompanhar o movimento, meus olhos deslizando por seus antebraços. E aí percebo, pela primeira vez, que ele não tem tatuagens militares como todos os outros. E me pergunto por quê.

— Que diferença isso faz? — pergunta. — Deixe as pessoas pensarem o que quiserem pensar. Não preciso da validação delas.

— Então você não se importa se elas o julgam tão duramente? — pergunto.

— Não quero impressionar ninguém — responde. — Ninguém se importa com o que acontece comigo. Não estou nesse jogo para fazer amigos, meu amor. Meu trabalho consiste em liderar um exército, e essa é a única coisa que sei fazer bem. Ninguém sentiria orgulho das coisas que eu conquistei. Minha mãe nem me reconhece mais. Meu pai me acha fraco e patético. Meus soldados querem me ver morto. O mundo está indo para o inferno. E essas conversas que tenho com você são as mais longas que já tive na vida.

– O quê... sério? – pergunto com olhos arregalados.

– Sério.

– E você confia em mim a ponto de dividir todas essas informações? Por que dividir seus segredos comigo?

Seus olhos escurecem, parecem mortos de uma hora para a outra. Ele olha para a parede.

– Não faça isso – pede. – Não me faça perguntas para as quais já conhece a resposta. Duas vezes eu me expus totalmente para você e tudo o que recebi foram um ferimento de bala e um coração partido. Não me torture – pede, olhando outra vez em meus olhos. – Fazer isso é crueldade, até com alguém como eu.

– Warner...

– Eu não entendo! – ele explode, enfim perdendo a compostura, a voz subindo o tom. – O que *Kent* – praticamente cospe o nome – pode fazer por você?

Pego-me tão em choque, tão despreparada para responder a essa pergunta que, por um instante, me vejo sem palavras. Nem sei o que aconteceu a Adam, onde ele poderia estar agora ou o que o futuro reserva para nós. Neste exato momento, só me apego à esperança de que ele tenha saído vivo. Que esteja em algum lugar por aí, sobrevivendo, apesar das dificuldades. Neste exato momento, essa certeza já me bastaria.

Então respiro fundo e tento encontrar as palavras certas, o jeito certo de explicar que existem assuntos muito maiores, muito mais pesados a serem enfrentados, mas, quando ergo o rosto, encontro Warner ainda me encarando, esperando uma resposta para uma pergunta que agora percebo que ele tentou muito esconder. Alguma coisa deve incomodá-lo.

E suponho que Warner mereça uma resposta. Especialmente depois do que fiz com ele.

Então respiro fundo.

– Não se trata de algo que eu saiba explicar – digo. – Ele é... não sei. – Observo minhas mãos. – Adam foi meu primeiro amigo. A primeira pessoa a me tratar com respeito... a me amar. – Fico um instante em silêncio. – Sempre foi bondoso comigo.

Warner vacila. Seu rosto é tomado pela surpresa.

– Ele sempre foi tão *bondoso* assim com você?

– Sim – sussurro.

Dá uma risada dura, vazia.

– É incrível – diz, olhando para a porta, uma das mãos nos cabelos. – Passei os últimos três dias sendo consumido por essa pergunta, tentando desesperadamente entender por que você se entregou a mim tão voluntariamente só para rasgar meu coração no último momento por algum... por um ser humano tão sem--graça, tão dispensável. Fiquei pensando que devia existir algum motivo maior, alguma coisa que eu não percebi, algo que eu fosse incapaz de imaginar. – Concentra-se em mim. – E eu estava pronto para aceitar. Forcei-me a aceitar porque imaginei que seus motivos fossem profundos e estivessem além da minha capacidade de compreensão. Peguei-me disposto a deixá-la ir se tivesse encontrado alguém extraordinário. Alguém que pudesse conhecê-la de maneiras que eu jamais fosse capaz de compreender. Porque você merecia. Disse a mim mesmo que você merecia algo maior do que eu, maior do que o pouco que tenho a oferecer. – Warner faz uma negativa com a cabeça, baixa as mãos. – Mas isso? – prossegue, abalado. – Essas palavras? Essa explicação? Você o escolheu porque ele é bondoso com você? Porque ele oferece o que basicamente poderíamos definir como *caridade?*

De repente, pego-me furiosa.

De repente, pego-me constrangida.

Fico indignada com a permissão que Warner deu a si mesmo para julgar a minha vida, por ele achar que está sendo generoso ao deixar meu caminho livre. Estreito os olhos, fecho os punhos.

– Não se trata de caridade – esbravejo. – Ele se importa comigo… e eu me importo com ele.

Nada impressionado, Warner assente.

– Você devia adotar um cachorro, meu amor. Ouvi dizer que eles têm essas mesmas qualidades.

– Você é inacreditável! – Forço-me a me levantar, cambaleando e me arrependendo de ter feito isso. Tenho de me segurar à estrutura da cama para manter o equilíbrio. – O meu relacionamento com Adam não é da sua conta!

– Seu *relacionamento?* – Warner gargalha. Movimenta-se tão rapidamente para me encarar do outro lado da cama, deixando alguns metros entre nós. – Que relacionamento? Ele sequer sabe alguma coisa a seu respeito? Ele a entende? Conhece as suas necessidades, os seus medos, a verdade que você esconde aí no seu coração?

– Ah, e você? Você conhece?

— Você sabe muito bem que sim! — ele berra, apontando um dedo acusatório na minha direção. — E posso apostar *minha própria vida* que Kent não tem ideia de como você é. Você pisa em ovos em volta dos pensamentos dele, finge ser uma menina boazinha, não é verdade? Tem medo de assustá-lo. Tem medo de contar coisas demais a ele...

— Você não sabe de *nada!*

— Ah, sei, sim — retruca, apressando-se para perto. — Eu entendo perfeitamente. Ele se apaixonou pelo seu exterior quieto e tímido. Por quem você era. Não tem ideia do que você é capaz. Do que você pode fazer se for provocada demais.

Sua mão desliza na minha nuca; ele se aproxima até nossos lábios estarem poucos centímetros distantes.

O que está acontecendo com os meus pulmões?

— Você é uma covarde — Warner sussurra. — Quer ficar comigo, e isso a deixa aterrorizada. E tem vergonha. Vergonha porque talvez nunca deseje alguém como me deseja. Não é verdade? — Baixa o olhar e seu nariz roça no meu e quase consigo contar os milímetros entre nossos lábios. Luto para me concentrar, tento lembrar que estou furiosa com ele, furiosa com alguma coisa, mas sua boca está bem diante da minha, e minha mente não consegue parar de tentar encontrar um jeito de se livrar do espaço entre nós.

— Você me deseja — fala em voz baixa, sua mão descendo por minhas costas. — E isso a está matando.

Afasto-me bruscamente, detestando meu corpo por reagir a ele, por desmoronar assim. Minhas articulações parecem frágeis, minhas pernas perderam seus ossos. Preciso de oxigênio, preciso de um cérebro, preciso encontrar meus pulmões...

– Você merece muito, muito mais do que caridade – diz, peito subindo e descendo. – Você merece viver. Merece estar viva. – Warner me encara sem piscar. – Volte à vida, meu amor. Estarei aqui quando você acordar.

Dez

Acordo de bruços.

Meu rosto está enterrado nos travesseiros, meus braços envolvendo-os. Pisco calmamente os olhos embaçados, absorvendo meus arredores, tentando lembrar onde estou. Aperto-os ao me deparar com a clareza do dia. Meus cabelos caem no rosto quando ergo a cabeça para olhar em volta.

– Bom dia.

Espanto-me sem nenhuma razão para isso. Sento-me rápido demais e agarro um travesseiro junto ao peito por um motivo igualmente inexplicável. Warner está parado ao pé da cama, já formalmente vestido. Usa caças pretas e um suéter verde que se agarra ao contorno de seu corpo, as mangas puxadas acima dos antebraços. Os cabelos estão perfeitos. Os olhos, alertas, acordados, impossivelmente iluminados pelo verde da blusa. Na mão, uma caneca que exala fumaça. Está sorrindo para mim.

Ofereço um aceno desanimado.

– Café? – pergunta, oferecendo-me a caneca.

Olho insegura para aquilo.

– Eu nunca tomei café.

— Não é ruim – afirma, dando de ombros. – Delalieu é obcecado por café. Não é, Delalieu?

Empurro o corpo para trás, minha cabeça quase bate na parede.

No canto do quarto, um homem mais velho, de expressão doce, sorri para mim. Seus cabelos castanhos e finos, e o bigode repuxado me parecem vagamente familiares, como se eu já o tivesse visto antes na base. Percebo que está parado ao lado de um carrinho de café da manhã.

— É um prazer enfim conhecê-la, senhorita Ferrars – diz. Sua voz sai um pouco trêmula, mas de forma alguma intimidadora. Seus olhos são inesperadamente sinceros. – Café é realmente muito bom. Eu tomo todos os dias, mas prefiro o meu com...

— Creme e açúcar – Warner completa com um sorriso irônico, seus olhos rindo como se aquilo fosse uma piada interna. – Sim, embora eu ache o açúcar um pouco demais para mim. Parece que prefiro o amargor. – Olha outra vez na minha direção. – A escolha é sua.

— O que está acontecendo? – pergunto.

— Café da manhã – Warner responde com olhos que não revelam nada. – Pensei que pudesse estar faminta.

— Não tem problema em ele estar aqui? – sussurro, sabendo muito bem que Delalieu pode me ouvir. – Em ele saber que eu estou aqui?

Warner faz um sinal positivo com a cabeça. Não oferece outra explicação.

— Tudo bem – digo. – Vou provar o tal do café.

Arrasto-me pela cama para pegar a caneca e os olhos de Warner acompanham meu movimentos, deslizando do meu rosto para o contorno do meu corpo para os travesseiros e lençóis amarrotados sob minhas mãos e joelhos. Quando finalmente me olha nos olhos, desvia o olhar rápido demais, entregando-me a xícara só para aumentar enormemente a distância entre nós.

— Então, quanto Delalieu realmente sabe? — indago, olhando para o homem mais velho.

— O que quer dizer com isso? — Warner arqueia a sobrancelha.

— Bem, ele sabe que estou para ir embora? — Também arqueio uma sobrancelha. Warner me encara. — Você prometeu que me tiraria da base, e espero que Delalieu esteja aqui para ajudá-lo com essa tarefa. Agora, se isso for causar muito incômodo, posso tranquilamente sair pela janela. — Inclino a cabeça. — Da última vez, funcionou bem para mim.

Warner estreita os olhos na minha direção; seus lábios formam uma linha fina. Continua encarando quando assente para o carrinho de café da manhã ao seu lado.

— É assim que vamos tirá-la daqui hoje.

Engasgo com meu primeiro gole de café.

— Como?

— É a solução mais simples e eficaz. Você é pequena e leve, pode facilmente se encolher e caber em um espaço pequeno, e as cortinas de tecido a manterão escondida. Eu fico trabalhando com frequência no meu quarto — conta. — Delalieu me traz bandejas com o café de tempos em tempos. Ninguém vai suspeitar de nada incomum.

Olho para Delalieu em busca de algum tipo de confirmação.

Ele assente ansioso.

— Vamos começar pelo começo: como foi que você me trouxe aqui para dentro? — pergunto. — Por que não podemos simplesmente fazer a mesma coisa para eu sair?

Warner estuda um dos pratos do café da manhã.

– Receio que essa opção já não esteja disponível para nós.

– O que quer dizer com isso? – Meu corpo é tomado por uma ansiedade repentina. – Como você me fez vir parar aqui?

– Você não estava exatamente consciente – diz. – Tivemos que ser um pouco mais… criativos.

– Delalieu.

O homem ergue o olhar ao ouvir a minha voz, claramente surpreso por eu falar diretamente com ele.

– Sim, senhorita?

– Como você me trouxe para dentro deste prédio?

Delalieu encara Warner, cujo olhar agora permanece fixamente voltado à parede. Delalieu então me estuda, oferece um sorriso penitente.

– A gente… bem… a gente trouxe você no carrinho – confessa.

– Como?

– Senhor… – Delalieu de repente fala, seus olhos implorando para que Warner lhe transmita algum tipo de instrução.

– Nós a trouxemos aqui – Warner confessa, sufocando um suspiro. – Em um saco para corpos.

Meus membros ficam enrijecidos de medo.

– Vocês *o quê*?

– Você estava desacordada, meu amor. Não tínhamos muitas opções. Eu não podia simplesmente trazê-la em meus braços aqui para a base. – Lança um olhar na minha direção. – Houve muitas mortes durante a batalha. Dos dois lados. Um corpo dentro de um saco passaria facilmente ignorado.

Estou de queixo caído.

— Não se preocupe — ele continua, agora com um sorriso no rosto. — Eu fiz alguns buracos para você respirar.

— Nossa, quanta consideração — esbravejo.

— De fato foi consideração — ouço Delalieu se expressar. Olho para ele e percebo que está atento ao meu choque, claramente impressionado com meu comportamento. — Nosso comandante estava salvando a sua vida.

Estremeço.

Observo minha xícara de café, o calor colore minhas bochechas. Minhas conversas com Warner nunca antes tiveram espectadores. Eu me pergunto que tipo de impressão nossas trocas transmitem a um observador de fora.

— Está tudo bem, tenente — Warner diz. — Ela tem essa tendência a ficar nervosa quando está com medo. Basicamente, trata-se de um mecanismo de defesa. A ideia de ficar com o corpo dobrado em um espaço tão pequeno provavelmente desencadeou nela tendências claustrofóbicas.

De repente, ergo o rosto.

Warner está olhando diretamente para mim, olhos profundos com uma compreensão silenciosa.

Sempre esqueço que ele consegue capturar emoções, que sempre é capaz de saber o que realmente estou sentindo. E ele me conhece bem o bastante para ser capaz de colocar tudo dentro do contexto.

Sou totalmente transparente para ele. E, por algum motivo — pelo menos neste momento — sinto-me grata por isso.

— É claro, senhor — Delalieu fala. — Peço desculpas.

— Sinta-se à vontade para tomar banho e se trocar — Warner diz para mim. — Deixei algumas roupas no banheiro para você... nenhum vestido — continua, lutando para esconder um sorriso. — Esperaremos aqui. Delalieu e eu temos alguns assuntos para discutir.

Faço que sim com a cabeça enquanto me livro das roupas de cama e, cambaleando, fico em pé. Puxo a bainha da camiseta, de repente constrangida, sentindo-me amarrotada e desgrenhada na frente desses dois militares.

Encaro-os por um instante.

Warner aponta na direção da porta do banheiro.

Levo comigo meu café enquanto sigo o caminho, sempre me perguntando quem é Delalieu e por que Warner parece confiar nele. Pensei que ele tivesse dito que todos os soldados o quisessem morto.

Queria ser capaz de ouvir a conversa, mas os dois tomam o cuidado de não dizer nada até eu entrar no banheiro e fechar a porta.

Onze

Tomo um banho rápido, cuido para a água não tocar em meus cabelos. Já os lavei ontem à noite e a temperatura parece um bocado fria esta manhã; se formos sair, não quero correr o risco de pegar uma gripe. Porém, é difícil evitar a tentação de um banho demorado – e da água quente – no banheiro de Warner.

Visto rapidamente as roupas que Warner deixou dobradas para mim em uma prateleira. Calça jeans escura e um suéter azul-marinho. Meias e roupa íntima limpas. Um par de tênis novos.

Do tamanho perfeito.

É claro.

Não uso calça jeans há tantos anos que, num primeiro momento, o tecido me parece estranho. O caimento é tão justo, tão fino. Tenho que dobrar os joelhos para esticar o jeans um pouco. Quando passo o suéter por sobre a cabeça, enfim começo a me sentir à vontade. E, muito embora eu sinta saudade da minha roupa especial, é bom usar peças comuns. Nada de vestidos chiques nem calças cargo nem lycra. Só jeans e um suéter, como uma pessoa normal. É uma realidade peculiar.

Olho rapidamente no espelho, pisco para o meu próprio reflexo. Queria ter alguma coisa com a qual prender os cabelos; fiquei tão acostumada a conseguir afastar os fios do rosto enquanto estava no Ponto Ômega. Desvio o olhar com um suspiro resignado, desejando começar este dia o mais rapidamente possível. Quando entreabro a porta do banheiro, ouço vozes.

Fico congelada, só ouvindo.

– ... certeza de que é seguro, senhor? – Delalieu está falando. – Perdoe-me – ele se apressa em dizer. – Não quero parecer impertinente, senhor, mas não tenho como não me preocupar...

– Vai dar tudo certo. Mas tenha certeza de que nossas tropas não estarão patrulhando a área. Devemos passar algumas horas fora, no máximo.

– Sim, senhor.

Silêncio.

E aí...

– Juliette – Warner diz e quase caio dentro do vaso sanitário. – Venha aqui, meu amor. Bisbilhotar é muito feio.

Saio lentamente do banheiro, rosto corado pelo calor do banho e pela vergonha de ser flagrada em um ato tão juvenil. De repente, não tenho ideia do que fazer com minhas mãos.

Warner está se divertindo com meu constrangimento.

– Pronta para ir?

Não.

Não, não estou.

Esperança e medo me estrangulam e tenho de lembrar a mim mesma que preciso respirar. Não estou pronta para encarar a morte e a destruição de todos os meus amigos. É claro que não estou.

Mas o que digo em alto e bom som é:

— Sim, claro.

Estou me preparando para enfrentar a verdade, independentemente de como ela chegue a mim.

Doze

Warner estava certo.

Ser levada de carrinho pelo Setor 45 foi muito mais fácil do que o esperado. Ninguém notou nada e a área vazia do carrinho se provou espaçosa o bastante para eu me sentar confortavelmente.

É somente quando Delalieu abre um dos painéis de tecido que percebo onde estamos. Observo rapidamente os meus arredores, meus olhos fazendo um inventário de todos os tanques militares estacionados neste vasto espaço.

– Rápido – Delalieu sussurra. Aponta para o tanque estacionado mais próximo de nós. Observo quando a porta é aberta pelo lado de dentro. – Apresse-se, senhorita. Não podemos ser vistos.

Saio cambaleando.

Dou um salto para fora do carrinho e corro até a porta do tanque, subo para chegar ao meu assento. A porta se fecha, viro-me e deparo-me com um Delalieu atento ao que há à sua frente, seus olhos úmidos apertados, preocupados. O tanque entra em movimento.

Quase caio para a frente.

– Fique abaixada e feche o cinto, meu amor. Tanques não são construídos pra serem confortáveis.

Warner sorri ao olhar para a frente, suas mãos cobertas por luvas de couro preto, o corpo coberto por um sobretudo cinza-metálico. Abaixo-me em meu assento e tateio em busca do cinto antes de fechá-lo da melhor maneira que consigo.

– Então você sabe chegar lá? – pergunto a ele.

– É claro que sei.

– Mas o seu pai disse que você não lembrava nada do Ponto Ômega.

Warner me observa com olhos bem-humorados.

– Veja só como é conveniente para nós eu ter recuperado a memória.

– Aliás... como foi que você conseguiu escapar do Ponto Ômega? – indago. – Como passou pelos guardas?

Ele dá de ombros.

– Falei a eles que tinha permissão para ficar fora do meu quarto.

Fico de queixo caído.

– Você não pode estar falando sério.

– Muito sério.

– Mas como encontrou a saída? – questiono. – Ter passado pelos guardas, até aí eu entendo. Mas aquele lugar mais parece um labirinto... Eu não conseguia me achar lá dentro nem depois de passar um mês morando lá.

Warner observa um *display* no painel. Aperta alguns botões para acionar funções que não tenho ideia do que sejam.

– Eu não estava completamente inconsciente quando fui levado para lá – relata. – Forcei-me a prestar atenção à entrada. Fiz o que pude para memorizar todos os pontos de referência mais óbvios.

Também prestei atenção a quanto tempo eles demoraram para me levar da entrada à ala médica e depois da ala médica ao meu quarto. E toda vez que me levavam ao banheiro. Estudei meus arredores, tentando avaliar o quão distante ficava a saída.

— Então... — Franzo o cenho. — Você poderia ter se defendido dos guardas e tentado escapar muito antes. Por que não fez isso?

— Eu já disse. Ficar confinado ali era, curiosamente, um luxo. Fui capaz de colocar em dia semanas de sono atrasado. Ali eu não precisava trabalhar ou enfrentar problemas militares. Mas a resposta mais óbvia... — Warner expira. — É que fiquei porque podia vê-la todos os dias.

— Ah.

Warner dá risada, fecha os olhos com bastante força por um instante.

— No fundo, você não tinha vontade de estar lá, tinha?

— O que quer dizer com isso?

Ele nega com a cabeça e me diz:

— Se quiser sobreviver, você simplesmente não pode ficar indiferente ao que existe à sua volta. Não pode depender de outras pessoas para cuidarem de você. Não pode presumir que outra pessoa vá fazer as coisas certas.

— Do que está falando?

— Você não se importava — ele responde. — Passou um mês naquele lugar com aqueles rebeldes de poderes sobrenaturais discutindo ideias mirabolantes para salvar o mundo e nem aprendeu a andar lá dentro. É porque você não se importava. Não queria participar. Se quisesses, teria tomado a iniciativa de descobrir o máximo possível de informações sobre a sua nova casa. Teria explodido de animação. Em vez disso, ficou apática. Indiferente.

Abro a boca para protestar, mas não tenho chance de dizer nada. Warner prossegue:

– Eu não a culpo. Os ideais deles não eram realistas. Não importa o quão flexíveis seus membros sejam ou quantos objetos você é capaz de movimentar usando o poder da mente. Se não entende o seu oponente ou, ainda pior, se *subestima* seu oponente, você vai perder. – Seu maxilar se aperta. – Eu a alertei o tempo todo de que Castle provocaria o massacre do seu grupo. Ele era otimista demais para ser um bom líder, esperançoso demais para considerar, de maneira lógica, as probabilidades que existiam contra ele. Desconhecia demais o Restabelecimento para realmente entender como eles lidam com vozes de oposição. O Restabelecimento não tem interesse em manter uma imagem de bondoso. Os civis não são nada além de peões para eles. O Restabelecimento quer poder, e seus membros querem ser entretidos. Não estão interessados em resolver nossos problemas. Só buscam garantir que estejam nas mais confortáveis posições enquanto nós cavamos nossas próprias covas.

– Não.

– Sim – ele retruca. – É simples assim. Todo o resto é uma piada para eles. Os textos, os artefatos, as línguas. Só querem causar medo nas pessoas, mantê-las submissas, arrancar-lhes suas individualidades, guiá-las como gado a caminho de uma mentalidade única que serve somente aos propósitos deles. É por isso que podem e vão destruir todos os movimentos rebeldes. E esse é um fato que seus amigos não entenderam direito. E eles sofreram por sua ignorância.

INCENDEIA-ME

Warner estaciona o tanque.
Desliga o motor.
Destranca a minha porta.
E ainda não estou pronta para enfrentar isso.

Treze

Qualquer um seria capaz de encontrar o Ponto Ômega agora. Qualquer cidadão, qualquer civil, qualquer um com visão seria capaz de dizer onde a enorme cratera dentro do Setor 45 está localizada.

Warner estava certo.

Pouco a pouco solto o cinto de segurança, tentando cegamente alcançar a maçaneta. Sinto-me como se estivesse me movimentando em meio à bruma, como se minhas pernas fossem de argila úmida. Não consigo prestar atenção à altura do tanque quando saio ao ar livre.

É isso.

A extensão vazia e árida de terra que passei a reconhecer como a área em torno do Ponto Ômega, a terra que, conforme Castle nos contou, no passado fora repleta de vegetação. Ele explicou que ali era o esconderijo ideal para o Ponto Ômega. Mas isso foi antes de as coisas começarem a mudar, antes de o clima ser alterado e as plantas enfrentarem dificuldade para florir. Agora é um cemitério. Esqueletos de árvores e o vento uivando, uma fina camada de neve derramada sobre a terra gelada e batida.

O Ponto Ômega acabou.

Não passa de um enorme buraco no chão de mais ou menos um quilômetro e meio de diâmetro e quinze metros de profundidade. É uma tigela cheia de estranhezas, de morte e destruição no rastro silencioso da tragédia. Anos de esforço, tanto tempo e energia dedicados a um objetivo específico, a um propósito: um plano para salvar a humanidade.

Tudo apagado de um dia para o outro.

Um sopro de vento se prende às minhas roupas, envolve meus ossos. Dedos gelados se arrastam por minhas pernas, fecham-se em volta dos meus joelhos e puxam; de repente, não sei como ainda estou em pé. Meu corpo parece congelado, frágil. Minhas mãos cobrem a boca e nem sei como as levei até ali.

Alguma coisa pesada cai em meus ombros. Um casaco.

Olho para trás e percebo que Warner está me observando. Estende a mão para me entregar um par de luvas.

Pego as luvas e as puxo sobre meus dedos gelados. Pergunto-me por que ainda não acordei, por que ninguém me chamou para dizer que está tudo bem, que tudo não passa de um pesadelo, que tudo vai ficar bem.

Sinto-me como se estivesse virada do avesso, como se alguém tivesse arrancado todos os órgãos dos quais preciso para funcionar e a mim não restasse nada, só um vazio, só uma descrença completa e total. Porque é impossível.

Ponto Ômega.

Acabou.

Completamente destruído.

— JULIETTE, ABAIXE-SE...

Quatorze

Ele me joga no chão quando o barulho de tiros invade o ar à nossa volta.

Seus braços estão debaixo do meu corpo, puxando-me junto a seu peito, seu corpo me escudando do desastre iminente no qual nos enfiamos, seja lá qual for. Meu coração bate tão alto que mal consigo ouvir a voz de Warner, que agora fala ao meu ouvido.

Tento assentir.

– Fique abaixada – ele instrui. – Não se movimente.

Eu não planejava fazer movimento nenhum, mas não digo nada disso a ele.

– FIQUE LONGE DELA, SEU FILHO DA PUTA SEM VALOR NENHUM...

Pego meu corpo enrijecendo.

Essa voz. Eu conheço essa voz.

Ouço passos se aproximando, amassando a neve, o gelo e a terra. Warner começa a me soltar aos poucos, e percebo que está estendendo a mão para pegar a arma.

– Kenji... Não... – tento gritar, mas minha voz é abafada pela neve.

— LEVANTE-SE — Kenji berra, vindo ainda mais perto. — Levante-se, seu covarde de merda!

Oficialmente comecei a entrar em pânico.

Os lábios de Warner tocam em meu ouvido.

— Eu já volto — ele sussurra.

E justamente quando me viro para protestar, o peso de Warner some. Seu corpo desaparece. Desaparece por completo.

Vou cambaleando, tentando ficar em pé, girando à minha volta.

Meus olhos pousam em Kenji.

Ele parou onde está, confuso, analisando os arredores, e fico feliz tão feliz ao vê-lo, que não posso me dar ao luxo de me importar com Warner agora. Sinto-me quase pronta para chorar. Pronuncio o nome de Kenji em um grito agudo.

Seus olhos se fixam nos meus.

Ele avança para a frente, diminuindo a distância entre nós e me dando um abraço tão feroz que praticamente corta a minha circulação.

— Puta merda, como é bom ver você! — exclama, sem ar, abraçando-me ainda mais apertado.

Agarro-me a ele tão aliviada, tão impressionada, que sequer sei o que dizer. Fecho os olhos bem apertados, incapaz de evitar as lágrimas.

Kenji se afasta para me olhar nos olhos, seu rosto tomado por dor e alegria.

— Que diabos você está fazendo aqui? Pensei que estivesse *morta*...

— Eu pensei que *você* estivesse morto!

Ele então para. O sorriso desaparece de seu rosto.

— Aonde está Warner? Aonde o filho da mãe foi? – ele indaga, seus olhos absorvendo o que há à nossa volta. – Você estava com ele, não estava? Não estou perdendo de vez a sanidade, estou?

— Sim... Ouça... Warner me trouxe aqui – digo, tentando falar com calma, alimentando a esperança de que vou acalmar a raiva em seus olhos. – Mas ele não quer brigar. Quando Warner me contou tudo o que aconteceu no Ponto Ômega, eu não acreditei. Então pedi para ele me mostrar alguma prova...

— Isso é verdade? – Kenji indaga. Seus olhos brilham com um tipo de ódio que nunca o vi sentir. – Ele veio para exibir o que eles fizeram? Para mostrar a você quantas pessoas ele ASSASSINOU? – Kenji se afasta de mim, tremendo com uma fúria que eu jamais esperaria ver nele. – Você contou a ele quantas crianças viviam lá? Warner contou para você quantos de nossos homens e mulheres foram aniquilados por causa dele? – Sem fôlego, Kenji faz uma pausa. – Ele falou alguma coisa sobre isso? – pergunta de novo, gritando no ar. – VOLTE AQUI, SEU FILHO DA PUTA!

— Kenji, não...

Mas Kenji se vai. Avança tão rápido que se torna só um pontinho ao longe. Sei que está procurando, neste espaço enorme, algum sinal de Warner. E sei que preciso fazer alguma coisa. Preciso impedi-lo, mas não sei como...

— Não se mexa.

É Warner sussurrando ao meu ouvido, suas mãos firmemente plantadas em meus ombros. Tento dar meia-volta e ele me segura onde estou.

— Eu falei para não se mexer.

— O que você está...?

— Shhh – ele insiste com delicadeza. – Ninguém consegue me ver.

— O quê? – Estou boquiaberta. Giro o pescoço para tentar olhar para trás, mas minha cabeça bate no queixo de Warner. Seu queixo invisível.

— Não – eu me pego arfando. – Mas você não está tocando nele...

— Olhe bem à sua frente – ele sussurra. – Sermos pegos conversando com pessoas invisíveis não vai ajudar a melhorar a imagem de nenhum de nós dois.

Warner se encolhe atrás de mim.

Viro o rosto para a frente. Kenji não está mais em meu ângulo de visão.

— Como foi que...? – pergunto a Warner. – Como foi que você...

Atrás de mim, ele dá de ombros.

— Tenho me sentido diferente desde que fizemos aquele experimento com o seu poder. Agora que sei como é assumir o controle de outra habilidade, consigo reconhecê-la mais facilmente. Agora mesmo, por exemplo, sinto como se pudesse estender a mão e literalmente controlar a sua energia. Com Kenji também foi fácil assim. Ele estava parado bem ali. Meu instinto de sobrevivência assumiu o controle da situação.

E muito embora esse seja um momento terrível para uma pessoa ter esse tipo de coisa, não consigo evitar o pânico por Warner poder projetar seus poderes com tamanha facilidade. Sem nenhum treinamento. Sem nenhuma prática.

Ele é capaz de se ligar às minhas habilidades e usá-las como quiser. Isso não pode ser bom.

Suas mãos apertam meus ombros.

– O que você está fazendo? – indago em um sussurro.

– Vendo se consigo passar o poder para você... Se consigo de alguma maneira transferi-lo e tornar nós dois invisíveis... Mas parece que não, não consigo. Quando absorvo a energia de outra pessoa, posso usá-la, mas aparentemente não consigo dividi-la. Depois que libero a energia, ela só pode ser devolvida a seu dono.

– Como é que você já está sabendo de tantas coisas? – pergunto impressionada. – Faz poucos dias que descobriu tudo isso.

– Andei treinando – responde.

– Mas como? Com quem? – Fico em silêncio por um instante. – *Ah*.

– Exatamente – ele diz. – Tem sido bem incrível ter você comigo. Por muitos motivos. – Ele afasta as mãos dos meus ombros. – Fiquei com medo de feri-la com seu próprio poder. Não sabia ao certo se podia absorvê-lo sem usá-lo acidentalmente contra você. Mas parece que cancelamos um ao outro. Quando tomo de você, só consigo devolver.

Estou sem fôlego.

– Vamos – Warner sugere. – Kenji está chegando a algum ponto fora do nosso alcance e não vou conseguir manter a energia dele por muito tempo mais. Precisamos sair daqui.

– Não posso ir embora assim – digo. – Não posso simplesmente abandonar Kenji, não assim...

– Ele vai tentar me matar, meu amor. E, embora eu saiba que provei o contrário no seu caso, posso garantir que, de modo geral, sou incapaz de suportar quando alguém tenta acabar com a minha vida. Portanto, a não ser que queira me ver dar o primeiro tiro contra ele, sugiro irmos embora o mais rápido possível. Nós dois. Já consigo sentir Kenji voltando.

— Não. Você pode ir. *Deve* ir, aliás. Mas eu vou ficar aqui.

Warner fica paralisado atrás de mim.

— O quê?

— Vá – digo a ele. — Você precisa ir aos complexos... tem assuntos para cuidar. Precisa ir. Mas eu preciso ficar aqui. Tenho que saber o que aconteceu com todo mundo e, depois que eu souber, seguir em frente.

— Você está me pedindo para deixá-la aqui — ele diz, sem nem tentar esconder seu choque. — Indefinidamente.

— Sim — respondo. — Não vou a lugar nenhum antes de receber algumas respostas. E você está certo. Kenji sem dúvida vai atirar primeiro e perguntar depois, portanto é melhor que você vá embora. Vou conversar com ele, tentar explicar o que aconteceu. Quem sabe todos nós possamos trabalhar juntos...

— O quê?

— Não precisa ser só eu e você — explico. — Você disse que queria me ajudar a matar o seu pai e derrubar o Restabelecimento, não disse?

Ele assente lentamente, esfregando-se na minha nuca. Respiro fundo para prosseguir:

— Certo. Então... Eu aceito a sua oferta.

Warner fica rígido.

— Você aceita a minha oferta.

— Aceito.

— Tem noção do que está dizendo?

— Eu não diria se não fosse com sinceridade. Não sei se vou conseguir fazer isso sem você.

Sinto a onda de calor vinda de seu corpo, seu coração batendo forte em minhas costas.

— Mas preciso saber quem mais ainda está vivo – insisto. – E o nosso grupo pode trabalhar junto. Seremos mais fortes assim e todos lutaremos com o mesmo objetivo em mente.

— Não.

— É o único jeito.

— Eu preciso ir – ele diz, fazendo-me girar. – Kenji está quase chegando. – Enfia um objeto duro, de plástico, na minha mão. – Ative esse *pager* – diz. – Quando estiver pronta. Leve-o consigo e saberei onde encontrá-la.

— Mas...

— Você tem quatro horas – diz. – Se eu não tiver notícias suas antes disso, vou supor que está em perigo por algum motivo, e aí virei sozinho atrás de você. – Continua segurando minha mão, ainda pressionando o pager em minha palma. É a mais insana das sensações ser tocada por alguém que você não consegue ver. – Entendeu? – sussurra.

Faço que sim com a cabeça. Não tenho ideia de em qual direção olhar.

E aí congelo, cada centímetro do meu corpo fica quente e frio tudo ao mesmo tempo, porque ele encosta os lábios em meus dedos, e é um movimento leve e delicado, e, quando se afasta, estou girando, inebriada, instável.

INCENDEIA-ME

Porém, ainda enquanto estou recuperando o equilíbrio, ouço o barulho familiar, rítmico e elétrico, e aí me dou conta de que Warner já está dirigindo para longe.

E fico ali, pensando no que acabei de concordar em fazer.

Quinze

Com passos pesados e olhos queimando, Kenji vem vindo em minha direção.

– Aonde diabos ele foi? Viu aonde ele foi?

Nego com a cabeça enquanto estendo a mão e seguro seus braços em uma tentativa de olhá-lo nos olhos.

– Converse comigo, Kenji. Diga o que aconteceu... onde está todo mundo?

– Não tem *todo mundo* nenhum mais! – ele se enerva, desfazendo o nosso contato. – Ponto Ômega é coisa do passado... tudo acabou... tudo... – Fica de joelhos, peito subindo e descendo, corpo indo na direção do chão, testa afundando na neve. – Pensei que você também estivesse morta. Pensei que...

– Não – respondo boquiaberta. – Não, Kenji... eles não podem ter morrido, todos... não todos...

Adam não.

Adam não.

Por favor, Adam não.

Eu estava otimista demais sobre o dia de hoje.

Eu estava mentindo para mim.

No fundo, não acreditei em Warner. Não acreditei que pudesse ser tão ruim assim. Mas agora, deparando-me com a verdade, ouvindo a agonia de Kenji... a verdade de tudo o que aconteceu me espancou com tanta força que me sinto como se estivesse caindo em minha própria sepultura.

Meus joelhos atingiram o chão.

– Por favor – pego-me falando. – Por favor, diga-me que há outros... Adam tem que estar vivo...

– Eu cresci lá – Kenji me conta.

Não está me ouvindo e não reconheço essa voz tão rasgada, tão dolorida. Quero o Kenji dos velhos tempos de volta, aquele que sabia assumir o comando, assumir o controle. E esse não é ele.

Esse Kenji está me deixando com muito medo.

– Aquilo lá era a minha vida – prossegue, olhando na direção da cratera que antes fora o Ponto Ômega. – O único lugar... todas aquelas pessoas... – Kenji fica sem fôlego. – Eles eram a minha *família*. A minha única família...

– Kenji, por favor... – Tento chacoalhar seu corpo. Preciso arrancá-lo desse furacão de dor antes que eu também sucumba. Precisamos sair de vista e só agora começo a perceber que Kenji não está nem aí. Ele *quer* se colocar em perigo. Ele *quer* brigar. Ele quer *morrer*.

Não posso deixar isso acontecer.

Alguém precisa assumir o controle dessa situação agora mesmo, e agora mesmo talvez *eu* seja a única capaz.

– Levante-se – esbravejo, minha voz sai mais severa do que eu pretendia. – Você precisa se levantar e parar de agir de forma tão descuidada. Sabe que não é seguro aqui e que precisamos ir para outro lugar. Onde você está ficando? – Seguro seu braço e puxo, mas ele não se mexe. – Levante-se! – grito outra vez. – Levante...

E aí, de um instante para o outro, lembro que sou muito mais forte do que Kenji jamais será. E perceber isso quase me faz sorrir.

Fecho os olhos e me concentro, tentando lembrar tudo o que ele me ensinou, tudo o que aprendi sobre como controlar minha força, como encontrá-la quando dela precisar. Passei tantos anos guardando-a dentro de mim, escondendo-a, escondendo-a de mim, que ainda preciso de algum tempo para lembrar que ela está ali, esperando que eu a conclame. Mas, assim que me abro a ela, sinto-a tomando conta de mim. É um poder tão cru e tão forte, que me faz sentir invencível.

E aí, de um instante para o outro, puxo Kenji para longe do chão e jogo-o por sobre meu ombro.

Eu.

Eu fiz isso.

Kenji, é claro, deixa escapar a série das palavras mais sujas que já ouvi na vida. Está me chutando, mas quase nem consigo sentir; meus braços o envolvem, mas sem apertar. Minha força é cuidadosamente controlada para não o esmagar. Está furioso, mas pelo menos está xingando outra vez. Isso é algo que reconheço.

Interrompo-o no meio de um palavrão.

– Diga logo onde você está ficando – ordeno. – E recomponha-se. Não pode desmoronar bem diante de mim agora.

Kenji fica em silêncio por um instante.

— Ei, hum... Desculpa por incomodar, mas estou procurando uma amiga minha — ele diz. — Será que você não a viu por aí? É uma coisinha pequeninha, chora muito, passa tempo demais com seus próprios sentimentos...

— Cale essa boca, Kenji.

— Ah, espere! — ele fala. — É *você!*

— Aonde estamos indo?

— Quando é que você vai me colocar no chão? — ele retruca, agora sem achar graça. — Quero dizer, daqui de cima tenho uma visão ótima da sua bunda, caso não se importe de eu estar olhando...

Sem pensar, solto-o no chão.

— Porra, caralho, Juliette... Que porra é essa...

— Como é a vista daí de baixo?

Posiciono-me sobre seu corpo espalhado no chão, cruzo os braços na altura do peito.

— Eu te odeio.

— Levante-se por favor.

— Quando foi que você aprendeu a fazer isso? — resmunga, cambaleando para ficar em pé, esfregando as mãos nas costas.

Viro os olhos. Foco-os ao longe. Nada, ninguém à vista, até agora.

— Não aprendi.

— Ah, claro — responde. — Faz sentido, mesmo. Porque jogar um homem adulto sobre os seus ombros é tão facinho, não é? Esse tipo de merda surge naturalmente para você.

Dou de ombros.

Kenji deixa escapar um assobio baixinho.

— E, para piorar, ainda se acha.

— Verdade. — Protejo os olhos da luz gelada do sol. — Acho que ter passado todo esse tempo com você realmente me deixou bem zoada.

— Ahhh-haaa! — ele exclama, unindo as mãos, sem achar graça. — Levante-se, princesa. Você é uma comediante.

— Eu já estou em pé.

— Foi uma piada, espertalhona.

— Aonde vamos? — pergunto de novo. Começo a andar, mas sem seguir nenhuma direção específica. — Realmente preciso saber aonde vamos.

— Ao território não regulamentado. — Ele começa a andar do meu lado, segurando minha mão para mostrar o caminho. Imediatamente nos tornamos invisíveis. — Foi o único lugar no qual nós conseguimos pensar.

— Nós?

— Exato. É o antigo lugar de Adam, lembra? Foi lá que…

Paro de andar, sinto meu peito subindo e descendo. Estou esmagando a mão de Kenji com a minha e ele a puxa, soltando palavrões, tornando-nos visíveis outra vez.

— Adam continua vivo? — pergunto, olhando-o nos olhos.

— É claro que ele ainda está vivo. — Kenji lança um olhar de censura na minha direção enquanto esfrega a própria mão. — Você não ouviu nada do que eu falei até agora?

— Mas você falou que todo mundo estava morto. — Pego-me boquiaberta. — Você disse que…

— Sim, todo mundo está morto — Kenji reforça, seus traços tornando-se de novo sombrios. — Éramos em mais de cem no Ponto Ômega. Restaram só oito de nós.

Dezesseis

— Quem? — pergunto, sentindo meu coração apertar. — Quem sobreviveu? Como?

Kenji deixa escapar uma longa expiração, passa as mãos pelos cabelos enquanto se concentra em um ponto atrás de mim.

— Você só quer só uma lista dos nomes? — pergunta. — Ou quer saber como tudo aconteceu?

— Quero saber tudo.

Ele assente. Olha para baixo, bate os pés na neve. Segura outra vez a minha mão e começamos a andar, duas pessoas invisíveis no meio do nada.

— Acho que... — Kenji enfim se expressa. — de certa forma, temos que agradecer a você por ainda estarmos vivos. Porque, se não tivéssemos saído para procurá-la, talvez tivéssemos morrido com todos os outros no campo de batalha.

Ele hesita antes de prosseguir:

— Adam e eu percebemos muito rápido que você tinha desaparecido, mas quando, enfim, depois de muita luta, conseguimos chegar à frente, era tarde demais. Ainda estávamos a alguns metros de distância e só conseguimos vê-los empurrando-a para dentro do tanque. – Kenji faz que não com a cabeça. – Não podíamos simplesmente correr atrás de você. Estávamos tentando evitar os tiros.

Sua voz se torna mais profunda, mais sóbria conforme vai contando a história:

– Então decidimos fazer um caminho por uma rota alternativa, evitando todas as estradas principais, para tentar segui-la de volta à base, porque pensamos que você estivesse indo para lá. Mas, logo que chegamos, encontramos Castle, Lily, Ian e Alia, que estavam saindo. Eles conseguiram concluir sua missão com sucesso. Invadiram o Setor 45 e recuperaram Winston e Brendan. Os dois estavam quase mortos quando Castle os encontrou – Kenji conta baixinho.

Ele respira com dureza antes de continuar:

– Depois, Castle contou pra gente o que eles tinham ouvido enquanto estavam na base, que as tropas vinham sendo mobilizadas para um ataque aéreo ao Ponto Ômega. Que soltariam bombas sobre toda a área, na esperança de que, se atingissem o Ponto Ômega com poder de fogo suficiente, tudo no subsolo entraria em colapso. Não haveria escapatória para ninguém ali dentro, e tudo o que construímos seria destruído.

Sinto-o ficando tenso ao meu lado. Paramos de andar só por um instante, mas logo sinto Kenji puxar a minha mão. Tento me proteger do vento e do frio. Tento me proteger do tempo e das palavras dele.

– Aparentemente eles torturaram alguns de nós no campo de batalha para descobrirem a localização do Ponto Ômega. – Kenji nega com a cabeça. – Sabíamos que não nos restava muito tempo, mas, ainda assim, estávamos próximos o suficiente da base para eu conseguir comandar um dos tanques. Carregamos e fomos direto ao Ponto, na esperança de chegarmos em tempo para tirar todo mundo de lá. Mas acho que, no fundo, sabíamos que isso não daria certo. Os aviões já estavam lá em cima. Já estavam a caminho.

Ele ri de repente, mas é uma risada que parece lhe causar dor.

— E aí, por algum milagre louco da insanidade, interceptamos James depois de percorrermos quase dois quilômetros. Ele tinha conseguido escapar e estava indo para o campo de batalha. O pobre garoto estava com toda a frente da calça suja de urina, morrendo de medo, mas falou que se sentia cansado de ser deixado para trás. Falou que queria lutar com o irmão. — A voz de Kenji sai apertada. — E o mais louco é que, se James tivesse ficado no Ponto Ômega, como dissemos para ficar, teria morrido com todos os outros. — Ele deixa escapar uma risadinha. — E foi isso. Não tinha nada que pudéssemos fazer. Só podíamos ficar parados ali, vendo-os lançar bombas em trinta anos de trabalho, matar todos aqueles que eram jovens demais ou velhos demais para reagir e depois massacrar o resto do nosso grupo no campo de batalha. — Sua mão aperta a pegada em volta da minha. — Eu volto aqui todos os dias e trago a esperança de que alguém apareça. A esperança de encontrar algo ou alguém para levar comigo. — Ele para, a voz apertada, respingando emoções. — E aqui está você. Essa merda toda que aconteceu nem parece ser real.

Aperto seus dedos — dessa vez com doçura — e me aproximo dele.

— Nós vamos ficar bem, Kenji. Eu garanto. Vamos ficar juntos. Vamos superar isso.

Kenji afasta sua mão da minha só para deslizá-la por meu ombro, puxando-me fortemente ao seu lado. Sua voz sai suave quando ele volta a falar:

— O que aconteceu com você, princesa? Você parece diferente.

— Diferente de um jeito ruim?

— Diferente de um jeito bom – responde. – Como se finalmente tivesse vestido suas calças de adulta.

Dou uma risada alta.

— Estou falando sério – ele insiste.

— Bem... – Fico um instante em silêncio. – Às vezes diferente é melhor, não é?

— Verdade – Kenji concorda. – Sim, acho que sim. – E hesita. – Então... você vai me contar o que aconteceu? Porque, da última vez que a vi, você estava sendo enfiada no banco traseiro de um tanque do exército. Aí hoje de manhã você apareceu toda de banho tomado e sapatos brancos, andando por aí com Warner... – Solta meu ombro e segura outra vez a minha mão. – E ninguém precisa ser um gênio para deduzir que essa merda toda não faz o menor sentido.

Respiro fundo, tentando me recompor. É estranho não poder ver Kenji agora. A sensação é a de que estou fazendo essas confissões ao vento.

— Anderson atirou em mim – conto.

Kenji fica paralisado ao meu lado. Posso ouvi-lo respirar com dificuldade.

— *O quê?*

Confirmo com a cabeça, muito embora ele não consiga me ver.

— Eu não fui levada de volta à base. Os soldados me entregaram a Anderson. Ele estava esperando em uma das casas na mata, na área não regulada. Acho que queria privacidade — conto a Kenji, tomando o cuidado de omitir toda e qualquer informação sobre a mãe de Warner. São segredos reservados demais, e não é meu espaço dividi-los. — Anderson queria vingança pelo que fiz com suas pernas. Ficou aleijado. Quando me viu, andava usando uma bengala. Mas, antes que eu conseguisse entender o que estava acontecendo, ele puxou uma arma e me deu um tiro. Bem no peito.

— Puta merda! — Kenji expira.

— Eu me lembro muito bem. — Hesito por um instante. — Da morte. Foi a coisa mais dolorosa que já vivi. Não conseguia gritar porque meus pulmões estavam destruídos ou cheios de sangue. Não sei. Eu só conseguia ficar ali deitada, tentando respirar, esperando cair morta o mais rápido possível. E, durante todo o tempo, eu só pensava que tinha passado a vida toda sendo uma covarde e que meu jeito de agir não me levou a lugar nenhum. E me dei conta de que, se tivesse a chance de fazer tudo de novo, eu faria de forma diferente. Prometi a mim que finalmente deixaria de sentir medo.

— Sim, tudo isso é super-reconfortante — diz Kenji. — Mas como diabos você sobreviveu a um tiro no peito? — quer saber. — Era para estar morta agora.

— Ah... — Raspo a garganta. — Sim, hum... Warner salvou a minha vida.

— Não fode!

Tento não dar risada.

— Estou falando sério — respondo, demorando um instante para explicar que as meninas estavam lá e que Warner usou o poder delas para me salvar, que Anderson me deixou lá para morrer e que Warner levou-me de volta à base, escondeu-me e contribuiu para que eu me recuperasse. — E, a propósito, tenho quase certeza de que Sonya e Sara continuam vivas. Anderson as levou consigo de volta à capital. Quer forçá-las a servir como suas "médicas" pessoais. A essa altura, provavelmente já fez as duas curarem suas pernas.

— Tudo bem, sabe... — Kenji para de andar, segura meus ombros. — Você precisa se controlar um pouco, entende? Porque está derrubando informações demais em cima de mim, tudo ao mesmo tempo, e preciso que comece do começo. Preciso que me conte *tudo* — diz com uma voz que se torna mais aguda a cada instante. — Que diabos está acontecendo? As meninas continuam vivas? E que história é essa de Warner transferir o poder delas para você? Como algo assim é possível?

Então conto a ele.

Finalmente conto as coisas que sempre quis confessar. Conto a verdade sobre a habilidade de Warner e a verdade sobre Kenji ter ficado ferido perto da sala de jantar naquela noite. Conto que Warner não tinha ideia do que era capaz, que o deixei treinar comigo no túnel enquanto todos estavam na ala médica e que juntos arrebentamos o chão.

— Puta merda — Kenji sussurra. — Então aquele cuzão tentou *me matar*?

— Não de propósito — esclareço.

Kenji murmura um palavrão, bem baixinho.

E, embora eu não comente nada sobre a visita inesperada de Warner ao meu quarto mais tarde naquela noite, conto que Warner escapou e que Anderson estava esperando Warner aparecer antes de atirar em mim. Porque Anderson sabia o que Warner sentia por mim, conto a Kenji, e queria puni-lo por isso.

– Espere aí – Kenji me interrompe. – O que quer dizer com isso, que ele sabia o que Warner *sentia* por você? Nós todos sabíamos o que Warner sentia por você. Ele queria usá-la como arma. Isso não devia ter sido nenhuma revelação. Pensei que o pai dele ficasse feliz com isso.

Fico paralisada.

Esqueci que essa parte ainda era segredo, que eu nunca tive a intenção de revelar a verdade sobre minha ligação com Warner, porque, embora Adam pudesse suspeitar que Warner tivesse interesses além de profissionais em mim, eu nunca contei a ninguém sobre meus momentos íntimos com Warner. Ou as coisas que ele me falou.

Engulo em seco.

– Juliette – Kenji diz com um tom de aviso na voz. – Você não pode mais esconder essas merdas. Precisa me contar o que está acontecendo.

Sinto-me cambalear.

– Juliette...

– Ele está apaixonado por mim – sussurro. Nunca antes admiti isso em voz alta, nem para mim. Acho que eu esperava conseguir ignorar. Esconder. Fazer desaparecer para Adam nunca descobrir.

– Ele está... espere... *o quê?*

Respiro fundo. De repente, sinto-me exausta.

– Por favor, diga que você está brincando – Kenji pede.

Nego com a cabeça, esqueço que ele não consegue me ver.

– Uau!

– Kenji, eu...

– Isso é tãããão esquisito. Porque sempre pensei que Warner fosse louco, sabia? – Ele dá risada. – Mas agora... agora não me resta dúvida nenhuma.

Meus olhos se abrem bruscamente, o choque me faz dar risada. Empurro com força seu ombro invisível.

Kenji ri outra vez, em parte achando graça, em parte enfrentando sua própria descrença. Respira fundo.

– Então, bem, espere aí... Então... como sabe que ele está apaixonado por você?

– Como assim?

– Quero dizer, tipo... o que aconteceu? Ele a convidou para sair ou algo assim? Deu chocolates de presente e escreveu poesias ridículas? Warner não parece ser do tipo sentimental, se é que você me entende.

– Ai! – Mordo a parte interna da bochecha. – Não, não foi nada assim.

– Então?

– Ele só... me contou

Kenji para de andar tão abruptamente, que eu quase caio.

– Não, não pode ser.

Na verdade, não sei responder a isso.

– Ele realmente pronunciou essas palavras? Na sua cara? Tipo, direto na sua cara?

— Isso.

— Então... então... então espere aí, então ele contou para você que te amava? E você falou o quê? – Kenji se mostra curioso, embasbacado. – Obrigada?

— Não – engulo um choramingo, lembrando bem demais de quando atirei em Warner pela primeira vez. – Quer dizer, tipo... não sei, Kenji, tudo é muito estranho para mim agora. Ainda não encontrei um jeito de lidar com isso. – Minha voz se transforma em um sussurro. – Warner é muito... intenso – concluo, tomada por uma enxurrada de memórias, minhas emoções colidindo umas com as outras em um emaranhado de insanidade.

Seus beijos em meu corpo. Minhas calças caindo no chão. Suas confissões desesperadas abalando minhas articulações.

Fecho os olhos bem apertados, sinto-me quente demais, instável demais, tudo demais de repente demais.

— Sem dúvida é um jeito de descrever – Kenji murmura, trazendo-me de volta dos meus sonhos. Ouço-o suspirar. – Mas, enfim, Warner ainda não tem ideia de que ele e Kent são irmãos?

— Não – respondo, imediatamente sóbria.

Irmãos.

Irmãos que se odeiam. Irmãos que querem se matar. E eu estou no meio dos dois. Santo Deus, o que aconteceu com a minha vida?

— E os dois podem tocar em você?

— Podem. Mas... Bem, não, na verdade, não – tento explicar. – Adam... não pode me tocar de verdade. Quer dizer, poder ele pode, mais ou menos... – Deixo as palavras no ar. – É complicado. Ele precisa trabalhar ativamente para neutralizar a minha energia com a dele. Mas com Warner... – Balanço a cabeça, olho para meus pés invisíveis conforme vou andando. – Warner é capaz de me tocar sem sofrer nenhuma consequência. Não acontece nada com ele. Ele só absorve.

– Caramba! – Kenji exclama depois de um instante. – Caramba, caramba, caramba! Porra, que coisa mais louca!

– Eu sei.

– Então... está bem... você está me dizendo que Warner salvou a sua vida? Que ele chegou a implorar às meninas para ajudar a curar você? E que depois ele a escondeu no quarto dele para cuidar de você? Tipo, para te dar alimento, roupas e tudo isso, e deixou você dormir na cama dele?

– Sim.

– Está bem. Certo. Para mim, é muito difícil acreditar nisso.

– Eu sei – repito, dessa vez deixando escapar uma expiração exasperada. – Mas ele realmente não é o que vocês pensam. Sei que parece meio louco, mas na verdade ele é muito...

– Opa, espere aí... você está *defendendo* aquele cara? – A voz de Kenji respinga a choque. – Estamos falando do mesmo cara que a trancafiou e tentou transformá-la em sua escrava militar, certo?

Estou negando com a cabeça, desejando ser capaz de explicar tudo o que Warner me contou, mas sem soar como uma idiota ingênua.

– Não é... – Suspiro. – Na verdade, ele não queria me usar assim... – tento dizer.

Kenji deixa escapar uma risada alta.

– Puta merda! – exclama. – Você acredita mesmo nele, não acredita? Está comprando toda essa bobagem que ele coloca na sua frente.

– Você não o conhece, Kenji, não é justo...

– Ah, meu Deus – ele arfa, rindo outra vez. – Você está mesmo tentando me dizer que não conheço o cara que me levou para o meio do campo de batalha. Ele foi o meu comandante, porra! – Kenji me lembra. – Sei exatamente quem ele é.

– Não estou tentando discutir com você, está bem? Não espero que você entenda.

– Isso é hilário – diz, deixando escapar outra risada. – Você não entende mesmo, entende?

– Entende o quê?

– Ahh, cara – ele de repente fala. – Kent vai ficar *bem puto* – diz, arrastando todo alegre as últimas palavras.

Kenji chega a rir.

– Espere... o quê? O que Adam tem a ver com isso?

– Você notou que não me fez uma pergunta sequer sobre ele, certo? – Kenji faz uma pausa. – Quero dizer, acabei de contar para você toda a saga de toda a merda que aconteceu com a gente e você ficou toda *Ah, entendi, que história legal, cara, obrigada por dividir*. Não surtou nem perguntou se Adam saiu ferido. Não me perguntou o que aconteceu com ele nem como está agora, especialmente considerando que agora ele pensa que você está morta e tudo o mais.

De repente, sinto enjoo. Paro onde estou. Morrendo de vergonha e culpada.

– E agora você está aí, defendendo Warner – Kenji continua. – O mesmo cara que tentou *matar* Adam, e age como se ele fosse seu amigo ou qualquer merda assim. Tipo, como se ele fosse um cara normal, talvez mal compreendido. Como se todas as outras pessoas do planeta tivessem entendido tudo errado, provavelmente porque somos todos um bando de cuzões cheios de inveja e julgamento, que o odiamos por ter um rostinho tão, tão lindo.

A vergonha faz minha pele chamuscar.

— Não sou nenhuma idiota, Kenji. Tenho motivos para dizer as coisas que digo.

— Sim, e talvez eu só esteja dizendo que você não tem a menor ideia do que está falando.

— Como quiser.

— Não me venha com essa de *como quiser*...

— *Como quiser* – repito.

— Ai, meu Deus – Kenji diz ao vento. – Acho que essa menina vai tomar um chute no rabo.

— Você não acertaria o meu rabo nem se eu tivesse dez deles.

Kenji gargalha.

— Isso é um desafio?

— É um alerta – retruco.

— Uuuiii, então agora você resolveu me ameaçar? A menininha agora aprendeu a fazer ameaças?

— Cale essa sua boca, Kenji.

— *Cale essa sua boca, Kenji, mimimi* – ele repete, caçoando da minha voz, zoando-me.

— Quanto tempo mais temos que andar? – pergunto alto demais, irritada e tentando mudar de assunto.

— Estamos quase chegando – ele responde com palavras entrecortadas.

Nós dois passamos alguns minutos sem falar nada.

E então:

– E aí... por que você veio andando até aqui? – pergunto. – Não falou que tinha um tanque?

– Sim – Kenji diz em um sussurro, nossa discussão esquecida por um instante. – Na verdade, temos dois. Kent disse que roubou um logo quando vocês escaparam, ainda está parado na garagem dele.

É claro.

Como eu pude esquecer?

– Mas eu gosto de andar – Kenji continua. – Não tenho que me preocupar com a possibilidade de as pessoas me virem e sempre tenho a esperança de que, talvez, se eu estiver a pé, vou conseguir perceber coisas que não perceberia se não estivesse andando. Continuo tendo esperança.... – sua voz volta a se apertar. – Continuo tendo esperança de que encontraremos mais das nossas crianças em algum lugar por aí.

Aperto a mão de Kenji, encosto-me nele.

– Eu também – sussurro.

Dezessete

A casa de Adam é exatamente como me lembro.

Kenji e eu deixamos a garagem no subsolo e subimos alguns lances de escada até chegarmos aos andares superiores. De repente, fico tão nervosa que nem consigo falar. Já sofri por duas vezes a perda dos meus amigos e parte de mim sente que isso não pode estar acontecendo. Mas deve estar. Tem que estar.

Eu vou ver Adam.

Eu vou ver o rosto de Adam.

Ele vai ser *real*.

— Eles arrebentaram a porta quando estavam procurando a gente naquela primeira vez — Kenji lembra. — Por isso está bem zoada, tivemos que empilhar vários móveis contra ela para mantê-la fechada, mas no fim acabou ficando presa com aquele monte de coisa entulhada trás, entááão... sim, pode ser que eles levem um tempo para abrir. Mas, fora isso, esse lugar tem sido bom para a gente. Kent ainda tem muita comida guardada, a água ainda funciona porque ele pagou para usar até quase o fim do ano. No geral, tivemos muita sorte.

Estou assentindo, amedrontada demais para abrir a boca. Aquele café que tomei hoje de manhã de repente não parece cair bem no estômago, e eu me pego agitada da cabeça aos pés.

Adam.

Estou prestes a ver Adam.

Kenji bate à porta.

– Abra – grita. – Sou eu.

Por um minuto, tudo o que ouço é o som de movimentos pesados, madeira rangendo, metal raspando e uma série de pancadas. Observo o batente, que treme. Alguém do outro lado está puxando a porta, tentando liberá-la.

E aí ela abre. Muito, muito lentamente. Uma das minhas mãos agarra a outra para tentar me manter estável.

Winston está parado perto da porta.

Boquiaberto porque me viu.

– Puta merda! – exclama.

Tira os óculos – percebo que estão remendados com fita adesiva – e pisca para mim. Seu rosto está ferido, arrasado, o lábio inferior inchado, rasgado. A mão esquerda, enfaixada, a gaze dando várias voltas na palma.

Ofereço um sorriso tímido.

Winston agarra a camisa de Kenji e o puxa para a frente, olhos focados em meu rosto.

– Estou outra vez sofrendo com alucinações? – pergunta. – Porque vou ficar muito irritado se estiver sofrendo com alucinações outra vez. Que droga! – exclama, sem esperar a resposta de Kenji. – Se eu tivesse ideia de como seria horrível ter um ataque, teria dado um tiro na minha própria cara quando tive a chance...

— Você não está tendo alucinação nenhuma — Kenji o interrompe, rindo. — Agora, deixe a gente entrar.

Winston continua piscando para mim, olhos arregalados ao se afastar, oferecendo-nos espaço para entrar. Porém, assim que passo pela porta, sou lançada em outro mundo, em um conjunto de memórias diferentes. Aqui é a casa de Adam. O primeiro santuário que encontrei. O primeiro lugar onde me senti segura.

E agora está cheio de gente, um espaço pequeno demais para abrigar tantos corpos enormes. Castle, Brendan, Lily, Ian, Alia e James — todos congelaram onde estavam ao me verem. Todos me encaram com descrença estampada no rosto. E estou prestes a dizer alguma coisa, prestes a encontrar alguma coisa aceitável para dizer ao meu único grupo de amigos abatidos, arrasados, quando Adam sai do quartinho que, pelo que sei, antes pertencia a James. Está segurando alguma coisa nas mãos, distraído, sem notar a transformação abrupta na atmosfera.

Mas aí ele ergue o rosto.

Seus lábios estão separados, como se ele estivesse prestes a falar, e o que quer que fosse que estava segurando cai no chão, estilhaçando-se em tantos ruídos que assusta todo mundo, traz todo mundo de volta à vida.

Adam está me encarando, olhos fixos em meu rosto, peito subindo e descendo, o rosto enfrentando tantas emoções diferentes. Parece em parte sentir medo, em parte sentir esperança. Ou talvez sinta medo de sentir esperança.

E, embora eu perceba que talvez devesse ser a primeira a falar, de repente não tenho ideia do que dizer.

Kenji se posiciona ao meu lado, seu rosto se abrindo em um sorriso enorme. Ele desliza o braço em volta do meu ombro. Aperta. Diz:

– Olhe que gracinha o que eu encontrei.

Adam começa a atravessar a sala, mas tudo parece estranho – como se tivesse começado a ficar mais lento, como se esse momento sequer parecesse real, de certa forma. Vejo tanta dor em seus olhos.

Sinto-me como se tivesse tomado um forte soco no estômago.

Mas aí, lá está ele, bem à minha frente, as mãos analisando meu corpo como se quisesse ter certeza de que sou real, de que continuo intacta. Está estudando meu rosto, meus traços, seus dedos entrelaçando-se em meus cabelos. E aí, de repente, ele parece aceitar que não sou um fantasma, não sou um pesadelo, e me puxa contra si tão rapidamente que só consigo arquejar em resposta.

– Juliette – arfa meu nome.

Seu coração bate forte contra o meu ouvido, seus braços me envolvendo com força, e eu derreto em seu abraço, desfrutando do conforto caloroso, da familiaridade de seu corpo, seu cheiro, sua pele. Minhas mãos deslizam por seu corpo, abrem-se em suas costas, agarrando-o com mais força, e só percebo que lágrimas silenciosas deslizaram por meu rosto quando ele me olha nos olhos e me diz para não chorar, que está tudo bem, que vai ficar tudo bem, e sei que é tudo mentira, mas, ainda assim, é bom ouvir essas palavras.

Ele está outra vez estudando meu rosto, as mãos cuidadosamente aninhando a parte traseira da minha cabeça, tão cuidadoso para não tocar na minha pele. Lembrar disso me faz sentir uma dor aguda no coração.

— Não consigo acreditar que você está mesmo aqui – ele diz, com sua voz falhando. – Não consigo acreditar que isso está mesmo acontecendo.

Kenji raspa a garganta.

— Ei... Vocês dois? Essa paixão descarada está provocando nojo nas crianças.

— Eu não sou nenhuma criança! – James protesta, visivelmente ofendido. – E não sinto nojo nenhum.

Kenji dá meia-volta.

— Você não se incomoda com as respirações pesadas vindas dali?

Ele aponta distraidamente na nossa direção. Pensativa, dou um salto para longe de Adam.

— Não – James responde, cruzando os braços. – Você se incomoda?

— Nojo foi a minha reação, sim.

— Aposto que não acharia nojento se fosse você.

Uma pausa demorada.

— Você tem razão – Kenji enfim admite. – Talvez devesse encontrar uma mulher para mim neste setor medonho. Aceito qualquer uma com idade entre dezoito e trinta e cinco. – E aponta para James. – Então, o que acha de ir cuidar disso, obrigado.

James parece levar o desafio um pouco a sério demais. Assente várias vezes.

— Tudo bem – diz. – O que acha de Alia? Ou Lily? – indaga, imediatamente apontando para as únicas outras duas mulheres na sala.

Kenji abre e fecha a boca algumas vezes antes de dizer:

— É, não, obrigado, garoto. Essas duas são como irmãs para mim.

— Que gracinha — Lily diz a Kenji, e é então que percebo que é a primeira vez que ouço sua voz. — Aposto que você conquista todas as mulheres dizendo a elas que são como irmãs para você. Aposto que todas elas fazem fila para pular na cama com você, seu cafajeste.

— Quanta grosseria! — Kenji cruza os braços.

James começa a dar risada.

— Está vendo o que eu tenho que aguentar? — Kenji diz a ele. — Ninguém sente amor por Kenji. Eu faço e faço e faço pelas pessoas e nunca recebo nada em troca. Preciso de uma mulher que dê valor a tudo isso. — E aponta para toda a extensão de seu corpo. Está claramente exagerando, exagerando demais na esperança de entreter James com seu jeito ridículo, e seus esforços alcançam o objetivo. Kenji provavelmente é o único alívio cômico neste espaço superlotado, o que me faz indagar se é por isso que ele sai sozinho todos os dias. Talvez precise de tempo para sofrer em silêncio, em um lugar onde ninguém espere que ele seja o engraçadinho.

Meu coração bate forte e para de bater conforme hesito, e me pergunto o quão difícil deve ser para Kenji manter o controle, mesmo quando ele quer sumir. Vislumbro esse seu lado pela primeira vez hoje e ele me surpreende mais do que deveria surpreender.

Adam aperta meu ombro e eu me viro para encará-lo. Ele abre um sorriso doce, torturado, seus olhos pesados com dor e alegria.

De todas as coisas que eu poderia estar sentindo agora, culpa é a mais pesada.

Todos nessa sala parecem carregar fardos muito pesados. Momentos breves de leveza perfuram o clima ruim que recai sobre este espaço, mas, assim que as piadas chegam ao fim, o sofrimento volta a tomar seu lugar. E, embora eu saiba que devesse sofrer pelas vidas perdidas, não sei como fazer isso. Para mim, todas aquelas pessoas eram desconhecidas. Eu ainda estava começando a desenvolver uma relação com Sonya e Sara.

Mas, quando olho em volta, vejo que sou a única me sentindo assim. Percebo as linhas produzidas pelas perdas marcando o rosto de meus amigos. Vejo a tristeza enterrada em suas roupas, empoleirada em suas sobrancelhas contraídas. E alguma coisa no fundo da minha mente me incomoda, me chateia, me diz que eu deveria ser como eles, que deveria me sentir tão derrotada quanto eles se sentem agora.

Mas eu não sou.

Não posso mais ser aquela garota.

Por tantos anos, vivi com um medo constante de mim mesma. A dúvida casou-se com o medo e foi morar na minha mente, onde construiu castelos e criou reinos e reinou sobre mim, destruindo minha força até eu me tornar pouco mais do que um peão aquiescente, amedrontada para desobedecer, aterrorizada demais para discordar.

Eu estava algemada, era uma prisioneira da minha própria mente. Mas finalmente, finalmente aprendi a me libertar.

Estou chateada com nossas perdas. Horrorizada. Mas também me sinto ansiosa e inquieta. Sonya e Sara ainda estão vivas, enfrentando os dias à mercê de Anderson. Ainda precisam da nossa ajuda. Portanto, não sei como ficar triste quando tudo o que sinto é uma determinação implacável por fazer alguma coisa.

Não sinto mais medo do medo e não vou deixá-lo me governar.

O medo aprenderá a me temer.

Dezoito

Adam começa a me guiar na direção do sofá, mas Kenji nos intercepta.

– Vocês dois podem ter seu momento juntos, eu garanto – diz. – Mas agora precisamos nos colocar a par de tudo, dizer *oi, como estão* e isso e aquilo, e temos que ser rápidos. Juliette traz informações que todos os outros precisam ouvir.

Adam desliza o olhar de Kenji para mim.

– O que está acontecendo?

Viro-me para Kenji.

– Do que você está falando?

Ele vira os olhos para mim. Vira o rosto e diz:

– Sente-se, Kent.

Adam se afasta – só um ou dois centímetros –, sua curiosidade ganhando força. Kenji me puxa para a frente, então me pego parada no meio desta sala minúscula. Todos estão me encarando, como se eu pudesse arrancar nabos de dentro das minhas calças.

– Kenji, que...

– Alia, você se lembra de Juliette – Kenji apressa-se em dizer, assentindo para uma garota loira e esguia sentada em um canto da sala.

Ela me oferece um sorriso rápido antes de desviar o olhar, enrubescendo por nenhum motivo específico. Eu me lembro dessa garota. Foi ela quem criou a peça para eu usar nos dedos — a peça intrincada que ajustei sobre as luvas nas duas vezes em que fomos para a batalha. Nunca prestei muita atenção a Alia, e agora percebo que é porque ela tenta ser invisível. É uma menina delicada, doce, com olhos castanhos gentis. Também é uma *designer* excepcional. Eu me pergunto como desenvolveu essa habilidade.

— Lily… Você sem dúvida se lembra de Juliette — Kenji diz a ela. — Nós invadimos a área de armazenamento de produtos juntos. — Ele olha para mim. — Vocês lembram, não lembram?

Faço um gesto afirmativo com a cabeça. Ofereço um sorriso para Lily. Na verdade, não a conheço muito bem, mas gosto de sua energia. Ela faz uma saudação exagerada, bem-humorada, abrindo um sorriso enorme enquanto seus cachos castanhos caem diante do rosto.

— Que bom voltar a vê-la — ela diz. — E obrigada por não estar morta. É um saco ser a única garota por aqui.

A cabeça loira de Alia se levanta só por um segundo antes de ela se recolher novamente em um canto.

— Desculpa — continua Lily, parecendo sentir apenas um leve remorso. — Eu quis dizer: a única garota que *fala* por aqui. Por favor, diga-me que você fala.

— Ah, ela fala, sim — Kenji vai logo dizendo, olhando na minha direção. — Por sinal, fala mais palavrões do que um marinheiro.

— Eu não falo mais palavrões do que…

— Brendan, Winston — Kenji me interrompe, apontado para os dois rapazes sentados no sofá. — Esses dois não precisam ser apresentados, obviamente, mas, conforme você pode ver, eles estão com a aparência um pouco diferente agora. Conheça os efeitos transformadores de ser feito refém por um bando de filhos da puta sádicos! – Ele aponta na direção dos dois. Seu sarcasmo vem acompanhado de um sorriso frágil. – Agora eles estão parecendo dois gnus enormes, mas, você sabe, em comparação, eu pareço um rei. Então, a notícia é boa.

Winston aponta para o meu rosto. Seus olhos estão um pouco desfocados e ele tem de piscar algumas vezes antes de dizer:

– Eu gosto de você. É bem legal você não ter morrido.

– Eu concordo, colega. – Brendan dá tapinhas no ombro de Winston, mas também sorri para mim.

Seus olhos continuam de um azul muito leve e os cabelos superloiros, praticamente brancos. Agora, todavia, Brendan tem um corte enorme descendo desde a têmpora direita até a linha do maxilar, que aparentemente está começando a cicatrizar. Não consigo imaginar em quais outros lugares foi ferido. O que mais Anderson deve ter feito com ele e Winston? Uma sensação doentia e pegajosa me invade. Tento fechar os olhos com bastante força para afastá-la.

– É muito bom vê-la de novo – Brendan diz. Seu sotaque britânico sempre me surpreende. – Desculpe por eu não estar um pouco mais apresentável.

Ofereço um sorriso aos dois.

– Fico tão feliz por vocês estarem bem.

– Ian – Kenji diz, apontando para o cara alto e esguio empoleirado no braço do sofá.

Ian Sanchez. Lembro-me dele como o cara da minha equipe quando nos dividimos no complexo de armazenamento, mas, acima de tudo, sei que ele é um dos quatro que foram sequestrados pelos homens de Anderson. Ele, Winston, Brendan e outro cara, chamado Emory.

Tínhamos conseguido recuperar Ian e Emory, mas não Brendan e Winston. Lembro-me de ouvir Kenji comentando que Ian e Emory estavam tão feridos quando os trouxemos de volta que, mesmo com o poder de cura das meninas, ainda levaria algum tempo para eles se recuperarem. Agora Ian me parece estar bem, mas ele também deve ter passado por coisas horríveis. E Emory claramente não está aqui.

Engulo em seco, oferecendo a Ian o que espero ser um sorriso convincente.

Ele não sorri em resposta.

— Como você saiu viva? — ele vai logo perguntando, sem preâmbulos. — Parece que ninguém bateu em você, então... Quero dizer, não tenho nenhuma intenção de te ofender, mas não confio em você.

— Em breve ela vai explicar como saiu viva — Kenji esclarece, interrompendo Adam, que já está prestes a protestar para me defender. — Ela tem uma justificativa sólida, eu garanto. Já conheço todos os detalhes.

Ele lança um olhar duro para Ian, que nem parece notar. Na verdade, Ian continua me encarando com uma das sobrancelhas arqueadas, como se quisesse me desafiar.

Inclino a cabeça na direção dele, observando-o muito atentamente.

Kenji estala os dedos na frente do meu rosto.

— Foco, princesa, porque já estou ficando entediado. — Desliza o olhar pela sala, procurando alguém que talvez não estivesse aqui quando chegamos. – James – ele chama, seus olhos focados no rosto erguido do meu amiguinho de apenas dez anos. – Tem alguma coisa que queira dizer a Juliette antes de começarmos?

James me encara, seus olhos azuis brilhando, os cabelos de um loiro intenso. Ele dá de ombros.

– Jamais pensei que você estivesse morta – declara de forma bastante direta.

– Sério, mesmo? – Kenji questiona com uma risada.

James assente.

– Eu tinha essa sensação – ele diz, batendo os dedos na cabeça.

Kenji sorri.

– Tudo bem, certo, é isso. Vamos começar, então.

– E Cas... – começo a perguntar, mas paro imediatamente ao perceber a nota de alarme que surge e desaparece do rosto de Kenji.

Meu olhar pousa em Castle, estuda seu rosto de um jeito que eu não tinha estudado logo que cheguei.

Seus olhos estão sem foco, as sobrancelhas franzidas, como se ele estivesse preso em uma conversa infinitamente frustrante consigo mesmo; as mãos, unidas no colo. Os cabelos se libertaram do rabo de cavalo sempre perfeitamente preso na altura da nuca, e os *dreads* caem em volta de seu rosto, diante de seus olhos. Não fez a barba e parece ter sido arrastado em uma poça de lama, como se tivesse se sentado naquela cadeira assim que entrou neste lugar e nunca mais saído de cima dela.

E percebo que, do nosso grupo, Castle é o que mais sofreu.

O Ponto Ômega era sua vida. Seus sonhos estavam depositados em cada tijolo, em cada eco daquele espaço. E, em uma única noite, ele perdeu tudo. Suas esperanças, sua visão de futuro, toda a comunidade que tanto lutou para criar. Sua única família.

Tudo acabado.

– Foi muito difícil para ele – Adam sussurra perto do meu ouvido, e fico assustada com sua presença. Não tinha percebido que ele estava outra vez ao meu lado. – Já faz algum tempo que Castle está assim.

Sinto meu coração partir.

Tento olhar nos olhos de Kenji, tento me desculpar sem usar palavras, então digo a ele que entendo. Mas Kenji se recusa a olhar para mim. Leva alguns momentos para se recompor, e só então me dou conta de como tudo isso deve ser difícil para ele agora. Não se trata apenas do Ponto Ômega. Não se trata apenas de todo mundo que ele perdeu nem de todo o trabalho que foi destruído.

Trata-se de Castle.

Castle, que tem sido como um pai para Kenji, seu confidente mais íntimo, seu amigo mais querido.

Ele se tornou uma sombra do que era antes.

Meu coração parece pesar com a profundidade da dor de Kenji. Queria tanto poder fazer alguma coisa para ajudar, para consertar as coisas. E, nesse momento, prometo a mim que vou fazer alguma coisa.

Vou fazer tudo o que eu puder.

– Está bem. – Kenji une as mãos, assente algumas vezes antes de respirar duramente. – Todo mundo se sentindo à vontade, tudo tranquilo? Tudo ótimo? Ótimo. – Assente outra vez. – Agora, por favor, permitam-me contar a história de quando nossa amiga Juliette tomou um tiro no peito.

Dezenove

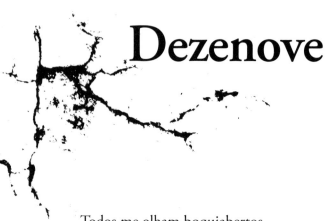

Todos me olham boquiabertos.

Kenji acabou de transmitir ao grupo os detalhes que dividi com ele, tomando o cuidado de evitar as partes em que Warner dizia que me amava, o que me deixa silenciosamente grata. Muito embora eu tivesse dito a Adam que ele e eu não devêssemos mais ficar juntos, tudo entre nós continua muito aberto e indeciso. Tentei seguir a vida, distanciar-me dele porque queria protegê-lo, e tive que sentir o luto por Adam de tantas maneiras diferentes que agora nem sei ao certo se sei o que sentir.

E não tenho a menor ideia do que ele pensa de mim.

Tem tantas coisas sobre as quais Adam e eu precisamos conversar. E simplesmente não quero que Warner seja uma delas. Warner sempre foi assunto para nós – especialmente agora, que Adam sabe que os dois são irmãos –, e eu não sei se estou no clima para discussões, especialmente não no primeiro dia depois que voltei.

Mas parece que não vou conseguir escapar disso com tanta facilidade.

– *Warner* salvou sua vida? – Lily pergunta, sem nem se preocupar em esconder seu choque ou repulsa. Agora até Alia está com as costas eretas e prestando atenção, olhos vidrados em meu rosto. – Por que diabos ele faria isso?

– Cara, esqueça essa merda toda – Ian interrompe. – O que vamos fazer sobre o fato de Warner simplesmente conseguir roubar nossos poderes e essa merda toda?

– Você não tem poder nenhum – Winston o faz lembrar. – Por essas e outras, não tem nada com que se preocupar.

– Você sabe do que eu estou falando – Ian esbraveja, um toque de cor enrubescendo seu rosto. – Não é seguro um psicopata como ele ter esse tipo de habilidade. Acho assustador pra cacete.

– Ele não é nenhum psico… – tento dizer, mas a sala explode em uma cacofonia de vozes, todas competindo por uma chance de serem ouvidas.

– Alguém pode me explicar o que significa isso…?

– … perigoso?

– Então Sonya e Sara continuam *vivas*…

– … viu mesmo Anderson? Como ele é?

– Mas por que ele faria isso…?

– … certo, mas não se trata de…

– ESPEREM UM POUCO! – Adam interrompe todo mundo. – Onde diabos ele está agora? – Vira-se para me olhar nos olhos. – Você falou que Warner a trouxe aqui para mostrar o que aconteceu ao Ponto Ômega, mas aí, assim que Kenji aparece, ele simplesmente some. – Ele faz uma pausa. – Certo?

Aceno positivamente com a cabeça.

– Então… e aí? – ele insiste. – Ele só fez isso e pronto? Simplesmente virou as costas e foi embora? – Adam gira o corpo em uma volta completa, olha para todos. – Pessoal, ele sabe que pelo menos um de nós ainda está vivo! Provavelmente foi se armar, encontrar um jeito de arrastar todos nós lá para fora... – Faz uma pausa, nega com a cabeça, nega intensamente. – Merda! – xinga baixinho. – MERDA.

Todos congelam ao mesmo tempo. Horrorizados.

– Não – apresso-me em dizer, erguendo as duas mãos. – Não, ele não vai fazer isso... – Oito pares de olhos viram-se na minha direção. Eu continuo: – Ele não está tão preocupado assim em matar vocês. Nem gosta do Restabelecimento. E odeia o pai...

– Do que você está falando? – Adam me interrompe, totalmente alarmado. – Warner é um *animal*...

Respiro para me estabilizar. Preciso lembrar que eles conhecem muito pouco de Warner, que ouviram muito pouco do ponto de vista dele. Tenho que lembrar a mim mesma o que eu pensava dele ainda há poucos dias.

As revelações de Warner continuam tão recentes. Não sei como defendê-lo propriamente ou como conciliar essas impressões polarizadas dele, e, por um instante, fico furiosa com Warner por seus fingimentos falsos, por ter me colocado nessa posição. Se ele não passasse essa imagem de psicótico doente e perturbado, eu não teria de defendê-lo agora.

– Ele quer derrubar o Restabelecimento – tento explicar. – E também quer matar Anderson...

A sala explode em mais discussão. Gritos e epítetos que deixam claro que ninguém acredita em mim, que todos me acham uma louca e que Warner me lobotomizou; que acham que já está provado que ele é um assassino que me prendeu e tentou me usar para torturar as pessoas.

E não estão errados. Mas ao mesmo tempo, estão.

Quero desesperadamente dizer que eles não entendem.

Nenhum deles conhece a verdade, e não estão me dando uma oportunidade de explicar. Porém, justamente quando estou prestes a dizer outra coisa em minha defesa, vislumbro Ian de canto de olho.

Está rindo de mim.

Rindo alto, batendo a mão no joelho, jogando a cabeça para trás, berrando de alegria do que pensa ser meu lado idiota e, por um momento, começo a duvidar seriamente de mim e de tudo o que Warner me falou.

Fecho os olhos bem apertados.

Como vou saber se posso confiar nele? Como vou saber que ele não estava mentindo para mim, como sempre mentiu, como alega ter feito desde o início?

Estou tão cansada de tantas incertezas. Tão cansada e tão enjoada dessas incertezas.

Mas pisco os olhos e estou sendo empurrada para longe da multidão, a caminho do quarto de James; à despensa, que costumava ser seu quarto. Adam me puxa para dentro do cômodo e fecha a porta, isolando a insanidade do outro lado. Está segurando meus braços, olhando-me nos olhos com uma intensidade estranha e causticante que me dá medo.

Estou presa.

— O que está acontecendo? — ele quer saber. — Por que você está defendendo Warner? Depois de tudo o que ele fez, você deveria odiá-lo... deveria estar morrendo de raiva...

— Eu não posso, Adam, eu...

— Que história é essa de *não pode?*

— É que... não é mais tão simples assim. — Nego com a cabeça, tento explicar o inexplicável. — Não sei o que pensar dele agora. Tem tantas coisas que entendi errado. Coisas que eu era incapaz de compreender. — Baixo o olhar. — No fundo, ele é mesmo... — Em conflito, hesito.

Não sei como contar a verdade sem soar como se estivesse mentindo.

— Não sei — enfim admito, olhando para as próprias mãos. — Simplesmente não sei. Ele só... ele não é tão ruim quanto eu achava.

— Uau! — Adam expira em choque. — *Ele não é tão ruim quanto você achava. Ele não é tão ruim quanto você achava?* Como aquele cara poderia ser melhor do que você *achava...?*

— Adam...

— Que diabos você está pensando, Juliette?

Ergo o olhar. Ele não consegue esconder o nojo em seu semblante. Entro em pânico.

Preciso encontrar um jeito de explicar, de apresentar um exemplo irrefutável — prova de que Warner não é quem eu pensava que fosse —, mas já consigo perceber que Adam perdeu a confiança em mim, que não confia mais em mim, não acredita mais em mim, e eu desmorono.

Ele abre a boca para falar.

Mas eu sou mais rápida:

— Lembra aquele dia quando você me encontrou chorando no banheiro, depois que Warner me forçou a torturar aquela criança?

Adam hesita antes de assentir lentamente, relutante.

— Aquilo foi um dos motivos que me levaram a odiá-lo tanto. Eu pensei que ele realmente tivesse colocado uma criança naquele espaço... que tivesse roubado o filho de alguém e quisesse me ver torturá-lo. Aquilo foi muito, muito desprezível – explico. – Tão nojento, tão aterrorizante. Pensei que ele não fosse humano. Um demônio perfeito. Mas... não foi de verdade – sussurro. Adam parece confuso. – Foi só uma simulação – tento explicar. – Warner me disse que aquilo era uma câmara de simulação, e não um quarto de tortura. Falou que tudo aquilo aconteceu na minha imaginação.

— Juliette... – Adam pronuncia. Suspira. Vira o rosto, olha outra vez para mim. – Do que você está falando? É óbvio que aquilo era uma simulação.

— O quê?

Ele responde com uma risada breve, confusa.

— Você sabia que não era de verdade...? – pergunto.

Ele me encara.

— Mas quando me encontrou... você falou que não era culpa minha... falou que tinha ficado sabendo o que aconteceu e que não era culpa minha...

Adam passa a mão pela penugem em sua nuca.

— Pensei que você estivesse chateada por ter quebrado aquela parede – ele diz. – Quer dizer, eu sabia que a simulação provavelmente seria muito assustadora, mas imaginei que Warner avisaria de antemão. Eu não tinha ideia de que você estava entrando em uma situação daquele tipo imaginando que pudesse ser real. — Ele fecha os olhos bem apertados por um instante. — Pensei que você estivesse chateada por ter descoberto que tinha aquela habilidade nova e insana. E pelos soldados que saíram feridos no rescaldo.

Pego-me piscando para ele, impressionada.

Durante todo esse tempo, um lado meu ainda se apegava à dúvida — acreditava que talvez a câmara de tortura *tivesse sido* real e que Warner só estivesse mentindo para mim. Outra vez.

Mas agora, diante da confirmação do próprio Adam...

Fico devastada.

Ele está negando com a cabeça.

— Aquele filho da mãe — diz. — Não acredito que fez aquilo com você.

Baixo o olhar.

— Warner fez muitas loucuras — afirmo. — Mas no fundo ele pensava que estava me ajudando.

— Mas não estava ajudando — Adam retruca, outra vez furioso. — Ele a estava torturando.

— Não, isso não é verdade. — Foco os olhos em uma rachadura na parede. — De um jeito um bocado estranho... ele de fato acabou me ajudando. — Hesito antes de olhar nos olhos de Adam. — Aquele momento na câmara de simulação foi a primeira vez que me permiti sentir raiva. Eu nunca soube quanto mais eu era capaz de fazer, que podia ser tão forte fisicamente. Só descobri naquele momento.

Desvio o olhar.

Entrelaço e desentrelaço os dedos.

— Warner sempre aposta naquela fachada – explico. – Age como se fosse um monstro doente, sem coração, mas no fundo é... Não sei... – Minha voz falha, meus olhos se concentram em alguma coisa que sequer consigo ver direito. Uma memória, talvez. De Warner sorrindo. De suas mãos macias secando minhas lágrimas. *Está tudo bem, você está bem*, ele me dizia. – No fundo ele é...

— Eu não, hum... – Adam hesita, deixa escapar uma respiração estranha e trêmula. – Não sei como interpretar isso – diz, parecendo instável. – Você... o quê? Gosta dele agora? É amiga dele? O mesmo cara que tentou *me matar?* – Mal consegue esconder a dor que respinga em sua voz. – Ele me dependurou em uma correia transportadora em um matadouro, Juliette. Ou você já se esqueceu disso?

Estremeço. Envergonhada, cabisbaixa.

Eu tinha me esquecido disso.

Tinha esquecido que Warner quase matou Adam, que lhe deu um tiro bem diante de mim. Que ele via Adam como um traidor, um soldado que apontara uma arma por suas costas, que o desafiara e me roubara.

Isso tudo me dá nojo.

— Eu só estou... estou tão confusa – por fim consigo expressar. – Quero odiá-lo, mas nem sei mais como...

Adam olha para mim como se não tivesse ideia de quem eu sou.

Preciso falar de outra coisa.

— O que está acontecendo com Castle? – pergunto. – Está doente?

Adam hesita antes de responder, percebe que estou mudando de assunto. Enfim cede. Suspira.

— A situação é bem ruim – relata. – Ele foi o mais atingido de nós. E o fato de tudo ter caído tão pesadamente assim em cima de Castle está afetando Kenji.

Estudo o rosto de Adam enquanto ele fala. Sou incapaz de parar de buscar similaridades entre ele, Anderson e Warner.

— Na verdade, ele não sai daquela cadeira – conta. – Passa o dia inteiro sentado lá, até se entregar à exaustão e, mesmo assim, cai no sono sentado no mesmo lugar. Depois acorda na manhã seguinte e faz a mesma coisa outra vez, o dia inteiro. Só come quando o forçamos a comer e só se mexe para ir ao banheiro. – Adam nega com a cabeça. – Temos esperança de que ele saia desse estado logo, mas é muito esquisito perder um líder como ele de uma hora para a outra. Castle comandava tudo. E agora parece não se importar com nada.

— É provável que ainda esteja em choque – suponho, lembrando que só se passaram três dias desde a batalha. – Espero que, com o tempo, ele fique bem.

— Sim – Adam concorda. Assente. Estuda as próprias mãos. – Mas vamos ter que descobrir o que fazer. Não sei quanto tempo mais podemos continuar vivendo assim. Nossa comida deve acabar em algumas semanas, na melhor das hipóteses. Temos dez pessoas para alimentar agora. Além do mais, Brendan e Winston continuam feridos. Fiz o possível por eles usando os suprimentos limitados que tenho aqui, mas precisam de atenção médica de verdade e bons analgésicos, se conseguirmos. – Faz uma pausa. – Não sei o que foi que Kenji contou para você, mas eles estavam muito feridos quando os trouxemos para cá. Só agora o inchaço de Winston melhorou um pouco. Não podemos ficar aqui muito tempo mais. Precisamos traçar um plano.

— Sim. — Fico aliviada de ouvir que ele está pronto para ser proativo. — Sim, sim. Precisamos de um plano. O que você tem em mente? Já pensou em alguma coisa?

Adam nega com a cabeça.

— Não sei — admite. — Talvez possamos continuar invadindo galpões de armazenamento como costumávamos fazer... roubar suprimentos de tempos em tempos... e arrumar uma área maior na selva não regulada. Porém, jamais seremos capazes de colocar os pés nos complexos. O risco é grande demais. Vão atirar para matar, se nos virem. Por essas e outras... não sei — admite. Parece acanhado ao dar risada. — Tenho esperanças de que eu não seja o único com ideias aqui.

— Mas... — Confusa, hesito. — É isso? Você não está pensando mais em revidar? Acha que devemos simplesmente encontrar um jeito de viver... assim?

Aponto para a porta, para o que há do outro lado.

Surpreso com a minha reação, Adam me encara.

— Não é que eu queira isso — diz. — Mas não consigo enxergar uma maneira de reagir sem acabarmos morrendo. Estou tentando ser prático. — Passa uma das mãos agitadas pelos cabelos. — Eu assumi um risco — admite, baixando a voz. — Tentei revidar e só consegui fazer todos nós sermos massacrados. Eu sequer devia estar vivo agora. Mas, por algum motivo que foge à razão, estou. E James também está. E Deus, Juliette, você também está. E não sei... — Nega com a cabeça, desvia o olhar. — Sinto como se tivessem me dado uma chance de viver. Vou ter que pensar em novas maneiras de conseguir alimento e abrigo. Não tenho nenhum dinheiro entrando, nunca mais vou conseguir me alistar neste setor e não sou um cidadão registrado, então jamais serei capaz de trabalhar. Agora estou concentrado em como vou conseguir alimentar minha família e meus amigos daqui a algumas semanas. – Seu maxilar fica tenso. – Talvez um dia outro grupo seja mais inteligente, mais forte, mas acho que não será o nosso. Não acho que tenhamos chance.

Estou piscando para ele, impressionada.

– Não consigo acreditar.

– Não consegue acreditar no quê?

– Que você está desistindo. – Percebo o tom acusatório em minha voz e não faço nada para escondê-lo. – Você está simplesmente desistindo.

– Que escolha tenho? – pergunta, olhos doloridos, furiosos. – Não estou tentando ser nenhum mártir. A gente arriscou. A gente tentou reagir e tudo deu em merda. Todos aqueles que conhecíamos morreram e aquele grupo arrasado que você viu ali fora é o que sobrou da nossa resistência. Como nove de nós conseguiria enfrentar o mundo? – pergunta. – Não é um enfrentamento justo, Juliette.

Estou assentindo, olhando para as próprias mãos. Tentando, sem sucesso, esconder o meu choque.

– Não sou nenhum covarde – ele me diz, esforçando-se para controlar a voz. – Eu só quero proteger a minha família. Não quero que James tenha que se preocupar todos os dias com a possibilidade de eu voltar para casa morto. Ele precisa que eu seja racional.

— Mas viver assim? – questiono. – Como fugitivos? Roubando para sobreviver e se escondendo do mundo? Como isso poderia ser melhor? Você vai passar todos os dias preocupado, o tempo todo olhando em volta, neurótico, com medo de deixar James sozinho. Você vai ficar muito mal.

— Mas vou estar vivo.

— Isso não é estar vivo – retruco. – Isso não é viver...

— Como você sabe? – irrita-se. Seu humor muda tão repentinamente que me vejo forçada ao silêncio. – O que você sabe sobre estar viva? – questiona. – Logo que a encontrei, você não dizia uma palavra sequer. Tinha medo até da própria sombra. Estava tão consumida pelo sofrimento e pela culpa, que tinha ficado quase completamente louca. Vivia tão presa na própria cabeça, que não tinha sequer ideia do que havia acontecido no mundo aqui fora enquanto esteve distante.

Estremeço, picada pelo veneno em sua voz. Nunca vi Adam ser tão amargurado ou cruel. Este não é o Adam que eu conheço. Volte a fita. Peça desculpas. Retire todas essas coisas que acabou de dizer.

Porém, ele não faz nada disso.

— Você acha que foi difícil viver em hospitais psiquiátricos e ser jogada na cadeia... Você achou difícil. Mas o que não percebe é que sempre teve um teto sobre a sua cabeça e comida servida com regularidade. – Suas mãos abrem e fecham. – E isso é mais do que a maioria das pessoas jamais terá. Você não tem ideia de como é viver aí fora... não tem a menor ideia do que é passar fome e ter que ver sua família morrer bem diante dos seus olhos. Você não tem a menor ideia do que significa sofrer de verdade. Às vezes, acho que vive em alguma terra de fantasias, onde todo mundo sobrevive e vive de otimismo... mas não funciona assim ali fora. Neste mundo, ou você está vivo, ou prestes a morrer, ou morto. Não existe nada romântico nele. Nenhuma ilusão. Portanto, não tente fingir que tem ideia do que significa estar vivo hoje. *Agora*. Porque você não tem.

Palavras, penso eu, são criaturas bem imprevisíveis.

Armas, espadas, exércitos ou reis, nada disso jamais será tão poderoso quanto uma sentença. Espadas podem cortar e matar, mas palavras golpeiam e ficam, enterram-se em nossos ossos para se tornarem cadáveres que levamos conosco pelo futuro, sempre escavando e nunca conseguindo arrancar seus esqueletos de nossa carne.

Engulo. Em seco

um

dois

três

e me recomponho para responder baixinho. Com cuidado.

Ele só está chateado, digo a mim. *Só está com medo, preocupado, estressado e não está falando sério, não, não está*, não paro de dizer a mim.

Ele só está chateado.

Não está falando sério.

– Pode ser – digo. – Pode ser que você esteja certo. Pode ser que eu não saiba o que é viver. Pode ser que eu ainda não seja humana o bastante para conhecer além do que está à minha frente. – Olho direto em seus olhos. – Mas eu sei como é se esconder do mundo. Sei o que é viver como se eu não existisse, presa e isolada da sociedade. E não farei isso de novo. Não posso. Finalmente cheguei a um ponto da vida em que não tenho medo de me expressar. Em que minha sombra não precisa mais me assombrar. E não quero perder essa liberdade, não quero perdê-la. Não posso andar para trás. Preferiria tomar um tiro gritando por justiça a morrer sozinha em uma prisão que eu mesma criei.

Adam olha para a parede, dá uma risada e olha outra vez para mim.

— Você está ouvindo as próprias palavras? — questiona. — Você está me dizendo que quer saltar bem diante de um monte de soldados e expressar para todos eles o quanto você odeia o Restabelecimento só para provar que tem razão? Só para eles poderem matá-la antes do seu aniversário de dezoito anos? Isso não faz o menor sentido. Agir assim é completamente inútil. E não é o seu estilo — diz, negando com a cabeça. — Pensei que você quisesse viver sozinha, que nunca quisesse se envolver em guerras, que só quisesse se livrar de Warner, do hospício e dos seus pais insanos. Pensei que você se sentiria feliz se acabasse com todas as brigas.

— Do que você está falando? — indago. — Eu sempre deixei claro que queria reagir. Sempre disse, desde o começo, desde que contei para você que queria escapar, quando estávamos na base. Eu *sou* assim — deixo bem claro. — É assim que me sinto. Do mesmo jeito que sempre me senti.

— Não — ele retruca. — Não, a gente não saiu da base para começar uma guerra. A gente saiu para fugir da porra do Restabelecimento, para resistir do nosso jeito, mas, acima de tudo, para encontrar uma vida juntos. Mas aí Kenji apareceu e levou a gente para o Ponto Ômega e tudo mudou, e a gente decidiu reagir. Porque parecia que podia realmente funcionar, porque parecia que podíamos ter uma chance. Mas agora... – Ele desliza o olhar pelo quarto, concentra-se na porta fechada. – O que nos restou? Todos já estamos, em parte, mortos. Somos oito homens e mulheres ineficientemente armados e um menino de dez anos tentando enfrentar exércitos inteiros. Simplesmente não é factível. E, se for para eu morrer, não quero que seja por um motivo idiota. Se eu for para a guerra, se arriscar a minha vida, vai ser porque as chances estão a meu favor. E não o contrário.

– Não acho que seja idiota lutar pela *humanidade*...

– Você não tem a menor ideia do que está dizendo – irrita-se, seu maxilar apertando. – Não há nada que possamos fazer

– Sempre há alguma coisa, Adam. Tem que haver. Porque não vou viver mais assim. Nunca mais.

– Juliette, por favor... – ele pede, suas palavras de repente desesperadas, angustiadas. – Não quero que você acabe morta... Não quero perdê-la outra vez.

– Não se trata de você, Adam. – Sinto-me horrível dizendo isso, mas ele tem que entender. – Você é muito importante para mim. Você me amou e esteve ao meu lado quando ninguém mais esteve. Não quero que pense que não me importo com você, porque me importo. Mas essa decisão não tem nada a ver com você. É uma decisão minha – esclareço. – E a vida... – Aponto na direção da porta. – A vida do outro lado daquela porta... Não é aquela vida que eu quero.

Minhas palavras parecem só deixá-lo ainda mais irritado.

– Então você prefere morrer? – ele pergunta, outra vez furioso. – É isso que está dizendo? Prefere morrer a tentar construir uma vida aqui comigo?

— Eu prefiro morrer — respondo, afastando-me de sua mão estendida. — Prefiro morrer a voltar a viver em silêncio e sufocada.

E Adam está prestes a responder — está afastando os lábios para falar — quando o barulho do caos chega, vindo do outro lado da parede. Dividimos um olhar de pânico antes de abrirmos violentamente a porta e corrermos para a sala de estar.

Meu coração para. Volta a bater. Para outra vez.

Warner está aqui.

Vinte

Warner está parado na porta de entrada, mãos casualmente enfiadas nos bolsos, não menos do que seis armas diferentes apontadas para o seu rosto. Minha mente acelera quando ele tenta processar o que fazer em seguida, a melhor maneira de agir. Mas a expressão dele muda quando entro na sala: a linha gelada de sua boca abre espaço para um sorriso iluminado. Seus olhos brilham quando ele sorri para mim, aparentemente sem se importar, sem sequer notar quantas armas letais estão apontadas em sua direção.

Não consigo não me perguntar como ele me encontrou.

Começo a andar, mas Adam agarra meu braço. Dou meia-volta, impressionada com o quão irritada com ele me sinto. Quase fico irritada comigo mesma por estar tão irritada com ele. Não previ nada assim quando imaginei a situação em que voltaria a ver Adam. Não quero que seja assim. Quero começar outra vez.

– O que você está fazendo? – Adam me pergunta. – Não chegue perto dele.

Olho para sua mão em meu braço. Ergo o olhar para encará-lo. Adam não cede.

– Me solte – digo a ele.

Seu rosto de repente parece assustado. Olha para a própria mão e me solta sem dizer uma palavra.

Mantenho todo o espaço possível nos separando, mantenho-me analisando a sala em busca de Kenji. Seus olhos escuros e atentos imediatamente encontram os meus e ele arqueia uma sobrancelha; sua cabeça está inclinada para o lado. O repuxar de seus lábios me diz que o próximo movimento é meu e que é melhor eu fazer valer. Suspiro e vou me aproximando dos meus amigos até estar diante de Warner, tentando, em vão, protegê-lo com meu corpo pequeno e nada imponente, olhando para meus amigos e suas armas, esperando que não atirem em mim.

Esforço-me para soar calma.

— Por favor – peço. – Não atirem nele.

— E por que não atiraríamos? – Ian questiona, segurando a arma com mais força.

— Juliette, meu amor – Warner pronuncia bem próximo ao meu ouvido. Mesmo assim, sua voz é alta o bastante para todos ouvirem. – Obrigado por me defender, mas, de verdade, eu consigo enfrentar essa situação.

— São oito contra um – insisto, esquecendo o medo em minha tentação de virar os olhos. – Todos estão com armas apontadas para o seu rosto. Tenho certeza de que você precisa que eu interfira.

Ouço-o rir atrás de mim, bem baixinho, pouco antes de todas as armas da sala serem arrancadas das mãos que as seguravam e lançadas ao teto. Em choque, dou meia-volta e vislumbro o espanto em todas as faces atrás de mim.

— Por que vocês sempre hesitam? — Warner pergunta, negando com a cabeça enquanto desliza o olhar pela sala. — Atirem se querem atirar. Não desperdicem o meu tempo com atuaçõezinhas teatrais.

— Como foi que você fez isso? — Ian exige saber.

Warner não diz nada. Tira as luvas cuidadosamente, puxando cada dedo antes de arrastá-las para fora das mãos. Parece estar considerando alguma coisa.

— Tudo bem — digo a ele. — Eles já sabem.

Warner ergue o olhar. Arqueia uma sobrancelha para mim. Sorri um pouquinho.

— Sabem mesmo?

— Sim, eu falei para eles.

O sorriso de Warner se transforma em uma coisa que quase zomba de si quando ele dá meia-volta, seus olhos rindo enquanto ele olha para o teto. Por fim, assente para Castle, que observa a comoção com uma expressão vaga de desagrado estampada no rosto.

— Eu peguei emprestado. Da companhia atual.

— Puta merda! — Ian arfa.

— O que você quer? — Lily pergunta em tom desafiador, punhos cerrados, parada no outro canto da sala.

— De você, nada — Warner responde. — Vim para levar Juliette. Não tenho nenhum interesse em atrapalhar a sua… festinha do pijama — ironiza, olhando em volta para os travesseiros e cobertores empilhados no chão da sala de estar.

Adam fica rígido, atento.

— Do que você está falando? — pergunta. — Ela não vai a lugar nenhum com você.

Warner coça atrás da cabeça.

— Você nunca se cansa de ser assim, tão insuportável? Tem tanto carisma quanto o interior podre de um animal morto na beira da estrada.

Ouço um chiado, uma risadinha abafada, e me viro na direção do som.

Kenji está cobrindo a boca com a mão, tentando desesperadamente engolir o riso. Vai negando com a cabeça, mantendo a mão erguida como se quisesse se desculpar. E aí se entrega, gargalhando bem alto, bufando ao tentar abafar o som.

— Desculpa — diz, apertando os lábios, balançando de novo a cabeça. — Esse não é um momento engraçado. Não, não é. Eu não estou rindo.

Adam parece prestes a socar o rosto de Kenji.

— Então você não quer matar a gente? — Winston quebra o silêncio. — Porque, se não vai matar a gente, você deveria dar o fora daqui antes que a gente mate você.

— Não — Warner responde calmamente. — Eu não vou matar vocês. E, embora eu não me importe em acabar com esses dois — aponta para Adam e Kenji —, a ideia é um pouco exaustiva demais para mim agora. Não tenho mais interesse nas suas vidinhas tristes e patéticas. Só estou aqui para acompanhar e transportar Juliette em segurança para casa. Ela e eu temos assuntos urgentes a tratar.

— Não — ouço James dizer de repente. Ele fica em pé e olha Warner direto nos olhos. — *Aqui* é a casa dela agora. Você não pode levá-la. Não quero que ninguém faça mal a ela.

Pego de surpresa, Warner arqueia a sobrancelha. Parece sinceramente assustado, como se só agora notasse a presença do garoto de dez anos. Warner e James nunca se conheceram antes. Nenhum deles sabe que são irmãos.

Olho para Kenji, que olha de volta para mim.

Este é um grande momento.

Warner estuda o rosto de James com uma fascinação. Abaixa-se, apoiando-se em um joelho para ficar no mesmo nível do garoto.

– E quem é você? – pergunta.

Todos ficam em silêncio, assistindo.

James pisca incessantemente os olhos, sem responder de imediato. Depois de alguns instantes, enfia as mãos nos bolsos, olha para o chão e diz:

– Eu sou o James, irmão do Adam. Quem é você?

Warner inclina um pouco a cabeça.

– Ninguém relevante – responde. E tenta sorrir. – Mas é um prazer conhecê-lo, James. Fico contente de ver sua preocupação com a segurança de Juliette. Porém, precisa saber que não tenho nenhuma intenção de feri-la. Ela apenas tem uma promessa comigo e eu pretendo fazê-la cumprir.

– Que tipo de promessa? – James pergunta.

– Pois é, que tipo de promessa? – Kenji interrompe com uma voz repentinamente alta e raivosa.

Olho para cima, olho em volta. Todos estão me observando, esperando a minha resposta. Os olhos de Adam se mantêm arregalados, cheios de horror e descrença.

Concentro-me nos olhos de Warner.

— Eu não vou embora – respondo. – Nunca prometi que ficaria com você na base.

Ele franze a testa.

— Você prefere ficar *aqui?* – pergunta. – Por quê?

— Eu preciso dos meus amigos – retruco. – E eles precisam de mim. Além do mais, vamos todos ter de trabalhar juntos, então talvez seja melhor começar agora mesmo. E não quero ficar entrando e saindo escondida da base. Você pode simplesmente me encontrar aqui.

— Caramba... Espere... Que história é essa de todos trabalharmos juntos? – Ian interrompe. – E por que você o está convidando para voltar aqui? Do que vocês estão falando?

— Que tipo de promessa você fez a ele, Juliette? – A voz de Adam é alta e acusatória.

Viro-me na direção do grupo. Eu, parada ao lado de Warner, observando os olhos furiosos de Adam e os rostos confusos dos meus amigos, prestes a se tornarem raivosos.

Ah, como tudo ficou estranho em tão pouco tempo!

Respiro duramente, preparando-me para o que está por vir.

— Estou pronta para lutar – digo, falando a todo o grupo. – Sei que alguns de vocês podem estar pensando que não resta nenhuma esperança, especialmente não depois do que aconteceu ao Ponto Ômega. Mas Sonya e Sara continuam vivas e precisam da nossa ajuda. Assim como o resto do mundo. E eu não vim até aqui só para dar as costas para tudo agora. Estou pronta para agir e Warner se ofereceu para me ajudar.

Olho direto para Kenji.

— Eu aceitei a oferta dele. Prometi ser sua aliada, lutar ao lado dele, matar Anderson e derrubar o Restabelecimento.

Kenji estreita os olhos na minha direção e não sei dizer se está com raiva ou se está muito, muito nervoso.

Olho para os meus outros amigos.

— Mas podemos todos trabalhar juntos – arrisco. – Andei pensando muito nisso e acho que o nosso grupo ainda tem alguma chance, especialmente se combinarmos nossa força com a de Warner. Ele sabe de coisas sobre o Restabelecimento e seu pai que, de outra maneira, jamais teremos como saber.

Engulo em seco enquanto processo a expressão nos semblantes de todos à minha volta. Apresso-me em dizer:

— Mas, se vocês não tiverem mais interesse em reagir, eu entendo completamente. E, se preferirem que eu não fique aqui com vocês, também respeitarei essa decisão. De todo modo, já estou decidida – comunico. – Independentemente de vocês me acompanharem ou não, eu já decidi que vou à luta. Vou derrubar o Restabelecimento ou morrer tentando. Não existe outra opção para mim.

Vinte e um

O ambiente fica em silêncio por um bom tempo. Baixo o olhar, amedrontada demais para enfrentar as expressões nos rostos deles.

Alia é a primeira a falar.

– Eu luto com você – diz, a voz suave ecoando forte e confiante no silêncio.

Ergo o rosto para olhar em seus olhos e ela sorri para mim, as bochechas coradas pela determinação.

Mas, antes de eu sequer ter a oportunidade de responder, Winston entra na conversa:

– Eu também – diz. – Assim que minha cabeça parar de doer, mas, sim, eu também vou. Não tenho nada mais a perder. – E dá de ombros. – Vou acabar com alguns deles e trazer as meninas de volta, mesmo se não pudermos salvar o resto do mundo.

– O mesmo aqui – Brendan diz, assentindo para mim. – Contem comigo também.

Ian está acenando uma negação com a cabeça, ainda olhando para mim como se eu fosse o maior idiota que ele já viu.

– Como podemos confiar nesse cara? – pergunta. – Como vamos saber se ele não está mentindo?

— Pois é — Lily fala. — Isso não parece certo. — Concentra o olhar em Warner e pergunta direto para ele: — Por que você poderia querer ajudar algum de nós? Desde quando se tornou digno da nossa confiança?

Warner passa a mão pelos cabelos, abre um sorriso nada gentil e me encara.

Não está achando graça.

— Eu não sou digno de confiança — enfim admite, erguendo o rosto para olhar nos olhos de Lily. — E não tenho interesse nenhum em ajudá-los. Aliás, acredito que eu tenha deixado isso muito claro um instante atrás, quando falei que estava aqui em busca de Juliette. Eu não assinei nada falando em ajudar os amigos dela e darei zero garantias da sua sobrevivência ou segurança. Portanto, se estão em busca de garantias, não posso e não vou oferecer nenhuma.

Ian chega a sorrir.

Lily parece se acalmar um pouco.

Kenji está negando com a cabeça.

— Tudo bem — Ian assente. — Tudo bem. — Esfrega a mão na testa. — Mas, enfim, qual é o plano?

— Vocês todos perderam a cabeça? — Adam explode. — Será que esqueceram quem é esse cara com o qual estão falando? Ele simplesmente invade nosso espaço, exige levar Juliette consigo e vocês querem ficar ao lado dele, lutar com ele? O mesmo cara que é responsável pela destruição do Ponto Ômega? Todo mundo está morto por causa dele!

— Eu não sou responsável por isso — Warner simplesmente declara. Sua expressão vai se tornando mais sombria. — Não foi ordem minha e eu não tinha ideia do que estava acontecendo. Quando escapei do Ponto Ômega e encontrei meu caminho de volta à base, os planos do meu pai já estavam sendo executados. Eu não fui parte da batalha nem do assalto ao Ponto Ômega.

— É verdade — Lily diz. — Foi o supremo quem ordenou um ataque aéreo contra o Ponto Ômega.

— Sim, e, por mais que eu deteste esse cara, sobretudo pelas pessoas às quais ele está ligado — Winston acrescenta, apontando com o polegar para Warner —, eu odeio o pai dele muito, muito mais. Foi ele quem nos sequestrou. Foram os homens deles, e não os soldados do Setor 45, que nos mantiveram no cativeiro. Então, sim... — Chega a arranhar as costas do sofá. — Eu adoraria ver o supremo sofrer uma morte lenta e horrível.

— Devo admitir que poucas vezes tive sede de vingança, mas, de fato, ela parece um prato bem docinho agora — Brendan admite.

— Que bom que todos temos algo em comum — Warner murmura irritado e suspira. Olha para mim. — Juliette, diga algo, por favor?

— Que merda é essa?! — Adam grita. Olha em volta. — Como vocês podem esquecer quem são, assim, de uma hora para a outra? Como podem esquecer o que ele fez... O que fez comigo... O que fez com Kenji? — Adam então gira para me encarar. — Como você consegue sequer olhar para ele? — pergunta para mim — Sabendo que ele nos ameaçou? Ele quase me matou... me deixou lá para sangrar bem aos pouquinhos para poder me torturar até a morte...

— Kent, cara, por favor... Você precisa se acalmar, está bem? — Kenji dá um passo adiante. — Entendo que esteja puto da vida, e eu também não me sinto nada feliz com essa situação toda, mas as coisas tendem a ficar meio loucas logo depois da guerra. Alianças se formam de maneiras inesperadas. – Dá de ombros. – Se esse for o único jeito de acabar com Anderson, talvez devêssemos considerar...

– Não consigo acreditar! – Adam o interrompe, olhando em volta. – Não consigo acreditar que isto está acontecendo. Vocês todos perderam a cabeça! Estão todos *loucos!* – exclama, levando a mão atrás da cabeça. – Esse cara é um psicótico... ele é um *assassino*...

– Adam... – tento me expressar. – Por favor...

– O que aconteceu com você? – Ele se vira para mim. – Nem sei mais quem você é. Pensei que estivesse morta... pensei que *ele* a tivesse matado – diz, apontando para Warner. – E agora você está parada aí, unindo forças com o cara que tentou arruinar a sua vida? Falando em revidar porque não tem nenhum outro motivo pelo qual viver? E quanto a *mim*? E quanto ao nosso relacionamento? Quando foi que a gente deixou de ser suficiente para você?

– Não se trata da gente – tento esclarecer. – Por favor, Adam, deixe-me explicar...

– Eu tenho que sair daqui – fala abruptamente, indo na direção da porta. – Não posso mais ficar aqui. Não consigo processar tudo isso em um único dia. É demais. É demais para mim...

– Adam...

Tento uma última vez segurar seu braço, um último esforço para tentar conversar com ele, mas ele se afasta.

– Tudo isso – diz, olhando-me nos olhos, sua voz aquietando-se, transformando-se em um sussurro doloroso. – Tudo isso foi por você. Deixei tudo o que eu conhecia porque pensei que estivéssemos juntos nisso. Pensei que seríamos eu e você. – Seus olhos estão tão sombrios, tão profundos, tão magoados. Olhar para ele me faz querer curvar o corpo e morrer. – O que você está fazendo? – pergunta, agora desesperado. – O que está *pensando*?

E percebo que ele realmente quer uma resposta.

Porque fica esperando.

Fica parado ali, na expectativa. Espera ouvir minha resposta enquanto todo mundo nos observa – provavelmente estão entretidos pelo espetáculo que acabamos de criar. Não consigo acreditar que ele está fazendo isso comigo. Aqui. Agora. Na frente de todo mundo.

Na frente de Warner.

Tento me concentrar nos olhos de Adam, mas percebo que não consigo olhá-lo muito tempo.

– Não quero mais viver com medo – digo, esperando soar mais forte do que realmente me sinto. – Tenho que revidar. Pensei que quiséssemos as mesmas coisas.

– Não... Eu queria você – esclarece, esforçando-se para manter a voz estável. – Você é tudo o que eu queria. Desde o início, Juliette. Foi você. Você foi tudo o que eu quis.

E eu não consigo falar.

Não consigo falar.

Não consigo tossir as palavras porque não consigo partir o coração dele assim, mas ele continua esperando, está esperando e olhando para mim e

– Eu preciso de mais – engasgo em minhas próprias palavras. – Eu também queria você, Adam, mas preciso de mais do que isso. Preciso ser livre. Por favor, tente entender.

— PARE! — ele explode. — Pare de tentar me fazer entender um monte de merdas! — grita. — Não consigo mais aguentar você.

E agarra a jaqueta largada no sofá, arrasta a porta e a bate ao passar.

O que vem em seguida é um momento de silêncio absoluto.

Tento correr atrás dele.

Kenji me segura na altura da cintura e me puxa para trás. Lança um olhar duro, deixando claro que entende a situação.

— Eu cuido de Kent. Você, fique aqui e dê um jeito na bagunça que aprontou — aconselha, inclinando a cabeça para Warner.

Engulo em seco. Não digo uma palavra sequer.

É só depois que Kenji desaparece que dou meia-volta para olhar o rosto dos demais membros de nosso público, e ainda estou em busca do que devo dizer, quando ouço justamente aquela voz que eu menos esperava.

— Ah, senhorita Ferrars... — Castle fala. — É tão bom tê-la de volta. As coisas sempre são muito mais interessantes quando a senhorita está por perto.

Ian explode em lágrimas.

Vinte e dois

Todos se amontoam ao mesmo tempo em volta de Castle; James praticamente o agarra. Ian empurra os demais membros do grupo para longe de seu caminho na tentativa de se aproximar. Castle está sorrindo, rindo um pouquinho. Enfim está mais parecido com o homem do qual me lembro.

– Eu estou bem – ele diz. Soa exausto, como se as palavra custassem muito para sair. – Muito obrigado por sua preocupação. Mas eu vou ficar bem. Só preciso de mais um tempinho, só isso.

Olho-o nos olhos. Fico com medo de me aproximar.

– Por favor – Castle diz a Alia e Winston, os dois que estão mais próximos, cada um de um lado. – Ajudem-me a levantar. Quero cumprimentar nosso mais novo visitante.

Ele não está falando de mim.

Castle enfrenta alguma dificuldade para se levantar, mesmo com todos se esforçando para ajudá-lo. Toda a sala fica diferente de uma hora para a outra: mais leve, mais feliz. Eu não tinha me dado conta de quanto da dor do grupo estava ligada ao bem-estar de Castle.

– Senhor Warner – Castle chama, olhando para ele, que está do outro lado da sala. – Que bom que está se unindo a nós.

— Eu não estou me unindo a ning...

— Eu sempre soube que aconteceria — Castle diz. Sorri um pouquinho. — E fico contente.

Warner parece se esforçar para não virar os olhos.

— Pode abaixar as armas agora — Castle sugere. — Prometo que vou observá-los de perto na sua ausência.

Todos olhamos para o teto. Ouço Warner suspirar. As armas imediatamente se soltam, pousando com suavidade no carpete.

— Ótimo — Castle continua. — Agora, se me derem licença, acho que preciso desesperadamente de um banho bem demorado. Espero que não considerem um gesto grosseiro o fato de eu estar saindo mais cedo. É que tenho certeza de que nos veremos muito nas semanas que estão por vir.

Como resposta, o maxilar de Warner fica tenso.

Castle sorri.

Winston e Brendan ajudam-no a chegar ao banheiro enquanto Ian grita ansioso, avisando que vai buscar uma troca de roupas. Warner, James, Alia, Lily e eu somos os únicos a ficar na sala.

— Juliette? — Warner me chama.

Olho em sua direção.

— Um minuto do seu tempo, por favor? A sós?

Hesito.

— Podem usar o meu quarto — James oferece. — Eu não ligo.

Olho para James chocada por ele ter acabado de oferecer tão tranquilamente seu espaço pessoal para mim e Warner, especialmente logo depois de ter visto seu irmão explodir.

— Adam vai ficar bem — James afirma, como se fosse capaz de ler a minha mente. — Ele só está superestressado, preocupado com um monte de coisas. Acha que vamos ficar sem comida e coisas assim.

— James...

— De verdade, tudo bem — James fala. — Eu fico com Alia e Lily.

Olho para as duas garotas, mas seus semblantes não entregam nada. Alia me oferece um sorriso com a mais discreta nota de solidariedade. Lily continua encarando Warner, estudando-o atentamente.

Enfim suspiro, compadecendo-me.

Sigo Warner de volta à pequena despensa, fecho a porta ao entrar. Ele não perde um segundo sequer.

— Por que está convidando seus amigos para se unirem a nós? Eu deixei claro que não queria trabalhar com eles.

— Como foi que você me encontrou? — retruco. — Eu nunca apertei o botão naquele *pager* que você me entregou.

Warner estuda meus olhos, suas íris verdes e afiadas focadas nas minhas como se tentasse me ler, como se tentasse encontrar pistas de alguma coisa. Contudo, a intensidade do seu olhar é demais para mim. Desfaço o contato muito rápido, sentindo-me, de algum jeito, sem amarras.

— Foi só um raciocínio de dedução — enfim responde. — Kent era o único membro do seu grupo com uma vida fora do Ponto Ômega. Sua antiga casa seria o único lugar onde eles poderiam se recolher sem provocar nenhuma perturbação. E, assim sendo, foi o primeiro lugar que decidi verificar. — Nega ligeiramente com a cabeça. — Ao contrário do que você talvez pense, meu amor, não sou nenhum idiota.

— Nunca pensei que você fosse idiota — retruco, surpresa. — Pensei que fosse louco, mas não idiota. — Hesito antes de confessar: — Na verdade, eu o acho brilhante.

Viro o rosto e olho outra vez para Warner, rápido demais, sentindo como se precisasse aprender a ficar de boca fechada.

Seu rosto se suaviza. Os olhos se repuxam, mostrando bom-humor, quando ele sorri.

— Não quero os seus amigos no meu time — diz. — Não gosto deles.

— Pouco me importo com isso.

— Eles só vão nos deixar mais lentos.

— Eles vão nos dar uma vantagem — insisto. — Sei que você acha que eles não fizeram as coisas do jeito certo no Ponto Ômega, mas eles conseguiram pensar em jeitos de sobreviver. Tinham todas as forças importantes.

— Eles estão completamente arrasados.

— Estão sofrendo — digo, irritada. — Não os subestime. Castle é um líder por natureza. Kenji é um gênio e um excelente guerreiro. De vez em quando age como idiota, é verdade, mas você sabe melhor do que ninguém que é só para disfarçar. Kenji é mais inteligente do que todos nós. Além do mais, Winston e Alia são capazes de criar praticamente tudo o que precisamos, contanto que tenhamos os materiais. Lily tem uma memória fotográfica incrível. Brendan sabe trabalhar com eletricidade e Winston é capaz de alongar braços e pernas até alcançar praticamente tudo. E Ian... — Minha voz falha. — Bem, Ian é... bom em alguma coisa, sem dúvida.

Warner dá uma risadinha; seu sorriso se suaviza, até desaparecer completamente. Seus traços se transformam em uma expressão de incerteza.

— E Kent? — enfim pergunta.

Sinto meu rosto ficando pálido.

— O que tem ele?

— Para que ele serve?

Hesito antes de responder:

— Adam é um grande soldado.

— Só isso?

Meu coração agora bate acelerado. Acelerado demais.

Warner vira o rosto. Com cuidado, neutraliza sua expressão, seu tom de voz.

— Você gosta dele.

Não é uma pergunta.

— Sim — consigo dizer. — É claro que gosto.

— E o que exatamente significa isso?

— Não sei o que exatamente você quer saber — minto.

Warner mantém seu foco na parede, fica completamente parado. Seus olhos não revelam nada do que ele está realmente pensando, do que está sentindo.

— Você o ama?

Fico embasbacada.

Não consigo nem imaginar o quanto deve lhe custar fazer essa pergunta assim, de forma tão direta. Quase o admiro por ser corajoso a esse ponto.

Contudo, pela primeira vez, não sei bem o que dizer. Fosse uma ou duas semanas atrás, eu teria respondido sem hesitar. Eu saberia, sem dúvida, que amava Adam. E não teria medo de dizer isso. Mas agora só consigo me perguntar se eu, ao menos, sei o que é amor, se o que eu senti por Adam foi amor ou só uma mistura de afeição profunda e atração física. Porque, se eu o amei – se realmente o amei – por que hesito agora? Seria tão fácil assim para mim simplesmente me desprender da vida dele? Da dor dele?

Passei essas últimas semanas todas tão preocupada com Adam – com os efeitos de seu treinamento, as notícias de seu pai –, mas agora não sei se foi mesmo por amor ou se foi por culpa. Ele deixou tudo por mim. Porque queria estar comigo. Mas, por mais que para mim doa admitir, sei que não fugi para estar com ele. Adam não foi meu motivo principal, não foi a força motriz.

Eu fugi por mim. Porque queria estar livre.

– Juliette?

O sussurro leve de Warner traz-me de volta ao presente, arrasta-me de volta a mim, fazendo minha consciência queimar até voltar à realidade. Tenho medo de enfrentar as verdades que acabo de descobrir.

Olho bem nos olhos de Warner.

– Eu?

– Você o ama? – ele pergunta de novo, dessa vez mais baixinho.

E, de repente, tenho de me forçar a dizer três palavras que nunca, nunca pensei que diria:

– Eu não sei.

Warner fecha os olhos.

Ele expira, a tensão em seus ombros e na linha do maxilar se desfaz e, quando enfim volta a olhar para mim, traz histórias em seus olhos, pensamentos e sensações, e sussurros de coisas que eu nunca antes vi. Verdades que talvez ele jamais seja capaz de verbalizar.

Coisas impossíveis e coisas inacreditáveis e uma abundância de sentimentos que pensei que ele jamais fosse capaz de alimentar. Todo o seu corpo parece relaxar, aliviado.

Não conheço esse garoto parado à minha frente. É um total estranho, um ser completamente diferente; o tipo de pessoa que eu talvez jamais conhecesse se meus pais não me tivessem jogado fora.

— Juliette — sussurra.

Só agora percebo o quão próximo ele está. Eu poderia encostar o rosto em seu pescoço se quisesse. Poderia encostar minhas mãos em seu peito se eu quisesse.

Se eu quisesse.

— Eu adoraria se você voltasse comigo — declara.

— Não posso — respondo, com o coração de repente acelerado. — Preciso ficar aqui.

— Mas não é nada prático. Precisamos de um plano. Precisamos de uma estratégia... Pode ser que levemos dias...

— Eu já tenho um plano.

Suas sobrancelhas saltam e eu inclino a cabeça, lançando um olhar duro para ele antes de estender a mão para abrir a porta.

Vinte e três

Kenji está esperando do outro lado.

– Que diabos vocês acham que estão fazendo? – exige saber. – Tragam os seus rabos aqui para fora, *agora mesmo*.

Vou direto para a sala de estar, ansiosa por me distanciar do que está acontecendo em minha cabeça, mas Warner se aproxima demais. Preciso de ar. Preciso de um cérebro novo. Preciso pular pela janela e pegar carona em um dragão rumo a um mundo muito longe daqui.

Mas, assim que ergo o rosto e tento me recompor, pego-me diante de Adam me olhando, piscando como se estivesse vendo uma coisa que deseja *desver*. Sinto meu rosto enrubescendo tão rápido que, por um instante, fico surpresa de não estar vomitando.

– Adam – ouço-me dizendo. – Não... não é...

– Não consigo nem conversar com você agora. – Ele está negando com a cabeça, sua voz sai estrangulada. – Não consigo nem ficar perto de você agora...

– Por favor – tento dizer. – A gente só estava conversando...

– Vocês estavam só conversando? *Sozinhos*? No quarto do meu irmão? – Está segurando a jaqueta com as duas mãos. Joga-a no sofá. Ri como se pudesse estar ficando louco. Passa a mão pelos cabelos e olha para o teto. Olha outra vez para mim.

— Que diabos está acontecendo, Juliette? — pergunta, com o maxilar mais tenso a cada segundo. — O que está acontecendo agora?

— Será que podemos discutir isso a sós?

— Não. — Seu peito sobe e desce. — Eu quero falar sobre isso agora mesmo. Não estou nem aí com quem vai ouvir.

Meus olhos imediatamente deslizam na direção de Warner. Ele está encostado à parede logo na saída do quarto de James, braços cruzados na altura do peito. Observa Adam com um interesse calmo e focado.

Warner de repente fica parado, como se sentisse meu olhar focado nele.

Ergue o rosto, observa-me por exatamente dois segundos antes de se virar outra vez. Parece estar rindo.

— Por que você não para de olhar para ele? — Adam exige saber, seus olhos brilham. — Aliás, por que ainda olha para ele? Por que está tão interessada assim em um psicótico demente...?

Estou tão cansada disso.

Estou cansada de todos os segredos e de todas as minhas agitações internas e toda a culpa e confusão que senti e sinto por esses dois irmãos. E o pior de tudo: não gosto de ver esse Adam furioso à minha frente.

Tento conversar com ele, mas ele não ouve. Tento raciocinar com ele, mas ele me ataca. Tento ser sincera com ele, mas ele não acredita em mim. Não tenho ideia do que mais fazer.

— De verdade, o que está rolando entre vocês? — Adam continua insistindo. — O que está realmente acontecendo, Juliette? Preciso que pare de mentir para mim...

— Adam — eu o interrompo. Fico surpresa com o tom calmo da minha voz. — Tem muita coisa que precisamos discutir agora, e essa não é uma delas. Nossos problemas pessoais não precisam ser expostos para todo mundo.

— Então você está admitindo — diz, agora ainda mais furioso — que tem alguma coisa errada...?

— Tem algo errado já há algum tempo — retruco exasperada. — Eu não consigo nem conversar com vo...

— Verdade, desde que arrastamos esse cuzão para o Ponto Ômega — Adam me interrompe. Vira-se e lança um olhar fulminante para Kenji. — A ideia foi *sua*...

— Ei, não me enfie no meio desse rolo, está bem? — Kenji retruca. — Não me culpe pelos seus problemas.

— Estávamos bem até ela começar a passar tanto tempo com ele... — Adam começa a dizer.

— Ela passava a mesma quantidade de tempo com ele enquanto estávamos na base, seu gênio...

— Pare. Por favor, entenda uma coisa: Warner está aqui para nos ajudar. Ele quer derrubar o Restabelecimento e matar o supremo, como nós queremos... Ele não é mais nosso inimigo...

— Ele vai nos ajudar? — Adam pergunta, olhos arregalados, fingindo surpresa. — Ah, você quer dizer do mesmo jeito que ele ajudou da outra vez, quando ia lutar ao nosso lado? Pouco antes de fugir do Ponto Ômega? — Descrente, Adam gargalha. — Não consigo acreditar que você está caindo em toda essa merda que ele diz...

— Isso não é nenhum truque, Adam... Eu não sou nenhuma idiota...

— Tem certeza?

— O quê?

Não consigo acreditar que ele acabou de me insultar.

— Eu perguntei se você tinha certeza — esbraveja. — Porque está agindo como uma total idiota agora, então não sei mais se posso confiar no seu julgamento.

— Qual é o seu *problema*?

— Qual é o *seu* problema? — ele grita em resposta, olhos queimando de raiva. — Você não agia assim, não agia assim. Você virou uma pessoa completamente diferente.

— Eu? — pergunto, voz cada vez mais alta.

Estou realmente tentando me controlar, mas acho que não aguento mais. Ele diz que quer ter essa conversa na frente de todo mundo?

Está bem.

Teremos essa conversa na frente de todo mundo.

— Se eu mudei, você também mudou. Porque o Adam de quem me lembro é bondoso e gentil, e nunca me insultou assim. Sei que as coisas têm sido difíceis para você ultimamente e estou tentando entender, ser paciente, dar espaço para você... Porém essas últimas semanas têm sido complicadas para todos nós. Todos estamos passando por um momento muito difícil, mas não ficamos jogando os outros para baixo. Não ofendemos uns aos outros. Você, por outro lado, não consegue nem tratar Kenji com educação. Você e Kenji eram *amigos*, lembra? Agora, toda vez que ele faz uma piadinha inocente, você olha para ele como se quisesse matá-lo, e eu não sei por quê.

— Você vai defender todo mundo nesta sala, menos eu, não vai? — Adam responde. — Você ama tanto o Kenji, passa toda a porra do seu tempo com Kenji...

— Ele é meu amigo!

— Eu sou o seu namorado!

— Não – retruco. – Não é.

Adam está tremendo, punhos cerrados.

— Não consigo nem acreditar em você mais.

— A gente terminou, Adam. – Minha voz sai firme. – A gente terminou já faz um mês.

— Está bem – ele responde. – A gente terminou porque você disse que me amava. Porque disse que não queria me ferir.

— Eu não quero – reafirmo. – Eu não quero feri-lo. Nunca quis feri-lo.

— Que diabos você acha que está fazendo agora? – ele grita.

— Eu não consigo conversar com você – deixo claro, negando com a cabeça. – Eu não entendo...

— Não, você não entende nada – esbraveja. – Você não me entende, você não se entende e não enxerga que está agindo como uma criança ridícula que se deixou ser lobotomizada por um psicopata.

O tempo parece parar.

Tudo o que tenho vontade de dizer e tudo o que eu sempre quis dizer começam a tomar forma, caindo no chão e se levantando de novo. Parágrafos e parágrafos começam a construir paredes à minha volta, criando blocos, texto justificado, palavras encontrando novas formas de se encaixarem, de se combinarem de modo a não deixarem espaço para eu escapar. E todos os espaços entre cada palavra não verbalizada ganham força e entram na minha boca, descem pela garganta e invadem o peito, preenchendo-me com um vazio tão grande, que acho que posso simplesmente sair flutuando.

Estou respirando.

Com tanta dificuldade.

Alguém raspa a garganta.

– É, perdão. Sinto muito por interromper – Warner diz, dando um passo à frente. – Mas, Juliette, eu preciso ir embora. Tem certeza de que quer ficar aqui?

Eu congelo.

– DÊ O FORA! – Adam grita. – Dê o fora da minha casa, seu merda. E não volte aqui.

– Bem... – Warner diz, inclinando a cabeça na minha direção. – Deixe para lá. Parece que você não tem muita escolha, não é? – Estende a mão. – Vamos?

– Você não vai levá-la a lugar nenhum. – Adam o enfrenta. – Ela não vai sair com você e não vai se unir a você. Agora, vaze daqui.

– Adam. PARE. – Minha voz sai mais furiosa do que eu planejava, mas não consigo mais me controlar. – Eu não preciso da sua permissão. Não vou viver assim. Não vou mais me esconder. Você não precisa vir comigo... Você nem precisa entender – digo. – Mas, se me amasse, não ficaria no meu caminho.

Warner está sorrindo.

Adam percebe e se vira para ele:

– Tem algo que você queira dizer?

– Deus, é claro que não – Warner responde. – Juliette não precisa da minha ajuda. E talvez *você* ainda não tenha percebido, mas, para todos os outros aqui, está claro que *você* perdeu essa briga, Kent.

Adam esbraveja.

Avança para a frente, punho para trás, pronto para golpear. E tudo acontece tão rápido que sequer tenho tempo de perder o fôlego antes de ouvir um estouro forte.

O punho de Adam está congelado a centímetros do rosto de Warner. Segurado pela mão de Warner.

Adam fica em choque, em silêncio, todo o corpo tremendo com a energia não usada. Warner se aproxima do rosto de seu irmão e sussurra:

– Você realmente não quer brigar comigo, seu idiota.

E empurra o punho de Adam com tanta força, que o faz voar para trás, segurando-o pouco antes de atingir o chão.

Adam está em pé. Correndo para o outro lado da sala. Ainda mais enraivecido.

Kenji se aproxima dele.

Adam está gritando para Kenji soltá-lo, para deixar de se meter, e Kenji vai puxando um Adam contrariado pela sala. De algum jeito ele consegue abrir a porta principal e ir com Adam ao lado de fora.

E fecham violentamente a porta quando chegam ao outro lado.

Vinte e quatro

James, é meu primeiro pensamento.

Dou meia-volta, buscando-o pelo quarto, esperando que esteja bem, mas logo descubro que Lily já se prepara para levá-lo a seu quarto.

Todos os demais me encaram.

– Que diabos foi aquilo? – Ian é o primeiro a quebrar o silêncio.

Ele, Brendan e Winston estão todos boquiabertos. Alia está parada em um dos lados da sala, braços protegendo o próprio corpo. Castle deve ainda estar no banheiro.

Tremo quando alguém toca em meu ombro.

Warner.

Ele inclina o corpo para perto do meu ouvido, falando bem baixinho para que só eu consiga ouvi-lo.

– Está ficando tarde, meu amor, e eu preciso, de verdade, voltar para a base. – Faz uma pausa. – E peço perdão por ser tão insistente nesta pergunta, mas tem certeza de que quer mesmo ficar aqui?

Ergo o rosto para olhar em seus olhos. Confirmo com a cabeça.

– Eu preciso conversar com Kenji. Não sei o que os outros acham, mas não quero fazer nada sem Kenji. – Hesito. – Quero dizer, eu posso fazer, se precisar, mas, sério mesmo, não quero.

Warner assente. Concentra o olhar em um ponto atrás da minha cabeça.

— Certo. — Franze ligeiramente a testa. — Espero que um dia você me diga o que acha tão incrível e interessante nele.

— Em quem? Em Kenji?

Ele assente outra vez.

— Ah — respondo, piscando surpresa. — Ele é meu melhor amigo.

Warner olha para mim. Arqueia uma sobrancelha.

Encaro-o de volta.

— Isso vai ser um problema?

Ele observa as próprias mãos, nega com a cabeça.

— Não, é claro que não — responde baixinho. Raspa a garganta. — Então eu volto amanhã? Treze zero zero horas.

— Mil e trezentas horas... contando a partir de *agora*?

Warner dá risada. Ergue o olhar.

— Uma da tarde.

— Tudo bem.

Ele então olha nos meus olhos. Sorri só por um instante antes de dar meia-volta e passar pela porta. Sem dizer nada a ninguém.

Ian me observa, boquiaberto. Outra vez.

— Estou... certo... Estou muito confuso — Brendan diz, piscando. — Certo, então... o que foi que acabou de acontecer? Ele estava sorrindo para você? Sorrindo genuinamente para você?

— Se quer saber a minha opinião, ele pareceu apaixonado por você — Winston acrescenta, franzindo a testa. — Mas isso deve ser só porque minha cabeça está bem zoada, certo?

Faço o meu melhor para ficar olhando para a parede.

Kenji abre violentamente a porta.
Dá um passo para dentro.
Sozinho.
– Você – diz, apontando para mim, olhos estreitados. – Traga o seu rabo aqui, agora mesmo – ordena. – Você e eu, a gente precisa conversar.

Vinte e cinco

Vou me arrastando para perto da porta e Kenji agarra meu braço e me leva para fora. Pouco antes de sairmos, vira-se para trás e grita para todos:

— Preparem o jantar de vocês.

Estamos parados no patamar logo na saída da casa e percebo, pela primeira vez, que há outros lances de escada subindo. Indo a algum lugar.

— Venha, princesa — Kenji pede. — Acompanhe-me.

E subimos.

Quatro, cinco lances de escada. Talvez oito. Ou cinquenta. Não tenho a menor ideia. Só sei que, quando chegamos ao topo, pego-me sem fôlego e constrangida por estar sem fôlego.

E, quando enfim sou capaz de inspirar e expirar como um ser humano, arrisco olhar em volta.

Incrível.

Estamos no telhado, do lado de fora, onde o mundo é totalmente escuro, exceto pelas estrelas e o brilho da lua que alguém dependurou no céu. Às vezes me pergunto se os planetas ainda existem lá em cima, ainda alinhados, ainda se dando bem uns com os outros esse tempo todo. Talvez pudéssemos aprender uma coisa ou duas com eles.

O vento sopra à nossa volta e eu tremo conforme meu corpo se ajusta à temperatura.

– Venha aqui – Kenji me chama. Aponta para o limite do telhado e se senta ali, pernas balançando no que poderia ser o caminho mais rápido para a morte. – Não se preocupe – diz ao ver meu rosto. – Não tem problema. Eu me sento aqui com certa frequência.

Quando finalmente me ajeito ao seu lado, atrevo-me a olhar para baixo. Meus pés estão dependurados no topo do mundo.

Kenji passa o braço em volta de mim. Esfrega meu ombro para me manter aquecida.

– Então – começa. – Quando é o grande dia? Já temos uma data definida?

– O quê? – Espanto-me. – Do quê?

– O dia em que você vai deixar de ser uma grande idiota – esclarece, lançando um olhar duro para mim.

– Nossa! – Fico constrangida, chuto o ar. – Pois é, provavelmente nunca vai acontecer.

– É, você deve estar certa.

– Cale a boca.

– Veja, eu não sei onde Adam está – ele diz.

Meu corpo enrijece. Eu me sento.

– Ele está bem?

– Vai ficar bem – Kenji responde com um suspiro resignado. – Só está superirritado. E magoado. E constrangido. Toda essa merda emocional.

Baixo outra vez o olhar. O braço de Kenji fica solto em volta do meu pescoço e ele me puxa mais para perto, ajeitando-me ao seu lado. Descanso a cabeça em seu peito.

Momentos, minutos e memórias crescem e quebram entre nós.

— Realmente pensei que vocês estivessem em uma relação sólida — ele enfim me diz.

— Sim — sussurro em resposta. — Eu também.

Mais alguns segundos pulam do telhado.

— Eu sou uma pessoa muito horrível — digo bem baixinho.

— É, bem... — Kenji suspira.

Eu bufo. Solto a cabeça nas mãos.

Kenji suspira outra vez.

— Não se preocupe. Kent também agiu como um idiota. — Respira fundo. — Mas caramba, princesa... — Olha para mim, faz que não com a cabeça, olha outra vez para a noite. — Warner? Sério?

Ergo o olhar.

— Do que você está falando?

Kenji arqueia uma sobrancelha para mim.

— Tenho certeza de que você não é nenhuma idiota, então, por favor, não aja como tal.

Viro os olhos.

— Sério, eu não quero ter essa conversa outra vez.

— Não estou nem aí se não quer ter essa conversa de novo. Você precisa falar sobre esse assunto. Não pode simplesmente se apaixonar por um cara como Warner sem me contar o motivo. Preciso ter certeza de que ele não implantou um *chip* na sua cabeça ou qualquer merda do tipo.

Fico em silêncio por quase um minuto inteiro.

– Não estou me apaixonando por Warner – retruco bem baixinho.

– Claro que não está.

– Não estou – insisto. – Eu só... não sei. – Suspiro. – Não sei o que está acontecendo comigo.

– Chamam isso de hormônios.

Lanço um olhar furioso para ele.

– Estou falando sério.

– Eu também. – Inclina a cabeça para mim. – É tipo, biológico e tal. Científico. Talvez suas partes femininas estejam cientificamente confusas.

– Minhas *partes femininas*?

– Ah, desculpa... – Kenji finge parecer ofendido. – Prefere que eu use a terminologia anatômica adequada? Porque suas partes femininas não me assustam...

– Bem... Não, obrigada – consigo dar uma risadinha, minha tentativa infeliz se desfaz em um suspiro.

Deus, tudo está mudando.

– Ele só é... tão diferente – ouço-me dizendo. – Warner. Ele não é o que vocês pensam. É doce e bondoso. E o pai dele é tão, tão horrível com ele. Vocês não têm ideia. – Minha voz se desfaz quando penso nas cicatrizes que vi nas costas de Warner. – E, acima de tudo... não sei... – Olho para a escuridão. – Ele realmente... acredita em mim? – Deslizo o olhar na direção de Kenji. – Isso parece besteira?

Kenji lança um olhar duvidoso para mim.

— Adam também acredita em você.

— Verdade – concordo, olhando de novo para a escuridão. – Acho que sim.

— Que história é essa de achar que sim? Aquele garoto acha que você inventou o ar.

Quase sorrio.

— Não sei de qual versão minha Adam gosta. Hoje não sou mais a mesma pessoa que era nos tempos de escola. Não sou mais aquela garota. Acho que ele quer aquela garota – elaboro, olhando para Kenji. – Acho que ele quer fingir que eu sou a menina que não fala e passa a maior parte do tempo assustada. O tipo de menina que ele precisa proteger e cuidar o tempo todo. Não sei se gosta de quem sou agora. Não sei se é capaz de lidar comigo.

— Então, assim que abriu a boca, você estilhaçou todos os sonhos dele, certo?

— Vou empurrar você lá embaixo.

— Sim, eu entendo por que Adam pode não gostar de você.

Viro os olhos.

Kenji dá risada. Inclina o corpo para trás e me puxa consigo. Agora o concreto está sob nossas cabeças, o céu nos cerca como uma cortina. É como se eu tivesse sido jogada em um tonel de tinta.

— Sabe, na verdade faz muito sentido – Kenji enfim admite.

— O quê?

— Não sei... quer dizer, você passou basicamente a vida toda presa, não foi? Não ficou a vida toda ocupada tocando em um bando de caras...

— *O quê?*

— Tipo… Adam foi o primeiro cara a ser… legal com você. Caramba, ele provavelmente foi a primeira pessoa do mundo que foi bondosa com você. E pode tocar em você. E não tem, tipo, uma aparência ruim. — Faz uma pausa. — Não posso culpá-la, para ser sincero. E é difícil ficar na solidão. Todos nos sentimos um pouco desesperados de tempos em tempos.

— Certo — falo lentamente.

— Só estou dizendo que acho que faz sentido você ter se apaixonado por ele. Tipo, por acidente. Porque, se não ele, quem mais? Suas opções eram superlimitadas.

— Ah — falo, agora baixinho. — Certo, por acidente. — Tento rir, mas não consigo. Engulo em seco as emoções presas em minha garganta. — A essa altura, tem horas que nem sei mais o que é ou não é real.

— O que quer dizer com isso?

Balanço a cabeça.

— Não sei — sussurro, sobretudo para mim.

Um silêncio pesado se instala.

— Você realmente o ama?

Hesito antes de responder:

— Acho que sim? Não sei? — suspiro. — É possível amar alguém e depois parar de amar? Acho que nem sei o que é amor.

Kenji expira. Passa a mão pelos cabelos.

— Puta merda — sussurra.

— Você já amou alguém? — pergunto, virando-me de lado para olhar para ele.

Kenji observa o céu. Pisca algumas vezes.

— Não.

Desapontada, rolo até apoiar as costas de novo no concreto.

— Ah.

— Isso é deprimente – Kenji fala.

— Verdade.

— A gente é uma porcaria.

— É mesmo.

— Enfim, conte de novo para mim: por que você gosta tanto de Warner? Ele, tipo, tirou toda a roupa ou algo assim?

— O quê? – Engasgo, mas agradeço por estar escuro, assim ele não consegue me ver enrubescendo. – Não – apresso-me em dizer. – Não, ele...

— Caramba, princesa – Kenji ri duramente. – Eu não tinha ideia.

Dou um soco em seu braço.

— Ei! Seja boazinha comigo – protesta, esfregando a mão no ponto inchado. – Eu sou mais fraco do que você!

— Sabe, eu mais ou menos consigo controlar agora – conto, sorrindo para o céu. – Sou capaz de moderar meus níveis de força.

— Bom para você. Vou comprar um balão para você assim que o mundo parar de cagar em si mesmo.

— Obrigada – respondo contente. – Você é um bom professor.

— Eu sou bom em tudo – brinca.

— E também humilde.

— E, além de tudo, muito bonito.

Engasgo em uma risada.

— Você ainda não respondeu a minha pergunta – Kenji insiste. Mexe-se, ajeita as mãos atrás da cabeça. – Por que você gosta tanto do riquinho?

Respiro com dificuldade. Concentro-me na estrela mais brilhante no céu.

– Gosto de como me sinto comigo quando estou com ele – falo baixinho. – Warner acha que sou forte, inteligente e capaz, e realmente valoriza a minha opinião. Ele me faz sentir sua igual, como se eu pudesse realizar tudo o que ele pode, talvez até mais. E, se eu faço alguma coisa incrível, ele nem se surpreende. Simplesmente espera coisas espetaculares vindas de mim. Não me trata como se eu fosse uma menininha frágil e que precisa ser protegida o tempo todo.

Kenji bufa.

– É porque você não é frágil – diz. – Talvez o que todos precisem fazer é se proteger de você. Você é um puta demônio. Quero dizer, tipo, você entende... um demônio bonitinho. Um demoniozinho que rasga tudo, destrói o planeta e suga a vida das pessoas.

– Legal.

– Estou do seu lado.

– Estou percebendo.

– Então, qual é? – Kenji insiste. – Você simplesmente se apaixonou pela personalidade dele, foi isso?

– O quê?

– Nada disso, tipo, nada mesmo tem a ver com o fato de ele ser todo bonitão e essa merda toda e conseguir tocar em você a qualquer momento?

– Você acha Warner bonitão?

– Não foi isso que eu falei.

Dou risada.

– Eu gosto do rosto dele, de fato.

– E dos toques?

– Que toques?

Kenji me encara com olhos arregalados, sobrancelhas arqueadas.

– Eu não sou o Adam, está bem? Não venha se fazendo de inocente para cima de mim. Você me falou que esse cara pode tocar em você e que está a fim de você, e você claramente está a fim dele e passou a noite na cama dele ontem. Depois, eu flagro vocês dois em um *closet*... Não, espere aí... Não era *closet* coisíssima nenhuma. Era o quarto de uma criança. E agora você vem me falar que não rolou nenhum toque? – Kenji me encara. – É isso que está me dizendo?

– Não – sussurro, meu rosto pegando fogo.

– Ouça, só estou tentando dizer que você está crescendo rápido demais. Está ficando toda animada com a possibilidade de tocar nas coisas pela primeira vez. Eu só quero ter certeza de que você está observando os regulamentos sanitários...

– Deixe de ser nojento assim.

– Ei... eu só estou cuidando da sua...

– Kenji?

– Diga.

Respiro fundo. Tento contar as estrelas.

– O que eu vou fazer?

– Com relação a quê?

Hesito.

– A tudo.

Kenji deixa escapar um barulho estranho.

– Até parece que eu sei.

– Não quero enfrentar essa situação toda sem você – sussurro.

Ele se aproxima.

– Quem foi que disse que você vai ter que fazer alguma coisa sem mim?

Meu coração deixa de bater por alguns segundos. Encaro-o.

– Qual é?! – ele pergunta. Arqueia as sobrancelhas. – Você está surpresa?

– Você vai lutar comigo? – pergunto, quase sem ar. – Vai reagir comigo? Mesmo que seja com Warner?

Kenji abre um sorriso. Olha para o céu.

– Porra, claro que sim – diz.

– *Sério?*

– Estou aqui por você, mocinha. É para isso que servem os amigos.

Vinte e seis

Quando voltamos à casa, Castle está parado em um canto, conversando com Winston.

Kenji congela na passagem da porta.

Eu tinha esquecido que ele ainda não tinha tido a chance de ver Castle em pé. Sinto uma dor sincera quando olho para ele. Sou uma péssima amiga. Só consigo despejar todos os meus problemas em cima dele, nunca penso sequer em perguntar sobre seus problemas. Kenji deve estar com a mente tão sobrecarregada…

Ele atravessa o cômodo em um torpor, só para quando está bem perto de Castle. Apoia a mão no ombro dele. Castle dá meia-volta. Toda a sala para e assiste.

Castle sorri. Assente, só uma vez.

Kenji o puxa em um abraço feroz, abraçando-o só por alguns segundos antes de se afastar. Os dois se olham com algum tipo de reconhecimento silencioso. Castle apoia a mão no braço de Kenji.

Que sorri.

E dá meia-volta e sorri para mim, e, de repente, fico tão feliz, tão aliviada, contente e tomada por alegria por saber que Kenji vai dormir com o coração mais leve esta noite. Sinto como se pudesse explodir de alegria.

A porta se abre bruscamente.

Eu me viro.

Adam entra.

Meu coração deixa de bater.

Adam sequer olha para mim ao entrar.

– James – chama, atravessando a sala. – Vamos, maninho. É hora de dormir.

James assente e corre para o quarto. Adam o acompanha. A porta fecha, isolando os dois lá dentro.

– Ele voltou para casa – Castle constata.

Parece aliviado.

Ninguém fala nada por um instante.

– Está bem, pessoal, acho que a gente também já pode se preparar para dormir – Kenji propõe, deslizando o olhar pela sala.

Vai até o canto, pega uma pilha de cobertores e vai passando-os.

– Todo mundo está dormindo no chão? – pergunto.

Kenji assente.

– Sim – diz. – Warner não estava errado. É mesmo como uma festa do pijama.

Tento dar risada.

Não consigo.

Todo mundo ajuda a espalhar os cobertores no chão. Winston, Brendan e Ian ficam de um lado da sala, Alia e Lily do outro. Castle dorme no sofá.

Kenji aponta para o meio do cômodo.

— Você e eu vamos ali.

— Que romântico!

— Bem que você queria.

— Onde Adam dorme? – pergunto, baixando a voz.

Kenji para no meio do ato de jogar um cobertor no chão. Ergue o olhar.

— Kent não vai sair de lá – diz para mim. – Ele dorme com James. O pobrezinho tem pesadelos horríveis todas as noites.

— Ah – digo, surpresa e com vergonha de mim por não ter me lembrado disso. – É claro.

É claro que tem pesadelos. Kenji também deve saber disso há muito tempo. Eles dormiam todos juntos no Ponto Ômega.

Winston bate a mão no interruptor. As luzes se apagam. Um farfalhar de cobertores ecoa pelo ar.

— Se eu ouvir algum de vocês conversando, vou pessoalmente pedir a Brendan para chutar-lhes o rosto – Winston avisa.

— Eu não vou chutar o rosto de ninguém.

— Chute o seu próprio rosto, Brendan.

— Eu nem sei por que somos amigos.

— Por favor, calem a boca – Lily grita em seu canto.

— Você ouviu a ordem da madame – Winston diz. – Todos, calem a boca.

— É você quem está falando, seu idiota – Ian responde.

— Brendan, por favor, dê um chute na cara dele.

— Cale a boca, colega. Não vou chutar a cara de…

— Boa noite – Castle deseja.

Todos param de respirar.

— Boa noite, senhor — Kenji sussurra.

Rolo para o lado, de modo a estar cara a cara com Kenji. Ele sorri para mim no escuro. Eu sorrio em resposta.

— Boa noite — balbucio.

Ele sorri para mim.

Meus olhos se fecham.

Vinte e sete

Adam está me ignorando.

Não falou uma palavra sequer sobre ontem; não entrega nem o mais leve sinal de raiva ou frustração. Conversa com todos, ri com James, ajuda a preparar o café da manhã. Também finge que não existo.

Tentei desejar bom-dia e ele fingiu não me ouvir. Ou pode ser que realmente não tenha ouvido. Talvez tenha conseguido treinar seu cérebro a não me ver ou ouvir mais.

Sinto como se meu coração estivesse sendo golpeado.

Repetidamente.

– Mas, afinal, o que vocês fazem o dia todo? – pergunto, desesperadamente tentando dar início a uma conversa.

Estamos todos sentados no chão, comendo granola. Acordamos tarde, tomamos o café da manhã tarde. Até agora, ninguém se deu ao trabalho de recolher os cobertores e, em tese, Warner deve chegar em mais ou menos uma hora.

– Nada – é a resposta de Ian.

– Basicamente, tentamos não morrer – diz Winston.

– É um tédio dos infernos – acrescenta Lily.

– Por quê? – Kenji indaga. – Você tem algo em mente?

– Ah – respondo. – Não, eu só… – Hesito. – Bem, Warner vai chegar em uma hora mais ou menos, então eu não sabia se…

Alguma coisa cai na cozinha. Um pote. Na pia. Talheres voando por todos os lados.

Adam entra na sala de estar.

Seus *olhos*.

– Ele não vai voltar aqui.

São essas. Essas são as cinco primeiras palavras que Adam me diz.

– Mas eu já falei para ele – tento explicar. – Ele vai…

– Esta casa é *minha* – Adam me interrompe, olhos brilhando. – Não vou deixar esse cara entrar aqui.

Fico encarando-o, coração batendo forte, querendo escapar do peito. Nunca pensei que ele seria capaz de me olhar como se me odiasse. Realmente, realmente me odiasse.

– Kent, cara… – ouço Kenji dizer.

– NÃO.

– Vamos lá, cara, não precisa ser assim.

– Se você quer tanto a presença dele, pode dar o fora da minha casa – Adam diz para mim. – Mas ele não vai voltar aqui. Nunca mais.

Pisco os olhos.

Isso não pode estar acontecendo.

– Aonde devem ir? – Kenji pergunta a ele. – Quer que ela fique na sarjeta, para alguém poder entregá-la e a matarem? Você ficou louco?

– Depois de tudo o que aconteceu, estou pouco me fodendo – Adam grita. – Ela pode ir aonde quiser. – Vira-se outra vez para mim antes de lançar: – Quer ficar com ele? – Aponta para a porta. – Vá lá. Caia morta.

Sinto uma onda de gelo se espalhando pelo meu corpo.

Fico parada, cambaleante. Minhas pernas mostram-se instáveis. Estou assentindo e nem sei por quê, mas pareço incapaz de parar. Vou à porta.

– Juliette...

Dou meia-volta, muito embora seja Kenji, e não Adam, chamando o meu nome.

– Não vá a lugar nenhum – ele me pede. – Não saia. Isso é ridículo.

A situação toda já fugiu do controle. Não se trata mais de apenas uma guerra. Existe ódio puro, autêntico, nos olhos de Adam, e sou cegada pela impossibilidade de tudo, pega com a guarda tão baixa que nem sei como reagir. Jamais poderia esperar algo assim, jamais poderia ter imaginado que as coisas seriam assim.

O verdadeiro Adam não me chutaria assim da sua casa. Não o Adam que eu conheço. O Adam que eu pensava conhecer.

– Kent – Kenji chama outra vez. – Você precisa se acalmar. Não tem nada rolando entre ela e Warner, está bem? Juliette só está tentando fazer o que pensa ser certo.

– Quanta merda! – Adam explode. – Você está falando merda e sabe muito bem disso, e é um escroto por negar. Ela esteve esse tempo todo mentindo para mim...

– Vocês nem estão mais juntos, cara. Não pode culpá-la...

– A gente nunca terminou! – Adam grita.

– É claro que vocês terminaram – Kenji retruca. – Todo mundo no Ponto Ômega ouviu seu melodrama nas porras dos túneis. Todos nós sabemos que vocês terminaram. Então, pare de tentar negar.

— Aquilo não contou como terminar — Adam insiste com uma voz rouca. — A gente ainda se amava...

— Está bem. Quer saber? Que se dane. Não estou nem aí. — Kenji acena com as mãos, vira os olhos. — Mas a gente está bem no meio de uma *guerra* agora. Pelo amor do caralho, ela tomou um tiro no peito há poucos dias e quase morreu. Não acha possível que Juliette esteja realmente tentando pensar em algo maior do que apenas vocês dois? Warner é louco, mas ele pode ajudar...

— Ela olha para aquele psicótico como se estivesse apaixonada por ele — Adam rosna em resposta. — Acha que não sei como ela fica? Acha que eu não saberia? No passado, ela olhava *para mim* daquele jeito. Eu conheço Juliette... Eu conheço Juliette muito bem.

— Talvez não conheça.

— Pare de defendê-la!

— Você nem sabe o que está falando — Kenji alega. — Está agindo como um louco...

— Eu fui mais feliz quando pensei que ela estivesse *morta* — Adam retruca.

— Você não está falando com sinceridade. Não diga coisas assim, cara. Quando se fala esse tipo de merda, pode ser impossível retirar o que disse...

— Ah, eu estou sendo sincero — Adam afirma. — Muito, muitíssimo sincero. — Enfim olha para mim. Punhos cerrados. Olhos brilhando de raiva, angústia e mágoa. Diz diretamente para mim: — Pensar que você estava morta era muito melhor. Doía bem menos do que isso.

As paredes estão se mexendo. Vejo pontos brilhando, pisco os olhos para o vazio.

Isso não está realmente acontecendo, digo continuamente a mim.

É só um pesadelo horrível e, quando eu acordar, Adam vai ser bondoso, doce e maravilhoso outra vez. Porque ele não é cruel assim. Não comigo. Nunca comigo.

– Você, justamente você... – diz para mim, parecendo sentir asco. – Eu confiei em você... contei para você coisas que jamais deveria ter contado... E agora você está desviando do seu caminho para jogar tudo outra vez na minha cara. Não acredito que foi capaz de fazer isso comigo, que se apaixonou por ele. Qual é o seu problema? – pergunta com a voz um tom mais aguda. – Quão doente da cabeça alguém precisa estar para isso?

Sinto tanto medo de falar.

Tanto medo de mexer meus lábios.

Estou com tanto medo de me movimentar um centímetro que seja, meu corpo partir ao meio e todos virem que meu interior é feito de nada além das lágrimas que estou engolindo agora.

Adam nega com a cabeça. Oferece um risinho triste, perturbado.

– E você nem tenta negar. É incrível! – diz.

– Deixe-a em paz, Kent – Kenji de repente sugere, a voz dura como a morte. – Estou falando sério.

– Isso não é da sua conta...

– Você está agindo como um cuzão...

– Acha que estou me fodendo para o que você pensa? – Adam vira-se para ele. – Essa briga não é sua, Kenji. O fato de ela ser covarde demais para se expressar não significa que você precise defendê-la...

Sinto como se tivesse saído do meu próprio corpo. Como se meu corpo tivesse caído no chão e eu agora olhasse para ele, vendo Adam se transformar em um ser humano completamente diferente. Cada palavra. Cada insulto que ele lança na minha direção parece fraturar meus ossos. Não vou demorar a me transformar em nada além de sangue e um coração batendo.

— Estou saindo — Adam diz. — Vou sair e, quando eu voltar, quero Juliette fora daqui.

Não chore, digo um milhão de vezes a mim.

Não chore.

Isso não é verdade.

— Você e eu — Adam continua falando comigo usando uma voz tão rouca, tão furiosa. — A gente terminou. Acabou. Nunca mais quero ver o seu rosto. Em lugar nenhum deste mundo e definitivamente não na minha casa. — Ele me encara, peito subindo e descendo furiosamente. — Portanto, vá embora. E vá antes de eu voltar.

Adam atravessa a sala com passos pesados. Pega um casaco. Abre bruscamente a porta.

A parede treme quando ele a bate.

Vinte e oito

Estou parada no meio da sala, olhando para o vazio.

De repente, pego-me congelando. Minhas mãos parecem tremer. Ou talvez sejam meus ossos. Pode ser que meus ossos estejam tremendo. Movimento-me de maneira mecânica, muito lentamente, minha cabeça ainda confusa. Pego-me vagamente consciente de que talvez alguém esteja me dizendo alguma coisa, mas continuo concentrada demais em pegar meu casaco porque estou com muito frio. Está muito frio aqui. Realmente preciso da minha jaqueta. E talvez das luvas. Não consigo parar de tremer.

Visto o casaco. Enfio as mãos nos bolsos. Tenho a sensação de que alguém deve estar falando comigo, mas não consigo ouvir nada atravessando a névoa estranha que abafa meus sentidos. Fecho os punhos e meus dedos tocam alguma coisa de plástico.

O *pager*. Quase tinha esquecido.

Tiro-o do bolso. É uma coisinha preta minúscula; um retângulo fino e preto com um botão na lateral. Pressiono-o sem pensar. Pressiono-o várias e várias vezes, porque fazer isso me acalma. Porque, de alguma maneira, me tranquiliza. *Clique-clique*. Gosto do movimento repetitivo. *Clique. Clique-clique*. Não sei mais o que fazer.

Clique.

Mãos pousam em meus ombros.

Dou meia-volta. Castle está parado logo atrás de mim, olhos pesados de preocupação.

— Você não vai sair — avisa. — Vamos encontrar uma solução. Vai dar tudo certo.

— Não. — Minha língua é feita de poeira. Meus dentes se desfizeram. — Eu tenho que ir embora.

Não consigo parar de pressionar o botão nesse *pager*.

Clique.

Clique-clique.

— Venha se sentar — Castle me convida. — Adam está chateado, mas vai ficar bem. Tenho certeza de que as palavras dele não foram sinceras.

— Tenho certeza de que foram — Ian o contraria.

Castle lança um olhar duro para ele.

— Você não pode ir embora — Winston fala. — Pensei que fôssemos juntos acabar com alguns inimigos por aí. Você tinha prometido.

— Verdade — Lily acrescenta, tentando soar animada.

Mas seus olhos estão cansados, repuxados com medo e preocupação, e percebo que está com medo por mim.

Não *de* mim.

Por mim.

É a mais estranha das sensações.

Clique-clique-clique.

Clique-clique.

— Se você for — ela diz, tentando sorrir —, teremos de viver assim para sempre. E não quero passar o resto da vida com um bando de garotos fedidos.

Clique.

Clique-clique.

— Não vá — James pede. Parece tão triste. Tão sério. — Sinto muito por Adam ter sido malvado com você. Mas não quero que você morra. E não desejo que estivesse morta. Juro que não.

James. O doce James. Seus olhos partem o meu coração.

— Não posso ficar. — Minha voz soa estranha para mim. Dolorosa. — Ele realmente estava sendo sincero em suas palavras...

— Seremos um grupo muito triste se você for embora — Brendan me interrompe. — E tenho que concordar com Lily. Não quero viver assim por muito tempo mais.

— Mas como...

A porta principal abre bruscamente.

— JULIETTE... Juliette...

Dou meia-volta.

Warner está parado ali, rosto enrubescido, peito subindo e descendo, encarando-me como se eu pudesse ser um fantasma. Atravessa a sala antes de eu ter a chance de dizer uma palavra e segura meu rosto nas mãos, os olhos me analisando.

— Você está bem? — pergunta. — Meu Deus... Você está bem? O que aconteceu? Está tudo bem com você?

Ele está aqui.

Ele está aqui e eu só quero me desfazer, mas não me desfaço.

Não vou me desfazer.

— Obrigada — consigo agradecê-lo. — Obrigada por ter vindo.

Ele me abraça sem se importar com os sete pares de olhos nos observando. Simplesmente me segura, um braço na altura da cintura, o outro atrás da minha cabeça. Meu rosto está enterrado em seu peito e seu calor agora me é tão familiar. Estranhamente reconfortante. Ele desliza a mão pelas minhas costas, inclina a cabeça na direção da minha.

— Qual é o problema, meu amor? — sussurra. — O que aconteceu? Por favor, diga-me que... — Eu pisco os olhos. — Quer que eu a leve de volta?

Não respondo.

Não sei mais o que quero nem do que preciso. Todos estão me dizendo para ficar, mas esta casa não é deles. Esta casa é de Adam, e já ficou claro que agora ele me odeia. Porém, também não quero deixar meus amigos. Não quero deixar Kenji.

— Você quer que eu saia? — Warner pergunta.

— Não — respondo rápido demais. — Não.

Warner relaxa, mas só um pouquinho.

— Diga o que quer — pede desesperado. — Diga o que eu posso fazer e eu farei.

— Esta é, de longe, a merda mais louca que já vi — Kenji comenta. — Eu nunca acreditaria em algo assim. Nem em um milhão de anos.

— Parece uma novela — Ian assente. — Mas com atuações piores.

— Acho meio legal — Winston avalia.

Afasto-me, mais ou menos dando meia-volta. Todos permanecem nos encarando. Winston é o único com um sorriso no rosto.

— O que está acontecendo? — Warner pergunta a eles. — Por que ela parece prestes a chorar?

Ninguém responde.

— Onde está Kent? — Warner indaga, olhos estreitando enquanto lê nossos rostos. — O que ele fez com ela?

— Ele saiu — Lily conta. — Saiu faz um tempinho.

Os olhos de Warner escurecem conforme ele processa a informação. Ele então se vira para mim.

— Por favor, diga-me que você não quer mais ficar aqui.

Solto a cabeça nas mãos.

— Todos querem ajudar... a lutar... exceto Adam. Mas eles não podem sair. E não quero deixá-los para trás.

Warner suspira. Fecha os olhos.

— Então fique — fala com leveza. — Se quer assim, fique aqui. Posso sempre vir encontrá-la.

— Não posso — respondo. — Tenho que ir embora e não tenho mais autorização para voltar aqui.

— O quê? — Raiva. Entrando e saindo de seus olhos. — Que história é essa de não ter autorização?

— Adam não quer mais que eu fique aqui. Tenho que ir embora antes de ele voltar.

O maxilar de Warner fica apertado. Ele me encara pelo que parece ser um século. Quase consigo *vê-lo* pensando — sua mente trabalhando em um ritmo impossível — para encontrar uma solução.

— Está bem — enfim diz. – Tudo bem... — Expira. — Kishimoto — fala imediatamente, sem em momento algum desfazer nosso contato visual.

— Presente, senhor.

Warner tenta não virar os olhos enquanto gira o rosto na direção de Kent.

— Vou acomodar o seu grupo na minha área privada de treinamento na base. Vou precisar de um dia para cuidar dos detalhes, mas assegurarei que todos tenham fácil acesso para entrarem assim que chegarem. Você vai tornar a si e à sua equipe invisível e seguir minhas instruções. São livres para ficarem naquela região da base até estarmos prontos para darmos sequência ao primeiro estágio do nosso plano. – Uma pausa. – Esse arranjo funciona para vocês?

Kenji realmente parece enjoado.

— Porra, não.

— Por que não?

— Você vai trancar a gente na sua "área privada de treinamento"? – Kenji pergunta, fazendo aspas no ar. – Por que não diz, de forma mais direta, que vai trancar a gente em uma jaula e matar lentamente? Acha que sou algum idiota? Que motivos eu teria para acreditar em uma merda desse tipo?

— Eu cuidarei para que se alimentem bem e regularmente – Warner afirma em resposta. – A acomodação será simples, mas não mais simples do que isto aqui. – Aponta o dedo para a sala. – Esse arranjo vai nos oferecer uma enorme oportunidade de nos reunirmos para estruturar nossos próximos movimentos. Você deve saber que está colocando todo mundo em risco ao ficar no território não regulado. Você e seus amigos estarão mais seguros comigo.

— Mas por que você faria algo assim? – Ian continua curioso. – Por que poderia querer nos ajudar e nos alimentar e nos manter vivos? Não faz o menor sentido...

— Não precisa fazer sentido.

— É claro que precisa – Lily retruca. Seu olhar é duro, furioso. – Não vamos entrar em uma base militar só para sermos mortos – ela esbraveja. – Isso pode ser um truque.

— Está bem – Warner responde.

— Está bem, o quê? – Lily quer saber.

— Não venha.

— Ah. – Ela pisca os olhos sem parar.

Warner vira-se para Kenji.

— Então você está recusando, oficialmente, a minha oferta?

— Sim, não, obrigado – Kenji responde.

Warner assente. Olha para mim.

— Melhor irmos, então?

— Mas... não... – Agora estou entrando em pânico, deslizando o olhar de Warner para Kenji e outra vez de volta para Warner. – Não posso simplesmente *ir embora*... não posso simplesmente nunca mais voltar a vê-los...

Viro-me para Kenji.

— Você vai simplesmente ficar aqui? – pergunto. – E eu nunca mais voltarei a vê-lo?

— Pode ficar aqui com a gente. – Kenji cruza os braços na altura do peito. – Você não precisa ir.

— Você sabe que eu não posso ficar – respondo, furiosa e ofendida. – Sabe que Adam estava falando sério... e ele vai ficar louco se voltar para casa e eu ainda estiver aqui.

— Então você simplesmente vai embora, é isso? – Kenji pergunta duramente. – Vai fugir de todos nós? – Aponta para todos. – Só porque Adam decidiu ser um cuzão? Está trocando todos nós por Warner?

— Kenji... Eu não estou... Eu não tenho nenhum lugar para morar! O que eu vou fa...?

— Ficar.

— Adam vai me jogar na rua.

— Não, não vai. Não vamos deixar.

— Eu não vou forçá-lo a nada. Não vou implorar para ele. Deixe-me pelo menos ter um restinho de dignidade...

Frustrado, Kenji lança os braços ao ar.

— Isso é *bobagem*!

— Venha comigo — digo a ele. — Por favor... quero que fiquemos juntos.

— Não podemos — ele responde. — Não podemos correr esse risco. Não sei o que está rolando entre vocês dois — continua, apontando para mim e para Warner. — Talvez ele realmente seja diferente com você. Não sei, não ligo... mas não posso colocar todas as nossas vidas em risco com base em emoções e suposições. Talvez ele se importe com *você*, mas está pouco se fodendo com o restante de nós. — Olha para Warner. — Não é?

— Não é o quê? — Warner pede esclarecimentos.

— Você se importa com algum de nós? Com a nossa sobrevivência... nosso bem-estar?

— Não.

Kenji quase dá risada.

— Bem, pelo menos você é sincero.

— Minha oferta, porém, continua existindo. E você não é idiota a ponto de recusar. Vocês vão todos morrer aqui e sabem disso melhor do que eu.

— A gente vai correr o risco.

— Não — arfo. — Kenji...

— Vai dar tudo certo — ele me diz. Sua testa está franzida; os olhos, pesados. — Tenho certeza de que encontraremos um jeito de voltarmos a nos ver um dia. Faça o que você tem que fazer.

— Não — tento dizer. Tento respirar. Meus pulmões estão inchando, meu coração batendo tão rápido que posso ouvi-lo espancar meus ouvidos. Estou com calor e frio e calor demais e frio demais, e só consigo pensar em não, não era para acontecer assim, não era para tudo desmoronar, não outra vez não outra vez...

Warner agarra o meu braço.

— Por favor — está pedindo, com voz urgente, em pânico. — Por favor, não faça isso, meu amor, preciso que não faça isso...

— Que droga, Kenji! — explodo, afastando-me de Warner. — Por favor, pelo meu amor de Deus, não seja idiota. Você precisa vir comigo... Eu preciso de você...

— Eu preciso de algum tipo de garantia, J — Kenji está andando de um lado a outro, mãos nos cabelos. — Não posso simplesmente acreditar que tudo vai ficar bem.

Viro-me para Warner, peito subindo e descendo, punhos cerrados.

— Dê a eles o que querem. Não me importo com o que seja — digo. — Por favor, você tem que negociar. Precisa fazer funcionar. Eu preciso dele. Preciso dos meus amigos.

Warner passa um bom tempo me olhando.

— Por favor — sussurro.

Ele desvia o olhar. Encara-me outra vez.

Enfim olha nos olhos de Kenji. Suspira.

— O que você quer?

— Eu quero um chuveiro quente — ouço Winston dizer.

E aí ele ri.

Ele realmente está rindo.

— Dois dos meus homens estão doentes e feridos — Kenji diz, imediatamente mudando o clima. Sua voz sai dura. Sem sentimentos. — Eles precisam de remédios e atenção médica verdadeira. Não queremos ser monitorados, não queremos toque de recolher e queremos ser capazes de nos alimentarmos com mais do que aquela comida do Automat. Queremos proteínas, frutas, legumes; refeições de verdade. Queremos acesso direto a chuveiros. Vamos precisar de roupas novas. E queremos permanecer sempre armados.

Warner continua parado ao meu lado, tão parado que quase nem consigo mais ouvi-lo respirar. Minha cabeça pulsa tão forte e meu coração continua acelerado no peito, mas consegui me acalmar o suficiente para respirar com um pouco mais de facilidade agora.

Warner olha para mim.

Continua olhando só por um momento antes de fechar os olhos. Expira duramente. Ergue o olhar.

— Tudo bem — diz.

Kenji está encarando-o.

— Espere aí... o quê?

— Voltarei amanhã, às quatorze zero zero horas para guiá-los aos seus aposentos.

— Puta merda! — Winston está pulando no sofá. — Puta merda, puta merda, puta merda!

— Suas coisas estão prontas? — Warner me pergunta.

Confirmo balançando a cabeça.

— Ótimo — ele responde. — Vamos.

Vinte e nove

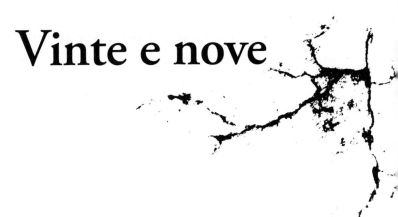

Warner está segurando a minha mão.

Só tenho energia suficiente para me concentrar nesse fato único e estranho enquanto Warner me leva pelas escadas até a garagem. Abre a porta do tanque e me ajuda a entrar antes de fechar a minha porta.

Sobe do outro lado do veículo.

Liga o motor.

Já estamos na estrada e eu só pisquei os olhos umas seis vezes desde que deixamos a casa de Adam.

Ainda não consigo acreditar no que acabou de acontecer. Não consigo acreditar que todos vamos trabalhar juntos. Não consigo acreditar que eu disse a Warner o que fazer e *ele me ouviu*.

Viro-me para olhar para ele. É estranho. Nunca me senti tão segura ou aliviada de estar ao seu lado. Nunca pensei que pudesse me sentir assim com ele.

— Obrigada — sussurro, sentindo-me grata e culpada, de alguma forma, por tudo o que aconteceu. Por ter deixado Adam para trás. Agora percebo que tomei uma decisão que não tenho como destomar. Meu coração continua partido. — Sério — digo de novo. — Muito obrigada. Por ter ido me buscar. Eu agradeço...

— Por favor. Eu imploro: pare – ele pede. Eu fico paralisada. – Não tenho estômago para suportar a sua dor. Sinto-a tão fortemente que está me deixando louco... por favor... – ele me diz. – Não fique triste, ofendida nem se sinta culpada. Você não fez nada errado.

— Desculpa...

— Também não peça desculpa – ele diz. – Deus, eu só não vou matar Kent por ter feito o que fez porque sei que, se eu o matasse, só a deixaria mais chateada.

— Você tem razão – digo depois de um momento. – Mas não é só ele.

— O quê? – ele pergunta. – O que você quer dizer com isso?

— Eu simplesmente não quero que você mate ninguém. Não é só Adam.

Warner deixa escapar uma risada dura, estranha. Parece quase aliviado.

— Tem mais alguma exigência?

— Para ser sincera, não.

— Não quer me corrigir, então? Não tem uma lista enorme de pontos nos quais preciso trabalhar?

— Não. – Olho pela janela. Tudo é tão sem vida. Tão frio. Coberto de gelo e neve. – Você não tem nada errado, nada que eu também não tenha – digo baixinho. – E, se eu fosse inteligente, descobriria, primeiro, um jeito de me consertar.

Nós dois ficamos em silêncio por algum tempo. A tensão é pesadíssima nesse espaço pequeno.

— Aaron? – eu o chamo, ainda observando o cenário lá fora.

Ouço o barulhinho de sua respiração. A hesitação. É a primeira vez que uso seu nome de maneira tão casual.

— Sim? — ele diz.

— Quero que saiba que eu não o acho um louco — digo.

— O quê? — responde assustado.

— Não acho que você seja louco. — O mundo se transforma em uma mancha enquanto eu o observo pela janela. — E não acho que seja um psicopata. Também não acho que seja um monstro doente e perturbado. Não acho que seja um assassino sem coração nem que mereça morrer, e não acho que seja patético. Nem idiota. Nem covarde. Não acho que seja nenhuma das coisas que as pessoas dizem de você.

Viro-me para olhar para ele.

Warner está olhando pelo para-brisa.

— Ah, não? — Sua voz sai tão leve e estou com tanto medo que mal consigo ouvi-la.

— Não — respondo. — Não acho. Só pensei que seria importante deixar isso muito claro. Não estou tentando consertar você, não acho que precise de conserto. Não estou tentando transformá-lo em outra pessoa. Só quero que seja quem você realmente é. Porque acho que o conheço. Acho que já vi quem você é de verdade. — Warner não diz nada, seu peito sobe e desce. Eu prossigo: — Não estou nem aí para o que dizem de você. Eu o acho uma boa pessoa.

Ele agora pisca os olhos aceleradamente. Posso ouvi-lo respirar.

Inspirar e expirar.

Irregularmente.

E não diz nada.

— Você... Você acredita em mim? – pergunto depois de um momento. – Pode sentir que estou dizendo a verdade? Que estou falando com toda a sinceridade?

As mãos de Warner agarram fortemente o volante. As articulações dos dedos empalidecem.

Ele assente.

Só uma vez.

Trinta

Warner não me disse uma única palavra até agora.

Estamos no quarto dele, cortesia de Delalieu, a quem Warner rapidamente dispensou. Estar outra vez aqui, neste quarto onde simultaneamente me deparo com medo e conforto, é ao mesmo tempo estranho e familiar.

Agora parece certo para mim.

É o quarto de Warner. E Warner, para mim, não é mais algo a temer.

Esses últimos meses o transformaram diante dos meus olhos, e esses últimos dois dias foram repletos de revelações das quais ainda estou me recuperando. Não posso negar que agora ele parece diferente para mim.

Sinto que o entendo de um jeito que jamais o entendi antes.

Ele é como um animal aterrorizado, torturado. Uma criatura que passou a vida toda sendo agredida, abusada, enjaulada. Foi forçado a levar uma vida pela qual jamais pediu e nunca teve oportunidade de escolher outra coisa. E, embora tenha recebido todas as habilidades necessárias para matar uma pessoa, é emocionalmente angustiado demais para ser capaz de usar essas mesmas habilidades contra o próprio pai – o homem que o ensinou a ser um assassino, porque, de alguma maneira estranha e inexplicável, ele ainda quer que seu pai o ame.

E eu entendo isso.

Eu entendo, mesmo. De verdade.

– O que aconteceu? – Warner enfim pergunta.

Estou sentada em sua cama, ele está em pé perto da porta, olhos focados na parede.

– Como assim, o que aconteceu?

– Com Kent – esclarece. – Mais cedo. O que ele falou para você?

– Ah. – Enrubesço. Constrangida. – Ele me mandou embora de sua casa.

– Mas por quê?

– Estava nervoso – explico. – Porque eu estava defendendo você. Por eu tê-lo convidado para voltar.

– Ah.

Quase consigo ouvir nossos corações batendo no silêncio entre nós.

– Você estava me defendendo – Warner enfim se dá conta.

– Sim.

Ele não diz nada.

Eu não digo nada.

– Então ele a expulsou porque você estava me defendendo – Warner raciocina.

– Sim.

— Foi só isso?

Meu coração fica acelerado. De repente, vejo-me nervosa.

— Não.

— Tem mais coisa?

— Sim.

Warner pisca, concentrado na parede. Sem se mexer.

— Sério?

Confirmo com a cabeça.

Ele não diz nada.

— Ele estava chateado — sussurro. — Porque eu não concordei que você era louco. E ele veio me acusar... — hesito — de estar apaixonada por você.

Warner expira duramente. Apoia a mão no batente.

Meu coração bate com muita força.

Os olhos de Warner permanecem totalmente concentrados na parede.

— E você falou que ele era um idiota.

Respiro.

— Não.

Warner se vira, só um pouco. Vejo seu perfil, o levantar e baixar arrítmico de seu peito. Agora ele olha diretamente para a porta e fica claro que o simples ato de falar lhe custa muito.

— Então você disse a Kent que ele era louco. Disse que ele tinha que estar louco para dizer uma coisa dessas.

— Não.

— Não — ele ecoa.

Tento não me mexer.

Warner respira um ar dificultoso, trêmulo.

— O que você disse a ele, então?

Sete segundos morrem entre nós.

— Nada — sussurro.

Warner fica paralisado.

Eu nem respiro.

Ninguém fala pelo que parece ser uma eternidade.

— É claro — Warner enfim diz. Parece pálido, instável. — Você não disse nada. É claro.

— Aaron...

Eu me levanto.

— Tenho muitas coisas a fazer antes de amanhã — ele diz. — Especialmente se seus amigos forem se unir a nós na base. — Suas mãos tremem no segundo que ele leva para alcançar a porta. — Perdoe-me, mas preciso ir — diz.

Trinta e um

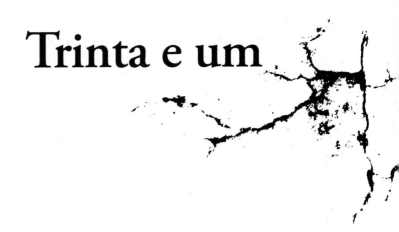

Decido tomar um banho de banheira.

Nunca na vida tomei um banho de banheira.

Vou fuçando nas coisas do banheiro enquanto a banheira enche de água quente e encontro pilhas e mais pilhas de sabonetes perfumados. De todo tipo. De todo tamanho. Cada barra é envolvida por um pedaço espesso de pergaminho preso com barbante. Tem pequenas etiquetas presas em cada embrulho para distinguir uma fragrância da outra.

Pego um deles.

Madressilva.

Agarro o sabonete e só consigo pensar em como era diferente tomar banho no Ponto Ômega. Não tínhamos nada refinado assim. Nossos sabonetes eram fortes e tinham um cheiro estranho e bastante ineficaz. Kenji costumava levá-los às nossas sessões de treino e partir em pedacinhos para jogar em mim quando eu não conseguia me concentrar.

Lembrar isso me deixa inexplicavelmente emotiva.

Meu coração incha quando penso que meus amigos estarão aqui amanhã. Vai mesmo acontecer, eu acho. Seremos irrefreáveis, todos nós juntos. Mal vejo a hora.

Observo o rótulo com mais atenção.

Notas principais de jasmim e nuanças de uva. Notas leves de lilás, madressilva, rosa e canela. Flor de laranjeira e talco completam a fragrância.

Parece maravilhoso.

Roubo um dos sabonetes de Warner.

Estou banhada e usando roupas limpas.

Fico fungando a minha pele, positivamente surpresa com como é bom cheirar a flores. Nunca tive cheiro de nada antes. Não consigo parar de passar os dedos nos braços e me maravilhar com a diferença que uma boa barra de sabonete é capaz de fazer. Nunca me senti tão limpa na vida. Não sabia que um sabonete podia fazer tanta espuma nem reagir tão bem ao meu corpo. O único sabão que usei antes sempre deixava minha pele ressecada e eu me sentindo desconfortável por algumas horas. Mas esse aqui é diferente. Maravilhoso. Deixou minha pele suave, macia e tão fresca.

Também não tenho absolutamente nada para fazer.

Sento-me na cama de Warner, ajeito os pés debaixo do corpo. Olho para a porta de seu escritório.

Fico tão tentada a ver se está destrancada.

Minha consciência, todavia, é mais forte.

Com um suspiro, afundo-me nos travesseiros. Chuto os cobertores e me aninho debaixo deles.

Fecho os olhos.

Minha cabeça é imediatamente tomada por imagens do rosto furioso de Adam, seus punhos tremendo, suas palavras dolorosas. Tento afastar as memórias, mas sou incapaz.

Meus olhos se abrem bruscamente.

Eu me pergunto se voltarei a vê-lo, se voltarei a ver James.

Talvez Adam quisesse justamente isso. Ele pode voltar à vida com seu irmão agora. Não terá de se preocupar em dividir seus alimentos limitados com outras oito pessoas e assim será capaz de viver muito mais tempo.

Mas e depois? Não consigo não pensar nisso.

Ele vai estar totalmente sozinho. Sem alimento. Sem amigos. Sem dinheiro.

Só de pensar, já sinto meu coração partir. Pensar nele lutando para encontrar um jeito de viver, de cuidar do irmão… Porque, muito embora Adam pareça me odiar agora, acho que esse sentimento jamais seria recíproco.

Nem sei se entendi o que acabou de acontecer entre nós.

Parece impossível que Adam e eu possamos sofrer essa fissura e nos separarmos tão abruptamente. Eu me importo demais com ele. Ele estava lá por mim quando não havia mais ninguém. Ele me deu esperança quando mais precisei dela. Ele me amou quando ninguém mais me amava. Não é alguém que eu queira apagar da minha vida.

Quero Adam por perto. Quero meu amigo de volta.

Contudo, agora começo a perceber que Kenji estava certo.

Adam foi a primeira e única pessoa a me mostrar compaixão. A primeira e, à época, única pessoa capaz de tocar em mim. Fiquei impressionada, aquilo parecia impossível, peguei-me totalmente convencida de que o destino havia nos unido. Sua tatuagem era a imagem perfeita dos meus sonhos.

Pensei que se tratasse de nós. Do meu escape. Do nosso *felizes para sempre*.

E foi.

E não foi.

Quero rir da minha própria cegueira.

Ela nos ligou, agora percebo. Aquela tatuagem. Ela me uniu a Adam, mas não porque nascemos destinados um para o outro. Não por ele ser meu voo rumo à liberdade. Mas porque temos uma ligação maior entre nós. Um tipo de esperança que nenhum de nós era capaz de enxergar.

Warner.

Um pássaro branco com listras douradas com uma coroa na cabeça.

Um garoto de pele clara e cabelos dourados, o líder do Setor 45.

Sempre foi ele. Sempre.

A ligação.

Warner, o irmão de Adam, meu captor e agora camarada. Ele inadvertidamente me uniu a Adam. E estar com Adam me deu um novo tipo de força. Eu continuava amedrontada e muito ferida. Adam se importou comigo, deu-me motivos para me defender quando eu me sentia enfraquecida demais para perceber que sempre tive motivos suficientes. Foi afeição e um desejo desesperado por ligação física. Duas coisas das quais fui tão privada e as quais não me eram nada familiar. Eu não tinha nada para comparar com essas novas experiências.

Obviamente pensei estar apaixonada.

Mas, embora eu não saiba de muita coisa, sei que, se Adam realmente me amasse, não teria me tratado como me tratou hoje. Não preferiria que eu estivesse morta.

Sei disso porque já vi prova do oposto.

Porque eu *estava morrendo*.

E Warner não podia me deixar morrer. Estava furioso e ferido e tinha todos os motivos para se sentir amargurado. Eu tinha acabado de rasgar seu coração. Deixei que ele pensasse que nossa relação resultaria em alguma coisa. Deixei-o confessar seus sentimentos mais profundos para mim. Deixei-o tocar de maneiras que nem Adam me tocara. Não pedi a ele para parar.

Cada centímetro do meu corpo dizia sim.

E aí eu afastei tudo. Porque estava com medo e confusa e em conflito. Por causa de Adam.

Warner me falou que me amava e, em resposta, insultei-o, menti para ele, gritei com ele e o afastei de mim. E, quando ele teve a chance de se distanciar e me observar, não fez isso.

Encontrou um jeito de salvar a minha vida.

Sem cobranças em troca. Sem expectativas. Acreditando plenamente que eu estava apaixonada por outra pessoa e que salvar a minha vida me tornaria íntegra outra vez, só para eu então me entregar a outro garoto.

E agora não posso dizer que sei o que Adam faria se eu estivesse morrendo bem à sua frente. Não sei se ele salvaria a minha vida. E essa incerteza por si só já me faz ter certeza de que alguma coisa não estava certa entre nós. Talvez não fosse real.

Talvez nós dois tenhamos nos apaixonado pela ilusão de algo mais.

Trinta e dois

Meus olhos se abrem bruscamente.

Tudo está escuro como asfalto. Silencioso. Sento-me rápido demais na cama.

Devo ter dormido. Não tenho ideia de que horas são, mas uma breve olhada pelo quarto deixa claro que Warner não se encontra por aqui.

Saio da cama. Ainda estou de meias, e de repente me sinto grata. Tenho que abraçar a mim, tremendo ao sentir o ar frio atravessar o tecido fino da camiseta. Meus cabelos continuam ligeiramente úmidos depois do banho que tomei mais cedo.

A porta de Warner encontra-se ligeiramente aberta.

Tem um feixe de luz espreitando pela abertura, o que me leva a perguntar se ele teria se esquecido de fechá-la ou se simplesmente acabou de entrar. Talvez nem esteja lá. Porém, dessa vez a curiosidade vence a consciência.

Quero conhecer o lugar onde ele trabalha e como é sua mesa; quero saber se é bagunçado, organizado ou se mantém itens pessoais por perto. E me pergunto se ele tem alguma fotografia de quando era criança.

Ou de sua mãe.

Vou andando na ponta dos pés, sentindo borboletas acordarem em meu estômago. *Não devia me sentir nervosa*, digo a mim. Não estou fazendo nada ilegal. Só vou ver se ele está aqui e, se não estiver, vou embora. Só vou entrar por um instante. Não vou mexer nas coisas dele.

Não vou.

Hesito diante da porta. Aqui é tão silencioso, que quase tenho certeza de que meu coração está batendo alto e forte demais, e que ele vai ouvir. Não sei por que sinto tanto medo.

Bato duas vezes à porta enquanto vou abrindo.

– Aaron, você está…?

Alguma coisa cai no chão.

Termino de abrir a porta e corro lá para dentro, tremendo ao passar pelo batente. Impressionada.

O escritório dele é enorme.

Tem o tamanho de seu quarto e *closet* somados. Maior ainda. Tem tanto espaço aqui – espaço suficiente para abrigar uma mesa de reuniões gigantesca e seis cadeiras de cada lado. Tem um sofá e algumas mesas no canto e uma das paredes é forrada por prateleiras de livros. Repletas de livros. Explodindo em livros. Livros antigos, livros novos e livros com as lombadas caindo.

Tudo aqui é feito de madeira escura.

Madeira de um marrom tão forte que parece preto. Linhas retas, cortes simples. Nada é ornamentado ou pesado. Não tem couro. Nem cadeiras de encosto alto ou madeira excessivamente detalhada. Tudo é minimalista.

INCENDEIA-ME

A mesa de reunião está tomada por pastas de arquivos, papéis, fichários e cadernos. O chão, coberto por um tapete oriental felpudo, grosso, similar àquele em seu closet. E do outro lado da sala fica sua mesa de trabalho.

Em choque, Warner me encara.

Está usando apenas calças e um par de meias; camisa e cinto deixados de lado. Encontra-se parado diante de sua mesa, segurando alguma coisa na mão – alguma coisa que não consigo ver direito.

– O que você está fazendo aqui? – quer saber.

– A porta estava aberta. – Que resposta mais idiota a minha. Ele continua me encarando. – Que horas são? – pergunto.

– Uma e meia da madrugada – Warner responde automaticamente.

– Nossa!

– Você devia voltar para a cama.

Não sei por que ele parece tão nervoso. Seus olhos não param de deslizar entre o ponto onde eu estou e a porta.

– Não me sinto cansada.

– Hum.

Ele mexe o que agora percebo ser um pequeno frasco em sua mão. Sem se virar, coloca-o na mesa atrás de si.

Está um pouco desligado hoje, parece. Diferente do normal. Em geral, é tão sereno, seguro de si. Porém, nos últimos tempos tem andado muito agitado quando está perto de mim. Essa inconsistência me deixa nervosa.

– O que você está fazendo? – pergunto.

Tem mais ou menos três metros nos separando. Nenhum de nós faz o menor esforço para diminuir esse espaço. Conversamos como se não nos conhecêssemos, como se fôssemos desconhecidos que acabaram de se encontrar em uma situação comprometedora. O que é ridículo.

Começo a atravessar o quarto, a me aproximar dele.

E ele congela.

Eu paro.

– Está tudo bem?

– Sim – ele se apressa em responder.

– O que é isso? – pergunto, apontando para o frasco de plástico.

– Volte a dormir, meu amor. Você provavelmente está mais cansada do que imagina.

Vou me aproximando dele, estendo a mão e pego o frasco antes que ele consiga me impedir.

– Isso é invasão de privacidade – ele fala duramente, agora soando mais parecido com como costuma ser. – Devolva isso para mim…

– Remédio? – pergunto, surpresa. Viro o frasco na mão, leio o rótulo. Olho para ele. Enfim compreendo. – É para cicatrizes.

Ele passa a mão pelos cabelos. Olha na direção da parede.

– Sim – responde. – Agora, por favor, devolva.

– Você precisa de ajuda? – pergunto.

Ele fica paralisado.

– O quê?

– O remédio é para as suas costas, não é?

Ele passa a mão pela boca, pelo queixo.

— Você não vai me deixar sair dessa situação com a última gota de respeito próprio que me resta, vai?

— Eu não sabia que você se importava com as suas cicatrizes – declaro.

Dou um passo à frente.

Ele dá um passo para trás.

— Eu não me importo.

— Por que isso, então? – Ergo o frasco. – Onde você arrumou isso?

— Não é nada… É só… – Ele faz que não com a cabeça. – Delalieu arrumou para mim. É ridículo – diz. – Eu me sinto ridículo.

— Porque não alcança as próprias costas?

Ele então me encara. Suspira.

— Vire-se – instruo.

— Não.

— Está se preocupando à toa. Eu já vi suas cicatrizes.

— Não significa que precisa vê-las de novo.

Não consigo evitar um sorrisinho.

— O que foi? – ele quer saber. – Qual é a graça?

— Você simplesmente não parece ser o tipo de pessoa que se sentiria constrangida com uma coisa dessas.

— Eu não me sinto.

— É claro.

— Por favor – ele pede. – Volte agora mesmo para a cama.

— Eu estou superacordada.

— Isso não é problema meu.

— Dê meia-volta – peço de novo. Ele estreita os olhos para mim. – Por que você está usando isso aí? – pergunto pela segunda vez. – Não precisa disso. Não use se o deixa desconfortável.

Ele fica em silêncio por um instante.

– Você acha que eu não preciso?

– É claro que não. Por que precisaria? Está sentindo dor? As cicatrizes doem?

– Às vezes – ele responde baixinho. – Não tanto quanto doíam no passado. Na verdade, não sinto muita coisa mais nas costas.

Uma coisa fria e pontiaguda acerta o meu estômago.

– Sério?

Ele assente.

– Pode me dizer de onde elas vêm? – sussurro, incapaz de olhá-lo nos olhos.

Ele fica em silêncio por tanto tempo, que enfim me pego forçada a erguer o rosto.

Seus olhos não demonstram emoção nenhuma; o rosto permanece neutro. Ele raspa a garganta.

– Foram meus presentes de aniversário – conta. – Todo ano depois que fiz cinco. Até eu completar dezoito. Ele não voltou para o meu aniversário de dezenove.

Fico congelada, horrorizada.

– Certo. – Warner olha para as próprias mãos. – Então...

– Ele *cortava* você? – Minha voz sai tão rouca.

– Chicoteava.

– Santo Deus! – Fico sem ar, cubro a boca com a mão. Tenho que olhar para a parede para me recompor. Pisco várias vezes, luto para engolir a dor e a raiva que crescem dentro de mim. – Eu sinto muito – arquejo. – Aaron, eu sinto muito, mesmo.

– Eu não quero que você sinta repulsa de mim – fala baixinho.

Dou meia-volta. Impressionada. Horrorizada.

– Você não está falando sério – digo. Mas seus olhos dizem que ele está. – Você nunca olhou no espelho? – pergunto, agora furiosa.

– Perdão?

– Você é perfeito – digo, tão tomada por emoções que quase esqueço a minha própria existência. – Você todo. Seu corpo inteiro. Proporcionalmente. Simetricamente. Você é absurdamente, matematicamente perfeito. Sequer faz sentido uma pessoa ter a sua aparência. – Balanço a cabeça. – Não acredito que você sequer seja capaz de dizer algo assim...

– Juliette, por favor. Não fale assim comigo.

– O quê? Por quê?

– Porque é cruel – afirma, perdendo a compostura. – É cruel e sem coração, e você nem se dá conta...

– Aaron...

– Eu retiro o que disse. Não quero mais que me chame de Aaron...

– Aaron – repito seu nome, agora falando com mais firmeza. – Por favor... Você não pode achar que realmente me causa repulsa. Não pode achar que eu realmente me importaria... que eu perderia o interesse por causa das suas cicatrizes...

– Não sei – ele diz. Está andando de um lado a outro diante de sua mesa, olhos fixos no chão.

– Pensei que você pudesse sentir o que eu sinto – digo. – Pensei que os meus sentimentos fossem superóbvios para você.

– Nem sempre sou capaz de pensar com clareza – admite frustrado, esfregando a mão no rosto, na testa. – Especialmente quando minhas emoções estão em jogo. Não posso sempre ser objetivo... E às vezes faço suposições que não são verdadeiras. E eu não... eu não confio mais em meus julgamentos. Porque fiz isso e o tiro saiu pela culatra. Tão terrivelmente.

Ele enfim ergue o olhar. E me olha nos olhos.

— Você está certo — sussurro. Warner vira o rosto. — Você cometeu muitos erros. Fez tudo errado. — Ele passa a mão na face. — Mas não é tarde demais para corrigir seus erros... você é capaz de corrigi-los...

— Por favor...

— Não é tarde demais...

— Pare de dizer isso para mim! — Warner explode. — Você não me conhece, não sabe o que eu fiz ou o que preciso fazer para acertar as coisas...

— Será que você não entende? Pouco importa... Você pode escolher ser diferente de agora em diante...

— Pensei que você não fosse tentar me fazer mudar!

— Não estou tentando fazer você mudar — digo, baixando a voz. — Só estou tentando fazê-lo entender que sua vida não acabou. Você não precisa ser quem foi até agora. Pode fazer outras escolhas agora. Pode ser *feliz*...

— *Juliette*.

Uma palavra pronunciada com dureza. Seus olhos de um verde tão intenso.

Fico paralisada.

Olho para suas mãos trêmulas. Ele cerra os punhos.

— Vá — diz baixinho. — Não quero a sua presença aqui agora.

— Então por que me trouxe com você? — indago furiosa. — Se nem quer me ver...

— Por que você não consegue entender?

Ele ergue o rosto e seus olhos estão tão cheios de dor e devastação, que chego a ficar sem fôlego. Minhas mãos tremem.

— Entender o quê...?

— Eu te *amo*.

Ele se desfaz.

Sua voz. Suas costas. Seus joelhos. Seu rosto.

Ele se desfaz.

Tem de segurar na lateral da mesa. Não consegue me olhar nos olhos.

— Eu te amo — ele diz, suas palavras ao mesmo tempo duras e suaves. — Eu te amo e isso não basta. Pensei que bastasse, mas estava errado. Pensei que pudesse lutar por você e estava errado. Porque não posso. Não consigo nem olhar mais para você...

— Aaron...

— Por favor, diga que não é verdade — pede. — Diga que estou errado. Diga que estou cego. Diga que você me ama.

Meu coração não para de gritar enquanto racha no meio.

Não posso mentir para ele.

— Eu não... Eu não sei como interpretar o que sinto — tento explicar.

— Por favor — ele sussurra. — Por favor, apenas vá...

— Aaron, por favor, entenda... Eu pensei que soubesse o que era o amor e estava errada... Não quero cometer esse mesmo erro outra vez...

— Por favor... — Agora ele está implorando. — Pelo amor de Deus, Juliette, eu perdi a minha dignidade...

– Está bem. – Mexo a cabeça. – Está bem. Eu sinto muito. Tudo bem.

E me afasto.

E dou meia-volta.

E não olho para trás.

Trinta e três

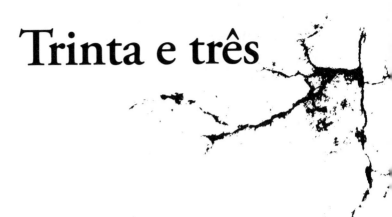

— Tenho que sair em sete minutos.

Warner e eu estamos completamente vestidos, conversando um com o outro como apenas dois conhecidos, como se ontem à noite jamais tivesse acontecido. Delalieu nos trouxe café da manhã e nos alimentamos rapidamente em cômodos separados. Nenhuma palavra dele, minha ou nossa sobre o que poderia ter sido ou o que poderia ser.

Não existe "nós".

Existe a ausência de Adam e a guerra contra o Restabelecimento. Só isso.

Agora entendo.

— Eu a levaria comigo — ele vai dizendo. — Mas acho que será difícil escondê-la nessa viagem. Se quiser, pode esperar nas salas de treinamento... Devo levar o grupo direto para lá. Você pode vê-los e cumprimentá-los assim que chegarem. — Enfim olha para mim. — Pode ser?

Faço que sim.

— Ótimo — ele prossegue. — Vou mostrar para você como chegar lá.

E me guia de volta a seu escritório e a um dos cantos perto do sofá. Ali tem uma saída, uma saída que não vi ontem à noite. Warner bate a mão em um botão na parede. A porta se abre.

É um elevador.

Entramos e ele aperta o botão para irmos ao térreo. As portas se fecham e estamos em movimento.

Ergo o olhar para me concentrar nele.

— Eu nunca soube que você tinha um elevador no seu quarto.

— Eu precisava de acesso privado às minhas instalações de treinamento.

— Você sempre diz isso — constato. — Instalações de treinamento. O que é uma instalação de treinamento?

O elevador para.

As portas se abrem.

Ele as segura abertas para mim.

— Isto.

Nunca vi tantos aparelhos na minha vida.

Aparelhos de corrida, de pernas e para malhar braços, ombros, abdome. Tem até aparelhos que parecem bicicletas. Não sei o nome de nenhum deles. Sei que uma dessas coisas é um banco de supino. Também sei o que são halteres e aqui há raques e mais raques repletos deles, todos de tamanhos diferentes. *Pesos*, penso eu. *Pesos livres*. Também tem barras presas ao teto em alguns pontos do salão, mas nem consigo imaginar para que servem. Há toneladas de coisas aqui, verdade seja dita, que me parecem coisas completamente estranhas.

E cada parede é usada para uma finalidade diferente.

Uma delas parece feita de pedra. Ou rocha. Tem pequenas ranhuras pontuadas pelo que parecem ser pedaços de plástico de cores diferentes. Outra parede é coberta de armas. Centenas de armas descansando em cavilhas. São pristinas. Brilham como se tivessem acabado de ser limpas. Percebo uma porta na mesma parede. E me pergunto aonde ela leva. A terceira parede é coberta pelo mesmo material preto e esponjoso que cobre o chão. Parece ser suave e flexível. E a quarta e última é aquela pela qual entramos. Abria o elevador, outra porta e nada mais.

As dimensões são enormes. Esse espaço tem pelo menos duas ou três vezes o tamanho do quarto, *closet* e escritório de Warner somados. Parece impossível que tudo seja para uma única pessoa.

— É incrível — elogio, virando-me para olhar para ele. — Você usa tudo isso?

Ele assente.

— Costumo vir aqui pelo menos duas ou três vezes por dia — conta. — O ritmo mudou quando eu me feri, mas, via de regra, é assim. — Dá um passo adiante, toca na parede esponjosa e escura. — Isso é a minha vida desde que me conheço por gente. Treinar. Eu treino desde sempre. E é por aqui que também vamos começar com você.

— Comigo?

Warner assente.

— Mas eu não preciso treinar — declaro. — Não assim.

Ele tenta me olhar nos olhos e não consegue.

— Tenho que ir — diz. — Se ficar entediada aqui, tome o elevador e volte lá para cima. Ele só dá acesso a dois andares, então não tem como você se perder. — Warner fecha o botão do blazer. — Voltarei assim que puder.

— Está bem.

Espero ele sair, mas ele não sai.

— Você ainda estará aqui quando eu voltar — enfim diz.

E não é exatamente uma pergunta.
De todo modo, confirmo com a cabeça.
— Parece impossível imaginar que você não vá tentar fugir.
Não digo nada.
Ele expira duramente. Dá meia-volta. E sai.

Trinta e quatro

Estou sentada em um dos bancos, brincando com halteres de três quilos, quando ouço a voz dele.

– Puta merda! – está dizendo. – Este lugar é demais!

Dou um salto, quase derrubo os pesos no pé. Kenji, Winston, Castle, Brendan, Alia e Lily estão passando pela porta na parede das armas.

O rosto de Kenji se ilumina ao me ver.

Corro em sua direção e ele me pega nos braços, abraçando-me apertado antes de se afastar.

– Bem, eu me dei mal. Ele não matou você. Acho que é um bom sinal – diz.

Empurro-o de leve. Disfarço um sorriso. Cumprimento todos rapidamente. Estou praticamente saltitando de tão animada por tê-los aqui. Mas todos olham em choque o que há à nossa volta, como se realmente pensassem que Warner estava preparando uma armadilha.

– Tem um vestiário aqui – Warner explica. Aponta para a porta ao lado do elevador. – Tem vários chuveiros, banheiros e tudo mais de que precisam para não federem como animais. Toalhas, sabão, máquinas de lavar roupas. Tudo ali.

Estou tão focada em Warner que quase nem noto a presença de Delalieu em um dos cantos.

Tento não arquejar.

Ele está parado em silêncio, mãos unidas atrás do corpo, observando atentamente enquanto todos ouvem o que Warner diz. E, não pela primeira vez, eu me pergunto quem esse homem realmente é. Por que Warner parece confiar tanto nele?

— Suas refeições serão servidas três vezes por dia — continua. — Se não comerem ou pularem uma refeição e sentirem fome, fiquem à vontade para derramar suas lágrimas debaixo do chuveiro. Depois, aprendam a respeitar horários. Não me venham trazer suas queixas. Vocês já têm suas armas, mas, como podem ver, este salão está totalmente abastecido e...

— Da hora! — exclama Ian.

Parece um pouco animado demais enquanto se aproxima de um conjunto de rifles.

— Se você tocar em alguma das minhas armas, vou quebrar suas mãos — Warner adverte, fazendo Ian parar imediatamente. — Esta parede está além do seu limite. Do limite de todos vocês — avisa, deslizando o olhar por todos na sala. — Todo o resto pode ser usado. Não danifiquem os meus equipamentos, nenhum deles. Deixem as coisas como as encontraram. E, se não tomarem banho com frequência, fiquem a pelo menos cinco metros de mim.

Kenji bufa.

— Tenho outros assuntos para cuidar — Warner continua. — Voltarei às dezenove zero zero horas, então poderemos nos reunir de novo e começar nossas discussões. Nesse ínterim, aproveitem a oportunidade para se ambientarem. Podem usar os colchonetes que estão naquele canto para dormir. Espero que tenham trazido seus próprios cobertores.

A sacola de Alia desliza de sua mão e cai com uma pancada. Todos giram em sua direção. Ela fica escarlate.

– Alguma pergunta? – Warner arrisca.

– Sim – diz Kenji. – Onde estão os remédios?

Warner assente para Delalieu, que continua parado no mesmo canto.

– Apresente ao meu tenente um relato detalhado dos ferimentos e das doenças. Ele vai providenciar os tratamentos necessários.

Kenji assente com sinceridade. Na verdade, parece grato.

– Obrigado – diz.

Warner se concentra no olhar de Kenji por apenas um instante.

– Não há de quê.

Kenji arqueia a sobrancelha.

Até eu fico surpresa.

Warner olha imediatamente para mim. Ele olha para mim só por uma fração de segundo antes de virar o rosto. E aí, sem dizer mais uma palavra sequer, aperta o botão do elevador.

Entra.

Vejo as portas se fechando assim que ele passa por elas.

Trinta e cinco

Preocupado, Kenji me observa.

– Que diabos foi aquilo?

Winston e Ian também me observam e não fazem o menor esforço para esconder sua confusão. Lily está arrumando suas coisas. Castle me analisa de perto. Brendan e Alia estão extremamente envolvidos em uma conversa.

– O que quer dizer com isso? – pergunto.

Tento parecer indiferente, mas acho que minhas orelhas ficaram cor-de-rosa.

Kenji leva uma das mãos atrás do pescoço. Dá de ombros.

– Vocês dois estão brigando ou algo que o valha?

– Não – digo apressadamente.

– Ah-ham. – Kenji inclina a cabeça na minha direção.

– Como está Adam? – pergunto, na esperança de mudar de assunto.

Kenji expira demoradamente; desvia o olhar; esfrega a mão no rosto pouco antes de soltar a mochila no chão. Apoia as costas na parede.

– Não vou mentir para você, J – diz, baixando a voz. – Essa merda toda com Kent está me deixando estressado pra caramba. Seu estresse está bagunçando tudo. Ele não fez a nossa saída ser mais fácil.

— O quê? Mas ele disse que não queria mais reagir...

— É, bem... — Kenji assente. — Aparentemente isso não quer dizer que ele queira perder todos os amigos de uma vez.

Nego com a cabeça.

— Ele não está sendo justo.

— Eu sei — Kenji responde. Suspira outra vez. — Enfim... é bom vê-la, princesa, mas estou cansado pra cacete. E com fome. E mal-humorado. Acho que você entende.

Ele faz um movimento aleatório com a mão. Solta o corpo todo no chão.

Está escondendo alguma coisa de mim.

— Qual é o problema?

Sento-me à sua frente e baixo a voz.

Ele ergue o olhar, olha no meu rosto.

— Estou com saudades de James, sabe? Sinto saudades daquele menino. — Kenji soa tão cansado. Na verdade, consigo notar a exaustão em seus olhos. — Eu não queria deixá-lo para trás.

Meu coração logo afunda.

É claro.

James.

— Eu sinto muito. Queria que existisse um jeito de trazê-lo com a gente.

Kenji finge puxar alguns fiapos da camisa.

— Para ele, provavelmente é mais seguro onde está agora — supõe, mas fica óbvio que não acredita em uma palavra sequer do que está dizendo. — Eu só queria que Kent deixasse de ser um cuzão.

Fico sem jeito. Kenji prossegue:

— Seria incrível se ele simplesmente desse um jeito em seus problemas. Mas não, ele tem que agir todo esquisito, louco e dramático. — Expira demoradamente. — Também é emotivo demais. Tudo é um problema enorme para ele. Simplesmente é incapaz de se desprender das coisas. Não consegue simplesmente ficar tranquilo e seguir a vida. Eu só... sei lá. Enfim, dane-se. Só queria que James estivesse aqui. Sinto falta dele.

— Sinto muito — lamento outra vez.

Kenji faz uma careta. Acena para nada específico.

— Tudo bem. Eu vou ficar bem.

Ergo o olhar e descubro que todos os outros se dispersaram.

Castle, Ian, Alia e Lily estão andando a caminho do vestiário enquanto Winston e Brendan vagam pelo salão e tocam na parede de pedras, envolvidos em uma conversa que não consigo ouvir.

Aproximo-me de Kenji. Solto a cabeça nas mãos.

— Então — ele diz. — Eu não a vejo há vinte e quatro horas, e você e Warner foram de *Vamos nos abraçar de um jeito superdramático* a *Deixe-me dar um gelo em você*, é isso? — Kenji traça formas nos colchonetes sobre os quais estamos. — Deve existir uma história muito interessante aí.

— Duvido muito.

— É sério. Você não vai mesmo me contar o que aconteceu? — Ofendido, ele ergue o olhar. — Eu conto tudo para você.

— É lógico que não conta.

— Não seja boba.

— O que está rolando de verdade, Kenji? — Estudo seu rosto, sua tentativa fracassada de demonstrar humor. — Você parece diferente hoje. Desligado.

— Nada — ele murmura. — Eu já disse. Só não queria deixar James para trás.

— Mas isso não é tudo, é?

Kenji não diz nada.

Olho para o meu colo.

— Você sabe que pode me contar qualquer coisa, não sabe? Sempre esteve ao meu lado e eu sempre estarei aqui se precisar conversar.

Kenji vira os olhos.

— Por que você tem que me fazer sentir todo culpado por não querer participar dessa coisa de dividir os sentimentos?

— Eu não estou...

— Eu só... Eu só estou com um humor péssimo, está bem? – Olha para o lado. — E me sentindo muito esquisito. Como se só tivesse vontade de ficar puto hoje. Como se só quisesse socar a cara das pessoas sem ter nenhum motivo específico para isso.

Puxo os joelhos para perto do peito. Descanso o queixo nos joelhos. Confirmo com um gesto.

— Você teve um dia difícil.

Ele bufa. Assente e olha para a parede. Pressiona um dos punhos no colchonete.

— Às vezes eu só fico muito cansado, entende? — Olha para o punho, para a marca que deixa ao pressionar as articulações dos dedos no material leve e esponjoso. — Tipo, eu fico muito, muito chateado. — Sua voz de repente é baixinha, quase como se simplesmente não estivesse conversando comigo. Posso ver sua garganta mexendo, as emoções presas em seu peito. — Eu só sei perder as pessoas. É como se todo dia eu perdesse alguém. Todo santo dia. Estou tão cansado disso... Tão cansado disso...

— Kenji... – tento dizer.

— Também senti sua falta, J. – Ele continua estudando os colchonetes. – Queria que você estivesse lá ontem à noite.

— Também senti sua falta.

— Eu não tenho ninguém com quem conversar.

— Pensei que não gostasse de falar sobre os seus sentimentos – provoco, tentando melhorar o clima.

Ele não morde a isca.

— As coisas ficam muito, muito pesadas às vezes. – Desvia o olhar. – Pesadas demais. Até mesmo para mim. E há dias em que não sinto vontade de rir. Não quero ser engraçado. Não quero estar nem aí para nada. Tem dias que só sinto vontade de sentar em cima do próprio rabo e chorar. O dia inteiro. – Suas mãos param de se mexer no colchonete. – Isso é loucura? – pergunta baixinho, ainda sem me olhar nos olhos.

Pisco fortemente, tentando afastar a ardência dos meus olhos.

— Não – retruco. – Não, não é loucura nenhuma.

Ele olha para o chão.

— Ficar andando com você me deixou esquisito, J. Nesses últimos tempos, só sei ficar sentado pensando nos meus sentimentos. Obrigado por ter provocado isso.

Engatinho-me para a frente e abraço Kenji bem na parte central de seu corpo. Ele responde imediatamente, também me abraçando. Meu rosto pressiona seu peito e posso ouvir seu coração batendo superforte. Ainda está muito machucado, e eu sempre esqueço. Preciso não esquecer.

Agarro-me a ele, desejando ser capaz de diminuir sua dor. Queria ser capaz de tomar seus fardos e transformá-los em meus.

– É estranho, não é? – pergunta.

– O quê?

– Se estivéssemos nus agora, eu estaria morto.

– Cale a boca – respondo, rindo junto a seu peito.

Estamos os dois usando mangas longas, calças longas. Tão longas que meu rosto e minhas mãos não tocam em sua pele, então ele está perfeitamente seguro.

– Bem, é verdade.

– Em que universo alternativo eu estaria nua com você?

– Só estou dizendo que merdas acontecem. A gente nunca sabe.

– Acho que você precisa arrumar uma namorada.

– Nem – ele responde. – Só preciso de um abraço, da minha amiga.

Afasto-me para olhar para ele. Tento ler seus olhos.

– Você é o meu melhor amigo, Kenji. Sabe disso, não sabe?

– Sim, filha. – Ele sorri para mim. – Eu sei. Melhor amigo, seu e do seu rabo magricelo.

Liberto-me de seus braços. Estreito os olhos para ele.

Kenji dá risada.

– E aí, como está com o novo namorado?

Meu sorriso se desfaz.

– Ele não é meu namorado.

– Tem certeza? Porque estou muito certo de que o Romeu não nos deixaria vir morar com ele se não estivesse um pouquinho desesperadamente apaixonado por você.

Olho as minhas mãos.

— Quem sabe um dia Warner e eu não aprendamos a ser amigos...

— *Sério*? — Kenji parece em choque. — Pensei que você estivesse super a fim dele.

Dou de ombros.

— Eu me sinto... atraída por ele.

— Mas?

— Mas Warner ainda tem um longo caminho a percorrer, entende?

— Bem, sim — responde. Expira. Solta o corpo para trás. — Sim, sim, eu entendo.

Nós dois passamos algum tempo sem dizer nada.

— Essa merda toda é esquisita pra cacete, mesmo assim — Kenji diz de repente.

— O que quer dizer com isso? — pergunto, erguendo o olhar. — Qual parte?

— Warner — Kenji responde. — Warner é tão estranho para mim agora. — Olha para mim, realmente olha para mim. — Você sabe... em todo o meu tempo na base, eu nunca antes o vi tendo, tipo, uma única conversa casual com um soldado. Jamais. Ele era frio como gelo, J. *Frio. Gelado.* — enfatiza. — Nunca abriu um sorriso sequer. Nunca dava risada. Nunca mostrava emoção nenhuma. E nunca, *nunca* falava, a não ser que fosse para emitir ordens. Era como uma máquina. E aquilo? — Aponta para o elevador. — Aquele cara que acabou de sair daqui? O cara que apareceu ontem na casa? Não sei quem diabos ele é. Não consigo processar nada agora. A porra toda é surreal.

— Eu não sabia disso — digo surpresa. — Não tinha ideia de que ele era assim.

— Ele não era assim com você? – Kenji pergunta. – Logo que você chegou aqui?

— Não – respondo. – Sempre foi muito... animado comigo. Não estou falando de um animado *legal,* mas, quer dizer... sei lá. Ele falava muito. – Fico em silêncio enquanto a memória ressurge. – Na verdade, estava sempre conversando. Basicamente era tudo o que fazia. E sorria para mim o tempo todo. – Hesito por um instante. – Pensei que fizesse de propósito. Para tentar zombar de mim. Ou tentar me assustar.

Kenji apoia o peso do corpo nas mãos.

— É, não.

— Ah – digo, meus olhos em um ponto ao longe.

Kenji suspira.

— Ele é tipo... bom... bom com você? Pelo menos isso?

Baixo o rosto. Olho para os meus pés.

— Sim – sussurro. – Ele é muito bom comigo.

— Mas vocês não estão juntos nem nada assim?

Faço uma careta.

— Está bem – Kenji apressa-se em dizer, erguendo as mãos. – Tudo bem, eu só fiquei curioso. Aqui, entre nós dois, é uma área livre de julgamentos, J.

Bufo.

— É, só que não.

Kenji relaxa um pouquinho.

— Sabe, Adam realmente está pensando que você e Warner estão, tipo... juntos.

Viro os olhos.

— Adam é um idiota.

— *Tsc, tsc*, princesa. Precisamos conversar sobre o seu linguajar...

— Adam precisa contar a Warner que eles são irmãos.

Alarmado, Kenji olha para cima.

— Baixe a voz – sussurra. – Você não pode sair por aí dizendo isso. Sabe bem o que Kent sente com relação a esse assunto.

— Eu acho injusto. Warner tem o direito de saber.

— Por quê? – indaga. – Você acha que ele e Kent vão se tornar melhores amigos assim, de uma hora para a outra?

Observo-o com olhos firmes, sérios.

— James também é irmão dele, Kenji.

Seu corpo fica rígido; o rosto, despido de qualquer expressão. Seus olhos estão um pouco mais abertos.

Inclino a cabeça. Arqueio uma sobrancelha.

— Eu nem... nossa! – diz, pressionando o punho na testa. – Eu nem pensei nisso.

— Não é justo com nenhum deles – digo. – E eu realmente acho que Warner adoraria saber que tem um irmão neste mundo. Pelo menos James e Adam têm um ao outro. Já Warner... Warner sempre foi sozinho.

Kenji está negando com a cabeça. Traz a descrença gravada no rosto.

— Essa história toda só fica mais e mais complicada – aponta. – É como se você achasse que ela não poderia se tornar mais enrolada e aí, de repente, *bum*!

— Ele merece saber, Kenji – insisto. – Você sabe que Warner merece pelo menos saber. É direito dele. É o sangue dele também.

Kenji ergue o olhar. Suspira.

– Droga.

– Se Adam não contar para ele, eu mesma contarei.

– Você não faria isso.

Encaro-o com firmeza. Ele volta a falar:

– Isso é sacanagem, J. – E parece surpreso. – Você não pode fazer algo assim.

– Por que você me chama de J o tempo todo? – pergunto. – Quando foi que isso começou? Você já me deu uns cinquenta apelidos diferentes.

Kenji dá de ombros.

– Você deveria se sentir lisonjeada.

– Ah, é? – respondo. – Apelidos são lisonjeiros agora, é?

Ele assente. Eu arrisco:

– O que acha, então, de eu chamá-lo de Kenny?

Kenji cruza os braços. Olha para baixo, para mim.

– Isso não é, nem de longe, engraçado.

Ofereço um sorriso.

– É, sim, um pouquinho.

– O que acha de eu chamar o seu novo namorado de Rei do Dedo no Rabo?

– Ele não é meu namorado, *Kenny*.

Kenji lança um olhar de advertência para mim. Aponta para o meu rosto.

– Não estou achando graça, princesa.

– Ei, você não precisa de um banho? – pergunto.

– Então agora deu para dizer que estou fedorento?

Viro os olhos.

Ele se coloca em pé. Sente o cheiro da camisa.

– Droga, estou meio que fedendo, não estou?

– Vá logo – respondo. – Vamos, apresse-se. Tenho a sensação de que esta será uma longa noite.

Trinta e seis

Estamos todos sentados em bancos espalhados pela sala de treinamento. Warner permanece sentado ao meu lado enquanto faço tudo o que posso para garantir que nossos ombros não se toquem por acidente.

– Está bem, então... Vamos começar pelo mais importante, certo? – Winston anuncia, olhando em volta. – Temos que recuperar Sonya e Sara. A pergunta é como fazer isso. – Uma pausa. – Não temos ideia de como chegar ao supremo.

Todos olham para Warner.

Warner olha para seu relógio.

– E aí? – Kenji pergunta.

– E aí o quê? – Warner responde entediado.

– Ora, você não vai ajudar a gente? – Ian enerva-se. – Aqui é o seu território.

Warner olha para mim pela primeira vez em toda a noite.

– Você tem mesmo certeza de que confia nessa gente? – pergunta. – Em todos eles?

– Sim – respondo baixinho. – Certeza absoluta.

— Está bem, então. — Warner respira fundo antes de se voltar ao grupo.

— Meu pai está em um navio — responde calmamente. — No meio do oceano.

— Ele está em um navio? — Kenji pergunta, espantado. — A capital é um *navio*?

— Não exatamente — Warner hesita. — Mas a questão é que temos de enganá-lo e atraí-lo para *este* lugar. Ir atrás dele não vai funcionar. Precisamos criar um problema enorme, grande o bastante para ele se sentir forçado a vir até nós. — Neste momento, olha para mim. — Juliette comentou que já tem um plano.

Confirmo com a cabeça. Respiro fundo. Estudo os rostos à minha frente.

— Na minha opinião, devemos assumir o controle do Setor 45.

Silêncio absoluto. Prossigo:

— Acho que, juntos, seremos capazes de convencer os soldados a lutarem ao nosso lado. No fim das contas, ninguém além daqueles no comando está se beneficiando com o Restabelecimento. Esses homens estão cansados e com fome. Provavelmente só aceitaram o trabalho que exercem agora porque não tinham outra opção. — Faço um pausa. — Podemos reunir civis e soldados. Todos deste setor. Trazê-los para o nosso lado. E eles me conhecem, os soldados. Eles já me viram... sabem o que sou capaz de fazer. Mas todos nós juntos? — Balanço a cabeça. — Seria incrível. Podemos mostrar a eles que somos diferentes. Mais fortes. Podemos dar esperanças ao povo... um motivo para reagir. E depois, quando tivermos o apoio deles, a notícia vai se espalhar e Anderson será forçado a voltar aqui. Ele vai ter que tentar nos derrubar... não vai restar outra escolha. E, assim que ele voltar, a gente o derruba. A gente enfrenta Anderson e seu exército e vence. E aí assumimos o controle do país.

— Minha nossa. — Castle é o primeiro a falar. — Senhorita Ferrars, você pensou muito nesse assunto.

Confirmo com a cabeça.

Kenji olha para mim como se não soubesse se deve rir ou aplaudir.

— O que acham? — pergunto, olhando em volta.

— E se não funcionar? — Lily quer saber. — E se os soldados tiverem medo demais para trocar sua aliança? E se, em vez do resultado esperado, eles matarem você?

— Sem dúvida existe esse risco — respondo. — Mas acho que, se formos fortes o suficiente... e somos em oito, com todas as nossas forças somadas... Enfim, acho que eles vão acreditar que somos capazes de realizar uma coisa muito incrível.

— Está bem, mas como vão saber quais são as nossas forças? — Brendan questiona. — E se não acreditarem na gente?

— Podemos mostrar para eles.

— E se eles abrirem fogo contra nós? — Ian retruca.

— Posso fazer isso sozinha, se está tão preocupado. Não ligo. Antes da guerra, Kenji estava me ensinando a projetar a minha energia e acho que, se eu posso aprender a dominá-la, então sou capaz de fazer algumas coisas bem assustadoras. Coisas que podem impressioná-los o suficiente para se unirem a nós.

— Você é capaz de projetar? — Winston pergunta, olhos arregalados. — Quer dizer, você está falando que pode exterminar em massa, todo mundo, com essa coisa de sugar a vida?

— Hum, não – respondo. – Quero dizer, bem, sim, acho que posso fazer isso também. Mas não é disso que estou falando. O que quero dizer é que posso projetar a minha força. Não a... coisa de sugar a vida...

— Espere aí... que força é essa? – Brendan pergunta, confuso. – Pensei que a sua pele é que fosse letal.

Estou prestes a responder quando lembro que Brendan, Winston e Ian foram todos levados como reféns antes de eu começar a treinar seriamente. Não sei se sabem muito sobre o meu progresso.

Então, começo do começo.

— Meu... poder... está ligado a mais do que apenas a minha pele. – Olho para Kenji, aponto para ele. – Nós dois estamos trabalhando juntos há algum tempo, tentando descobrir do que exatamente eu era capaz, e Kenji chegou à conclusão de que minha verdadeira energia vem de um lugar muito profundo dentro de mim, não da superfície. Está em meus ossos, meu sangue *e* minha pele. Meu verdadeiro poder é um tipo insano de superforça. Minha pele é só um elemento de tudo isso. É como se fosse a forma mais elevada da minha energia e minha forma mais louca de proteção. É como se meu corpo vestisse um escudo, um arame farpado, metaforicamente falando. Capaz de manter os intrusos longe de mim. – Quase dou risada enquanto me pergunto quando foi que ficou tão fácil para mim falar dessas coisas. Sentir-me à vontade com elas. – Mas também sou forte o bastante para arrebentar praticamente qualquer coisa. E sem me ferir. Concreto. Tijolo. Vidro...

— A terra – Kenji acrescenta.

— Sim – confirmo, sorrindo para ele. – Até mesmo a terra.

— Ela criou um terremoto — Alia conta ansiosa, e eu fico surpresa ao ouvir sua voz. — Durante a primeira batalha — conta a Brendan, Winston e Ian. — Quando estávamos tentando salvar vocês. Ela socou o chão e o fez rachar. Foi assim que conseguimos escapar.

Os rapazes olham boquiabertos para mim.

— Então, o que estou tentando dizer é que, se conseguir projetar a minha força e aprender a controlá-la de verdade? Não sei... — Dou de ombros. — Eu provavelmente serei capaz de mover montanhas.

— Isso é um bocado ambicioso — Kenji brinca, sorrindo como um pai sempre orgulhoso.

— Ambicioso, mas provavelmente não impossível — respondo, sorrindo.

— Nossa! – Lily exclama. — Então você é capaz de, tipo... destruir coisas? Tipo, qualquer coisa?

Confirmo com um gesto. Olho para Warner.

— Você se importa?

— De forma alguma — responde com olhos inescrutáveis.

Eu me levanto e vou até onde estão os halteres, o tempo todo me preparando mentalmente para acessar a minha energia. Essa ainda é a parte mais complicada para mim: aprender a moderar minha força e manter a elegância.

Pego um peso de trinta quilos e o levo ao grupo.

Por um momento, chego a me perguntar se deveria achá-lo pesado, considerando que tem mais ou menos metade do meu peso, mas realmente não sinto nada.

Sento-me novamente no banco. Deixo o peso no chão.

— O que você vai fazer com isso? – Ian pergunta, olhos arregalados.

— O que quer que eu faça? — pergunto.

— Você está me dizendo que é capaz de, tipo, quebrar o peso no meio ou algo assim? — Winston indaga.

Confirmo balançando a cabeça.

— Então faça — Kenji sugere. Está praticamente saltitando em seu banco. — Arrebente, arrebente o peso!

E faço justamente isso.

Ergo o peso e literalmente o amasso entre as mãos. Ele se torna um emaranhado de metal. Quebro-o no meio e solto os dois pedaços no chão.

Os bancos tremem.

— Desculpa — apresso-me em dizer, olhando em volta. — Eu não queria soltar assim...

— Puta merda! — Ian exclama. — Que fenomenal!

— Faça de novo — Winston pede, olhos iluminados.

— Eu prefiro que ela não destrua toda a minha propriedade — Warner se intromete.

— Ei, então... Espere... — Winston fala, chegando a alguma conclusão enquanto encara Warner. — Você também pode fazer isso, não pode? Pode simplesmente pegar o poder dela e usá-lo assim também.

— Posso pegar os poderes de todos vocês — Warner o corrige — e fazer o que quiser com eles.

O terror no salão agora é totalmente palpável.

Fecho a cara para Warner.

— Por favor, não assuste o pessoal.

Ele não fala nada. Olha para o nada.

— Então, vocês dois... — Ian tenta encontrar sua voz. — Quero dizer, juntos... juntos vocês podem basicamente...

— Dominar o mundo? — Warner completa, agora olhando para a parede.

— Eu ia dizer que podem acabar com os inimigos, mas, sim, acho que isso também — Ian conclui, mexendo a cabeça.

— Tem certeza de que confia nesse cara? — Lily me pergunta, apontando com o polegar para Warner e me olhando como se estivesse sinceramente, genuinamente preocupada. — E se ele só a estiver usando para ter acesso ao seu poder?

— Eu confiaria a minha vida a ele — respondo baixinho. — Na verdade, já fiz isso, e faria outra vez.

Warner olha para mim e vira o rosto. E, por uma fração de segundo, percebo a carga de emoções em seus olhos.

— Então, permita-me ser direto — Winston pede. — Nosso plano é basicamente seduzir os soldados e os civis do Setor 45 para que lutem com a gente?

Kenji cruza os braços.

— Sim, parece que vamos sair por aí pavoneando e alimentando a esperança de que nos achem interessantes o suficiente para copular.

— Que nojo! — Brendan exclama, fechando a cara.

— Apesar de Kenji fazer parecer superesquisito — digo, lançando um olhar duro para ele —, a resposta é basicamente sim. A gente assume o controle do exército e, depois, das pessoas. E aí as levamos à batalha. Realmente revidamos.

— E se você vencer? — Castle pergunta, depois de ter permanecido quieto até agora. — O que planeja fazer?

— O que quer dizer com isso? — pergunto.

— Digamos que você seja bem-sucedida. Que derrote o supremo — esclarece. — Que o mate e mate os homens dele. Depois, o que acontece? Quem assume como comandante supremo?

— Eu assumo.

Todos arfam. Sinto Warner enrijecer ao meu lado.

— Caramba, princesa — Kenji exclama baixinho.

— E depois? — Castle pergunta, ignorando todos e concentrando-se apenas em mim. — Depois disso? — Seus olhos estão preocupados. Quase assustados. — Você vai matar todos aqueles que ficarem no seu caminho? Todos os outros líderes de setores, em toda a nação? Isso totalizaria 544 outras guerras...

— Alguns vão se render — respondo.

— E os outros? — ele insiste. — Como você pode liderar uma nação no caminho certo se acabou de trucidar todos os que se opuseram a você? Será que vai ser diferente daqueles que acabou de derrotar?

— Eu confio em mim — retruco. — Confio que serei forte o bastante para fazer o que é certo. Nosso mundo está morrendo. Você mesmo disse que temos os meios de reaver nossa terra... de fazer as coisas voltarem a ser como no passado. Uma vez que o poder estiver no lugar certo, com a gente, você pode reconstruir o que começou na forma do Ponto Ômega. Terá liberdade para implementar aquelas mudanças em nossa terra, água, animais e atmosfera e salvar milhões de vidas no processo, dando à nova geração a esperança de um futuro diferente. Temos que tentar. Não podemos ficar aqui, sentados, vendo pessoas morrerem, se temos o poder de fazer a diferença.

Todos ficam em silêncio. Parados.

— Caramba — Winston diz. — Eu a acompanharia nessa batalha.

— Eu também — Alia ecoa.

— Eu também — reforça Brendan.

— Você sabe muito bem que eu também estou dentro — afirma Kenji.

— Eu também — Lily e Ian dizem ao mesmo tempo.

Castle respira fundo.

— Pode ser que... — Castle começa. Solta o corpo na cadeira, une as mãos. — Pode ser que você seja capaz de acertar onde eu errei. — Balança a cabeça. — Sou vinte e sete anos mais velho que você e nunca tive a sua confiança, mas entendo o seu coração. E confio que você diz o que acredita ser verdade. — Uma pausa. Um olhar cuidadoso. — Nós a apoiaremos. Mas saiba desde já que você está assumindo uma responsabilidade enorme e assustadora. Uma responsabilidade que pode acabar se transformando em um tiro que sai pela culatra, de um jeito irreversível.

— Eu entendo — respondo, falando bem baixinho.

— Então está ótimo, senhorita Ferrars. Boa sorte e que Deus a acompanhe. Nosso mundo está nas suas mãos.

Trinta e sete

— Você não me falou o que achou do meu plano.

Warner e eu acabamos de voltar a seus aposentos e até agora ele não me disse uma palavra sequer. Está parado próximo à porta de seu escritório, olhar apontado para o chão.

— Eu não sabia que você queria saber a minha opinião.

— É óbvio que quero saber a sua opinião.

— Eu realmente preciso voltar ao trabalho — afirma antes de dar meia-volta e sair andando.

Toco em seu braço.

Ele fica rígido. Parado, olhos apontados para a mão que encostei em seu antebraço.

— Por favor — sussurro. — Não quero que as coisas fiquem assim entre nós. Quero que sejamos capazes de conversar, que tenhamos oportunidade de nos conhecermos outra vez... do jeito certo... Que sejamos amigos...

Warner faz um barulho estranho, vindo das profundezas da garganta. Coloca alguns centímetros de distância entre nós.

— Estou fazendo o meu melhor, meu amor. Mas não sei ser só um amigo na sua vida.

— Não precisa ser tudo ou nada – tento explicar. – Podem existir níveis entre uma coisa e outra... Eu só preciso de tempo para interpretá-lo assim... como uma pessoa diferente...

— Mas é só isso. – Sua voz sai enfraquecida. – Você precisa de tempo para me interpretar como uma *pessoa diferente*. Precisa de tempo para corrigir a percepção que tem de mim.

— Por que isso é tão errado assim...?

— Porque eu não sou uma pessoa diferente – responde firmemente. – Sou o mesmo homem que sempre fui e nunca tentei ser diferente. Você me entendeu do jeito errado, Juliette. Você me julgou e me percebeu como algo que não sou, mas isso não é culpa minha. Eu não mudei e não vou mudar.

— Você já mudou.

Seu maxilar se aperta.

— Você fala com muita propriedade de um assunto sobre o qual não sabe nada.

Engulo em seco.

Warner se aproxima tanto de mim que chego a ter medo de me mexer.

— Certa vez você me acusou de não saber o significado do amor – ele prossegue. – Mas estava errada. Talvez você me culpe por amá-la demais. – Seus olhos estão tão intensos. Tão verdes. Tão frios. – Mas pelo menos não renego meu próprio coração.

— E você acha que eu renego – sussurro. Warner baixa o olhar. Não responde. – O que você não consegue entender... – continuo, minha voz falhando. – É que eu nem conheço mais meu próprio coração. Ainda não sei dar nome ao que sinto, preciso de tempo para entender. Você quer mais de mim agora, mas, neste momento, o que preciso é que você seja meu amigo.

Ele fica incomodado.

– Eu não tenho amigos – retruca.

– Por que não pode tentar?

Ele nega com a cabeça.

– Por quê? Por que não dá uma chance? – insisto.

– Porque tenho medo – enfim responde, voz trêmula. – Tenho medo de que sua amizade seja o meu fim.

Ainda estou congelada no mesmo lugar quando ele passa pela porta do escritório e a fecha com uma pancada.

Trinta e oito

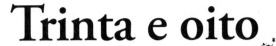

Jamais pensei que veria Warner usando calça de moletom.

Ou tênis.

E, neste exato momento, ele está usando as duas coisas. E camiseta.

Agora que nosso grupo está instalado em sua área de treinamento, tenho um motivo para estar ao seu lado logo que ele começa o dia. Eu sempre soube que Warner passava muito tempo trabalhando, mas nunca me atentei a quanto tempo passava malhando. É tão disciplinado, tão preciso em tudo. Fico admirada.

Começa as manhãs na bicicleta ergométrica, termina as noites com uma corrida na esteira. E trabalha partes diferentes do corpo a cada dia da semana.

— Segundas-feiras são para pernas — ouço-o explicar a Castle. — Terça, dia de malhar o peito. Nas quartas-feiras, trabalho ombros e costas. Quintas-feiras são para tríceps e deltoides. Sextas-feiras, bíceps e antebraços. Abdominais e cárdio, todos os dias. Também passo a maior parte dos fins de semana praticando tiro ao alvo.

Hoje é terça-feira.

O que significa que, neste exato momento, estou vendo-o levantar cento e vinte quilos. Cinquenta quilos de cada lado do que, segundo Kenji me contou, chamam de barra olímpica, a qual tem um peso adicional de vinte quilos. Não consigo parar de olhar. Acho que nunca me senti mais atraída por Warner desde que o conheci.

Kenji faz barra fixa ao meu lado. Assente para Warner.

– Então é isso que a faz ganhar vida, não é?

Fico morrendo de vergonha.

Kenji late uma risada.

– Eu nunca na vida vi Warner usando calça de moletom. – Tento soar normal. – Nunca o vi usando *shorts*.

Kenji arqueia uma sobrancelha para mim.

– Aposto que já o viu usando menos do que isso.

Eu quero morrer.

Kenji e eu devemos passar o próximo mês treinando. Esse é o plano. Preciso treinar o suficiente para lutar e usar minha força sem voltar a ser dominada. Não é o tipo de situação em que nos enfiamos sem confiança absoluta e, como o meu papel é o de liderar a missão, ainda tenho muito trabalho a fazer. Preciso ser capaz de acessar a minha energia de forma imediata e de moderar a quantidade de força que emprego em um momento específico. Em outras palavras: preciso dominar plenamente a minha habilidade.

Kenji também está treinando, do seu jeito; quer aperfeiçoar sua habilidade de projetar; quer ser capaz de fazer isso sem ter de entrar em contato direto com outra pessoa. Mas ele e eu somos os únicos com um trabalho real a concluir. Castle já está em pleno controle de si mesmo há décadas e todos os demais têm habilidades bem diretas, às quais estão muito naturalmente adaptados. No meu caso, tenho dezessete anos de traumas psicológicos para desfazer.

Preciso derrubar essas paredes que eu mesma criei.

Hoje Kenji está começando devagar. Quer que eu, usando unicamente a força da mente, faça um haltere atravessar a sala. Porém, até agora só consegui fazê-lo tremer. E nem sei se fui mesmo eu quem fez aquilo.

— Você não está focando — Kenji adverte. — Precisa se conectar, encontrar seu centro e partir do seu interior — aconselha. — Tem que, tipo, literalmente puxar essa coisa para fora de si e depois a empurrar à sua volta, J. Só é difícil no começo, porque seu corpo está acostumado a conter a energia. No seu caso, vai ser ainda mais complicado, já que passou toda a vida guardando tudo. Precisa dar a si a permissão de se libertar. Baixar a guarda. Encontrar essa força. Dominá-la. Liberá-la.

Ele dá o mesmo sermão várias e várias e várias vezes.

E eu continuo tentando várias e várias e várias vezes.

Conto até três.

Fecho os olhos e, dessa vez, tento realmente, verdadeiramente me concentrar. Ouço a necessidade repentina de erguer os braços, plantar os pés firmemente no chão. Expiro. Aperto os olhos com ainda mais força. Sinto a energia ganhar força, envolver meus ombros, espalhar-se em meu sangue, enervar-se, crescer até culminar em uma massa tão forte que, enfim, me torno incapaz de conter. Precisa ser liberada, e precisa ser liberada agora mesmo.

Mas como?

Antes eu sempre pensei que precisasse tocar em alguma coisa para deixar essa força sair.

Nunca me ocorreu a ideia de lançar a energia em algum objeto imóvel. Pensei que minhas mãos fossem o destino; nunca considerei usá-la como transmissor, como um meio de passagem. Mas agora estou percebendo que posso tentar empurrar a energia *através* das minhas mãos, *através* da minha pele. E, talvez, se eu for forte o suficiente, possa ser capaz de aprender a manipular essa intensidade no ar, forçando-a a se movimentar no caminho em que eu quiser.

Perceber isso renova plenamente a minha confiança. Agora me sinto animada, ansiosa por avaliar se minha teoria está correta. Preparo-me, sinto o golpe de poder me invadindo de novo. Meus ombros ficam tensos quando a energia cobre minhas mãos, meus punhos, os antebraços. Sinto-me tão quente, tão intensa, quase como se fosse uma coisa tangível, o tipo de poder que é capaz de repuxar meus dedos.

Fecho os punhos.

Empurro os braços para trás.

E aí os lanço para a frente, abrindo as mãos ao mesmo tempo.

Silêncio.

Abro um olho, espreito discretamente o haltere, ainda parado no mesmo lugar.

Suspiro.

– PARA BAIXO! – Kenji grita, empurrando-me para trás e me fazendo cair de cara no chão.

Ouço todo mundo gritando e dando passos pesados no chão à nossa volta. Viro o pescoço só para encontrar todos com as mãos na cabeça, rostos protegidos. Tento deslizar o olhar por toda a sala.

O pânico me agarra pela garganta.

A parede de pedra está rachando no que parecem ser cem pedaços, rangendo e gemendo ao se desfazer. Horrorizada, vejo uma pedra enorme tremer pouco antes de se desprender da parede.

Warner está debaixo dela.

Pego-me prestes a gritar quando o vejo olhar para cima e erguer as duas mãos na direção do caos. A parede imediatamente para de tremer. Os pedaços dela ficam pairando, mexendo-se apenas ligeiramente, presos entre cair e voltar aonde estavam antes.

Continuo boquiaberta.

Warner olha para a direita. Assente.

Sigo sua linha de visão e me deparo com Castle ao longe, usando sua força para segurar o outro lado. Juntos, eles controlam os pedaços que vão caindo no chão, permitindo que caiam com delicadeza, ao mesmo tempo em que ajeitam os pedaços maiores de pedra no que restou da parede.

Todos começam a levantar a cabeça, percebendo que alguma coisa mudou. Lentamente, vamos nos levantando, observando impressionados Castle e Warner, que contêm o desastre, limitando-o a uma área específica. Nada mais foi danificado. Ninguém saiu ferido. Eu continuo assistindo, olhos arregalados, impressionada.

Quando o trabalho enfim é concluído, Castle e Warner dividem um breve momento de agradecimento antes de seguirem em direções opostas.

Warner vem me encontrar. Castle vai aonde todos os outros estão.

– Você está bem? – Warner pergunta. Seu tom é eficiente, mas seus olhos o entregam. – Não ficou ferida?

Nego com a cabeça.

– Foi incrível.

– Não posso ficar com os créditos por aquilo. Foi o poder de Castle que eu peguei emprestado.

– Mas você é tão bom nisso – elogio, esquecendo por um momento que deveríamos estar furiosos um com o outro. – Você acabou de descobrir que tem essa habilidade e já é capaz de controlar. Tão naturalmente. Por outro lado, eu, quando tento fazer alguma coisa, quase mato todo mundo no processo. – Baixo a cabeça. – Sou a pior em tudo – murmuro. – A pior.

– Não se sinta mal – ele aconselha baixinho. – Você logo vai aprender.

– Em algum momento foi difícil para você? – pergunto. Esperançosa, ergo o olhar. – Descobrir como fazer para controlar a energia?

– Ah – ele hesita, surpreso. – Não. Porém, eu sempre fui muito bom em tudo o que faço.

Baixo outra vez a cabeça. Suspiro.

Warner dá risada e, ao ouvir, ergo o olhar.

Está sorrindo.

– O que foi?

– Nada – sussurra em resposta.

Ouço um assobio agudo. Dou meia-volta.

– Ei... Mãos ao alto! – Kenji late. – Faça o favor de voltar aqui agora mesmo. – Esforça-se para parecer o mais irritado possível. – De volta ao trabalho. E, dessa vez, foco. Você é mais do que apenas gorila. É capaz de fazer mais do que só ficar jogando merda para todos os lados.

Warner chega a dar risada.

Uma risada alta.

Viro em sua direção. E ele está olhando para a parede, tentando esconder um sorriso enorme enquanto passa a mão pelos cabelos, pela nuca.

— Pelo menos alguém curte o meu senso de humor — Kenji constata antes de puxar o meu braço. — Venha, princesa. Vamos tentar outra vez. E, por favor, empenhe-se em não matar todo o pessoal que está aqui no salão.

Trinta e nove

Passamos a semana toda em treinamento.

Estou tão exausta, que nem consigo mais ficar em pé, mas conquistei mais progressos do que poderia esperar. Kenji continua trabalhando diretamente ao meu lado e Castle está supervisionando meu progresso, mas todos os demais passam seu tempo malhando nos vários aparelhos disponíveis.

Winston e Brendan parecem melhorar a cada dia – parecem mais saudáveis, mais vivos – e o corte no rosto de Brendan já começa a desaparecer. Estou tão feliz por ver o progresso deles e superanimada por Delalieu ter encontrado os remédios certos.

Os dois passam a maioria dos dias comendo e dormindo e se alternando entre a bicicleta ergométrica e a esteira. Lily passa o tempo testando um pouquinho de cada coisa e hoje está se exercitando com a bola de pilates em um dos cantos. Ian tem levantado pesos e cuidado de Castle; Alia passou a semana toda sentada em um canto, esboçando coisas em um bloco de notas. Parece mais feliz, mais à vontade. E não consigo não me perguntar se Adam e James também estão bem. Espero que estejam seguros em algum lugar.

Warner sempre passa o dia fora daqui.

De tempos em tempos, olho para as portas do elevador, secretamente alimentando a esperança de que vão se abrir e trazê-lo de volta ao interior deste salão. Às vezes, ele passa por aqui – sobe na bicicleta ergométrica ou dá uma corrida rápida –, mas fica a maior parte do tempo fora.

Na verdade, só o vejo de manhã, quando ele vem malhar pela primeira vez, e ao anoitecer, quando faz mais uma sessão de cárdio. O fim da noite é a minha parte favorita do dia. É quando nós oito nos sentamos para conversar sobre nossos progressos. Winston e Brendan estão se curando, eu estou ficando mais forte e Warner nos informa se alguma coisa aconteceu entre os civis, os soldados e o Restabelecimento – até agora, tudo continua como antes.

Depois, Warner e eu voltamos a seus aposentos, onde nos banhamos e seguimos para quartos separados. Eu durmo em sua cama e ele dorme no sofá em seu escritório.

Todas as noites, digo a mim que serei forte o suficiente para bater em sua porta, mas nunca fiz isso.

Ainda não sei o que dizer.

Kenji puxa os meus cabelos.

– Ai! – Viro-me para ele, fechando uma carranca. – Qual é o seu problema?

– Você foi atingida com uma força brutal pela varinha da burrice hoje.

– Como é que é?! Pensei que tivesse dito que eu estava me saindo bem.

— Está. Mas continua distraída. Fica olhando para o elevador como se ele estivesse prestes a lhe conceder três desejos.

— Ah – digo. Viro o rosto. — Bem, desculpa.

— Não peça desculpa – ele suspira. Franze discretamente o cenho. — Afinal de contas, o que está rolando entre vocês dois, hein? Aliás, será que eu quero saber?

Eu suspiro. Solto o corpo no colchonete.

— Não tenho ideia, Kenji. Ele é inconsistente em suas atitudes. — Encolho o ombro. — Acho que está tudo bem. Só preciso de um pouco de espaço agora.

— Mas você gosta dele? — pergunta, arqueando uma sobrancelha.

Não digo nada. Sinto meu rosto esquentar.

Kenji vira os olhos.

— Você sabe, eu nunca, nunca mesmo, imaginei que Warner pudesse fazê-la feliz.

— E eu por acaso *pareço* feliz? – retruco.

— Tem razão. – Ele suspira. — Eu só quis dizer que você sempre pareceu tão feliz com Kent. Para mim, é um pouco complicado processar isso. — Ele hesita. Esfrega a mão na testa. — Bem, na verdade, você era muito mais esquisita quando estava com Kent. Sempre resmungando, sempre tão dramática. E chorava. O. Tempo. Todo. — Finge secar lágrimas falsas. — Jesus, eu não consigo decidir qual é pior.

— Você *me* acha dramática? — pergunto de olhos arregalados. — Será que já se olhou no espelho?

— Eu não sou dramático, está bem? Minha presença só atrai certo tipo de atenção.

Eu bufo.

— Ei – ele diz, apontando para o meu rosto. – Só estou dizendo que não sei mais em que acreditar. Daqui a pouco vou estar nesse carrossel. Primeiro, Adam. Agora, Warner. Na semana que vem, você vai tentar ficar comigo.

— Bem que você queria, não é mesmo?

— Dane-se – ele responde, virando o rosto. – Eu nem gosto de você.

— Você me acha bonita.

— Acho que você delira um pouco.

— Eu nem sei o que você quer dizer com isso, Kenji. – Olho-o nos olhos. – Esse é o problema. Eu não sei explicar nem sei direito se entendo o quão profundas são as coisas. Só sei que, seja lá o que for que eu sinto, nunca senti a mesma coisa com Adam.

Kenji vira os olhos, surpreso, espantado. Não diz nada por um segundo. Expira demoradamente.

— Sério?

Confirmo com a cabeça. Ele insiste:

— Sério, sério *mesmo*?

— Sim – confirmo. – Eu me sinto tão... leve. Como se pudesse simplesmente... não sei... – As palavras me escapam. – É como se eu sentisse, pela primeira vez na vida, que vou ficar bem. Como se eu fosse ser forte.

— Mas isso é exatamente o que você é – ele diz. – Não tem nada a ver com Warner.

— É verdade – respondo. – Mas às vezes as pessoas também podem nos empurrar para baixo. E sei que Adam não tinha essa intenção, mas acabava me empurrando para baixo. Éramos duas pessoas tristes ficando juntas.

— Hum.

Kenji solta o peso do corpo nas mãos.

— Estar com Adam sempre vinha com algum tipo de dor ou dificuldade enorme — explico. — E Adam sempre foi sério demais. Era intenso de um jeito que às vezes me deixava exausta. Estávamos sempre nos escondendo ou escapando, sempre em movimento, e nunca encontrávamos momentos ininterruptos para estarmos juntos. Era quase como se o universo tentasse me dizer que eu estava forçando a barra para fazer as coisas darem certo com ele.

— Kent não era tão ruim assim, J. — Kenji franze o cenho. — Você não está reconhecendo o que ele tem de bom. Sim, ele tem sido meio cuzão ultimamente, mas é um cara bom. Você sabe que é. Ele só está meio que na merda agora.

— Eu sei — suspiro, sentindo-me um bocado entristecida. — Mas o nosso mundo ainda está se desfazendo. Mesmo se vencermos esta guerra, tudo vai piorar muito antes de melhorar. — Hesito por um instante. Olho as minhas próprias mãos. — E acho que as pessoas mostram quem realmente são quando as coisas ficam difíceis. Eu já vi isso acontecer. Comigo mesma, com meus pais, até mesmo com a sociedade. E, sim, Adam é um cara bom. É mesmo, de verdade. Mas o fato de ser um cara bom não o torna o cara certo para mim. — Ergo o olhar. — Agora estou tão diferente. Não sou mais a garota certa para ele e ele não é mais o garoto certo para mim.

— Mas ele ainda te ama.

— Não — respondo. — Não ama.

— Essa é uma acusação muito pesada.

— Não é acusação nenhuma – retruco. – Um dia, Adam vai perceber que o que sentia por mim era um tipo louco de desespero. Éramos duas pessoas que realmente precisavam de alguém a quem se apegar e tínhamos um passado que nos tornava muito compatíveis. Mas isso não era o bastante. Porque, se fosse, eu não teria conseguido sair da relação com tanta facilidade. – Baixo o olhar. E a Voz. – Warner não me seduziu, Kenji. Ele não me roubou. Eu só... Eu cheguei a um ponto em que tudo mudou para mim. Tudo o que eu pensei que sabia sobre Warner estava errado. Tudo o que pensei acreditar sobre mim estava errado. E eu sabia que *eu* estava mudando. Queria seguir em frente. Queria ser furiosa e gritar pela primeira vez na vida, mas não podia. Eu não queria que as pessoas tivessem medo de mim, então tentei me calar e desaparecer na esperança de que isso os deixasse mais à vontade. Mas odeio o fato de ter me deixado ser tão passiva a vida toda, e agora vejo como as coisas poderiam ter sido diferentes se eu tivesse fé em mim nos momentos mais cruciais. Eu não quero voltar a ser como era. Não vou deixar isso acontecer. Nunca.

— Mas não precisa – Kenji aponta. – Por que você faria isso? Não acho que Kent quisesse que você fosse passiva.

Encolho o ombro.

— Eu ainda me pergunto se ele quer que eu seja aquela garota pela qual se apaixonou lá atrás. A pessoa que eu era quando nos conhecemos.

— E isso é ruim?

— Não é mais quem eu *sou*, Kenji. Para você, eu ainda pareço aquela garota?

— Como é que eu vou saber?

— Você não sabe — concordo exasperada. — É por isso que não entende. Você não sabe como eu era. Não sabe como era estar na minha cabeça. Eu vivia em um lugar bem sombrio. Eu não me sentia segura na minha própria mente. Acordava todas as manhãs esperando morrer e depois passava o resto do dia me perguntando se já não estava morta, porque eu nem sabia a *diferença* — digo com mais dureza do que gostaria. — Eu tinha um pequeno fio de esperança ao qual me apegar, mas a maior parte da minha vida foi passada esperando encontrar alguém que sentisse pena de mim.

Kenji está me encarando com olhos apertados. Eu falo com mais fúria:

— Você não acha que se, muito tempo atrás, eu tivesse me permitido ficar com raiva, teria descoberto a força para derrubar todo aquele hospício usando apenas as minhas mãos?

Ele estremece. Eu continuo com a voz trêmula:

— Não acha que eu penso nisso o tempo todo? Não acha que me mata saber que foi minha própria falta de disposição para conhecer a mim como ser humano que me manteve presa por tanto tempo? Por duzentos e sessenta e quatro dias, Kenji. — Engulo em seco. — Duzentos e sessenta e quatro dias eu fiquei lá e, todo esse tempo, eu tinha em mim a força necessária para me libertar. E não me libertei porque não tinha a menor ideia de que era capaz. Porque nunca nem tentei. Porque deixei que o mundo me ensinasse a odiar a mim mesma. Eu era uma covarde que precisava de outra pessoa para me dizer o quanto eu valia antes de dar o primeiro passo para me salvar. Não estou falando de Adam ou Warner. Estou falando de mim e do que eu quero. Estou falando de enfim entender onde quero estar daqui a dez anos. Porque estarei viva, Kenji. Estarei viva em dez anos e estarei feliz. Estarei forte. E não preciso mais de ninguém para me dizer isso. Eu sou o suficiente e sempre serei.

Agora, pego-me respirando com dificuldade, tentando acalmar meu coração.

Kenji me encara, ligeiramente aterrorizado.

— Quero que Adam seja feliz, Kenji. Quero de verdade. Mas ele e eu acabaríamos como a água que não vai a lugar nenhum.

— O que quer dizer com isso?

— Água que não se mexe – explico. – Por um tempo, é boa. Você pode beber e ela o hidrata. Mas, se permanecer parada tempo demais, acaba ficando ruim. Cheira mal, torna-se tóxica. – Balanço a cabeça. – Eu preciso de ondas. Preciso de cachoeiras. Quero correntes de água.

— Caramba! – Kenji exclama. Ri com nervosismo, coça atrás da cabeça. – Acho que você devia escrever esse discurso, princesa. Porque vai ter que contar tudo isso para ele, você mesma.

— O quê?

Meu corpo fica rígido.

— Sim – Kenji tosse. – Adam e James estão vindo para cá amanhã.

— *O quê?* – arfo.

— Pois é. Esquisito, não? – Ele tenta rir. – Tããão esquisito.

— Por quê? Por que ele viria aqui? E como você soube disso?

— Eu, hum, é que… eu tenho voltado lá… – Kenji raspa a garganta. – Para, você sabe, ver como eles estão. Em especial James. Mas, sabe… – Vira o rosto, olha em volta.

— Para ver como eles estão?

— Isso. Só para ter certeza de que estão bem. — Assente para nada específico. — Tipo, eu falei para ele que tínhamos um plano bem legal em um lugar... — Aponta para mim. — Graças a você, obviamente. Um plano muito, muito legal. Então... Eu também falei para ele que a comida era boa. E que os chuveiros têm água quente. Então, tipo, ele sabe que Warner não economizou com a gente nem nada assim. E, bem, você sabe, algumas outras coisas.

— Que outras coisas? — questiono, agora desconfiada. — O que foi que você falou para ele?

— Hum... — Kenji estuda a bainha de sua camisa, fica puxando-a.

— *Kenji!*

— Certo, ouça... — ele diz, erguendo as duas mãos. — Só... não fique nervosa, está bem?

— Eu já estou ficando nervosa...

— Eles acabariam morrendo lá. Eu não consegui deixá-los instalados naquele espaço horrível, totalmente sozinhos... James, em especial... E em especial agora, que temos um plano sólido formado...

— O que você falou para ele, Kenji?

Minha paciência está se esgotando.

— Talvez... — ele diz, agora afastando-se. — Talvez eu tenha dito a ele que você era uma pessoa calma, racional e muito boa, que não gosta de fazer mal a ninguém, especialmente a Kenji, aquele amigo bonitão...

— Droga, Kenji, me diga o que foi que você...

— Preciso de dois metros — fala.

— O quê?

– Dois metros. De distância – esclarece. – Entre nós.

– Eu vou dar dois centímetros.

Kenji engole em seco.

– Certo… Bom, talvez… – diz. – Talvez eu tenha dito a ele que… hum… que você sentiu saudade dele. Muita.

Quase caio para trás, empurrada pelo impacto das palavras.

– Você fez… o que você fez? – Minha voz se transforma em um sussurro.

– Foi a única maneira de fazê-lo concordar em vir para cá, entende? Ele pensou que você estivesse apaixonada por Warner, e o orgulho de Adam é um problemão para ele…

– Qual é o seu problema, caramba? – grito. – Os dois vão se *matar*!

– Pode ser a chance de os dois fazerem as pazes – Kenji supõe. – E aí todos podemos ser amigos, exatamente como você queria…

– Ai, meu Deus! – exclamo, passando a mão nos olhos. – Você é louco? Por que fez uma coisa dessas? Eu vou ter que partir de novo o coração dele!

– É… Sabe… Estive pensando que talvez você pudesse fingir, tipo, não estar interessada em Warner? Só até essa guerra terminar? Porque isso tornaria as coisas muito menos estressantes. E aí todos nos daríamos bem. E Adam e James não morreriam sozinhos no mundo lá fora. Entendeu? Final feliz.

Agora estou tão furiosa que chego a tremer.

– Você falou outra coisa para ele, não falou? – pergunto, meus olhos se estreitando. – Você falou outra coisa para ele. Sobre mim. *Não falou?*

— O quê? — Kenji agora está se afastando. — Eu não...

— Isso foi tudo o que disse a ele? — exijo saber. — Que eu senti saudade? Ou falou também alguma outra coisa?

— Ah, bem... Já que você tocou no assunto, sim, hum, eu talvez tenha dito que, hum... que você ainda está apaixonada por ele?

Meu cérebro dá um grito.

— E que... que talvez você fale o tempo todo sobre ele? E talvez eu tenha dito que você chora muito de saudade. Talvez. Não sei. Nós conversamos sobre muitas coisas, então...

— Eu vou MATAR VOCÊ...

— Não — ele retruca, apontando para mim enquanto se afasta um pouquinho mais. — Isso é ruim, Juliette. Você não mata as pessoas, lembra? É contra isso, lembra? Você gosta de falar sobre sentimentos e arco-íris...

— Por que, Kenji? — Solto a cabeça nas mãos. — Por quê? Por que você foi mentir para ele?

— Porque... — esbraveja, frustrado. — Isso é uma grande besteira. Todo mundo já está morrendo neste mundo. Todo mundo perdeu suas casas, suas famílias... tudo o que amavam. E você e Kent devem ser capazes de resolver seu draminha colegial ridículo como dois adultos. Não podemos perder a vida dos outros assim. Já perdemos todo mundo — diz, agora furioso. — Eles estão vivos, J. Eles ainda estão vivos. — Olha para mim com olhos iluminados, incapazes de esconder suas emoções. — Isso é motivo suficiente para eu tentar mantê-los na minha vida. — Vira o rosto, baixa a voz. — Por favor — prossegue. — É uma merda. Tudo isso. Eu me sinto como a criança presa no meio de um divórcio. E eu não queria mentir para ele, entende? Não queria. Mas pelo menos eu o convenci a voltar. E quem sabe, quando chegar aqui, ele não queira ficar.

Lanço um olhar duro para ele.

— Quando eles chegam?

Kenji precisa de um instante para respirar.

— Vou buscá-los amanhã de manhã.

— Você sabe que eu vou contar para Warner, não sabe? Sabe que não pode mantê-los aqui e fazê-los invisíveis.

— Eu sei.

— Está bem.

Estou tão furiosa que nem sei mais o que dizer. Não consigo nem olhar para ele agora.

— Então... — Kenji diz. — Foi boa, a conversa?

Dou meia-volta. Minha voz sai mortalmente leve, meu rosto apenas a centímetros do dele.

— Se eles matarem um ao outro, eu vou quebrar o seu pescoço.

— Caramba, princesa. Quando foi que você se tornou tão violenta?

— Eu não estou de brincadeira, Kenji. Eles já tentaram se matar antes e quase conseguiram. Espero que você não tenha esquecido os detalhes quando foi fazer seu plano sobre arco-íris felizes. — Encaro-o duramente. — Essa não é só a história de dois caras que não se gostam. Eles querem *matar* um ao outro.

Kenji suspira. Olha na direção da parede.

— Vai ficar tudo bem — afirma. — Vamos dar um jeito.

— Não — digo em resposta. — *Você* vai dar um jeito.

— Será que você não pode tentar entender a minha perspectiva? — ele pergunta. — Será que não consegue ver como seria melhor todos nós ficarmos juntos? Não sobrou mais ninguém, J. Somos só nós. Não devemos ter que sofrer, nenhum de nós, porque você e Kent não estão mais se pegando. Não precisamos viver assim.

Fecho os olhos. Suspiro profundamente e tento me acalmar.

— Eu entendo — respondo baixinho. — Entendo a sua perspectiva. De verdade, eu entendo. E amo você por tentar fazer todos ficarem bem, por cuidar de mim e por querer que eu e Adam fiquemos juntos outra vez. Entendo o que você está passando agora e sinto muito, Kenji. De verdade, eu sinto muito. Sei que não está sendo fácil para você. Ao mesmo tempo, é justamente por isso que não entendo por que você está forçando os dois a ficarem juntos. Você quer enfiar os dois no mesmo espaço. Em um espaço confinado. Pensei que não *quisesse* que eles morressem.

— Acho que você está sendo um bocado pessimista com a situação toda.

— Caramba, Kenji! — Ergo os braços, exasperada, e nem me dou conta do que fiz até ouvir uma pancada. Olho na direção do som. Consegui derrubar todo um raque de pesos. Do outro lado do salão.

Sou uma catástrofe ambulante.

— Preciso me acalmar — digo, tentando moderar a voz. — Mas vou voltar para raspar a sua cabeça enquanto você estiver dormindo.

Kenji parece realmente ter medo de mim.

— Você não faria isso.

Vou andando rumo à parede do outro lado. Aperto o botão para chamar o elevador.

— Você dorme pesado, não dorme?

INCENDEIA-ME

– Isso não tem a menor graça, J. Não tem graça nenhuma...
A porta do elevador emite um barulho e abre. Eu entro.
– Boa noite, Kenji.
Ainda ouço sua voz gritando comigo quando a porta se fecha.

Quarenta

Quando retorno aos aposentos, Warner está no banho.

Olho para o relógio. Agora seria mais ou menos sua hora de ir à área de treinamento. Em geral, eu o encontro lá para a nossa recapitulação de todas as noites.

Em vez disso, contudo, caio de cara na cama.

Não sei o que fazer.

Amanhã, Adam vai aparecer aqui pensando que eu ainda quero ficar com ele. Não quero ter que ir embora outra vez, não quero ver a dor em seus olhos. Não quero lhe causar dor. Não quero, mesmo. Eu nunca quis.

Vou *matar* Kenji.

Enfio a cabeça debaixo dos travesseiros, empilho-os em cima da cabeça e aperto-os em volta das orelhas até sentir que consegui calar o mundo. Não quero nem pensar nesse assunto agora. Pensar nisso, justo agora? Por que as coisas sempre têm que ser tão complicadas? Por quê?

Sinto uma mão em minhas costas.

Estremeço, travesseiros voam em todas as direções e fico idiotamente assustada quando caio da cama. Um travesseiro também cai, atingindo-me no rosto.

Agarrando o travesseiro junto a meu peito, bufo. Pressiono a testa à superfície macia, fecho os olhos com bastante força. Nunca tive uma dor de cabeça tão horrível.

— Juliette? — uma voz arrisca. — Você está bem?

Baixo o travesseiro, ergo o rosto, pisco os olhos.

Warner está vestindo uma toalha.

Uma *toalha*.

Quero rolar para debaixo da cama.

— Adam e James chegam amanhã — conto a ele de uma só vez.

Apenas conto. Simples assim.

Warner arqueia as sobrancelhas.

— Eu não sabia que eles tinham recebido um convite.

— Kenji vai trazê-los. Ele tem escapado para ver como os dois estão e agora vai trazê-los. Amanhã de manhã.

O rosto de Warner é cuidadosamente neutro; sua voz não se afeta. Poderia estar debatendo a cor das paredes.

— Pensei que ele não tivesse mais nenhum interesse em fazer parte da sua resistência.

Por um momento, não consigo acreditar que ainda estou deitada no chão, agarrando um travesseiro junto ao peito, encarando um Warner de toalha e nada mais. Não consigo nem me levar a sério.

— Kenji disse a Adam que ainda estou apaixonada por ele.

Pronto. Está dito.

Uma chama de raiva. Surgindo e sumindo. Os olhos de Warner brilham e se apagam. Ele olha para a parede, silêncio por um momento.

— Entendo.

Sua voz sai baixinha, controlada.

— Ele sabia que esse era o único jeito de trazer Adam de volta.

Warner não diz nada.

— Mas eu não estou... você sabe... apaixonada por ele. — Fico surpresa com a facilidade com a qual as palavras passam por meus lábios e ainda mais surpresa por sentir a necessidade de expressá-las em voz alta. Por eu precisar reassegurar Warner, justamente Warner. — Eu me importo com Adam – prossigo. — Do jeito que sempre me importarei com as poucas pessoas que demonstraram alguma bondade para comigo na vida, mas todo o resto... ficou no passado.

— Eu entendo – responde.

Não acredito nele.

— Então, o que você quer fazer? – pergunto. — Com relação a amanhã? E a Adam?

— O que você acha que deve ser feito?

Suspiro.

— Eu vou ter que conversar com ele. Vou ter que terminar com ele pela terceira vez – explico, bufando de novo. — Isso é tão ridículo. — Abraço o travesseiro na altura do meu rosto — Tão *ridículo*.

Enfim solto o travesseiro. E os braços nas laterais do corpo.

Porém, quando olho outra vez para cima, Warner não está mais aqui.

Alerta, eu me sento. Olho em volta.

Ele está parado no canto, vestindo as calças.

Tento não olhar para ele enquanto subo outra vez na cama.

Chuto meus sapatos para longe e me ajeito debaixo dos cobertores, afundando-me debaixo dos travesseiros até minha cabeça ser enterrada por eles. Sinto um peso na cama e me dou conta de que

Warner deve estar sentado ao meu lado. Ele puxa um dos travesseiros para longe da minha cabeça. Chega mais perto. Nossos narizes estão a poucos centímetros um do outro.

– Você não o ama mesmo? – Warner me pergunta.

Meu coração acelera de novo. Minha voz sai bem ridícula.

– Romanticamente falando?

Ele assente.

– Não.

– Não se sente atraída por ele?

– Eu me sinto atraída por você.

– Estou falando sério – retruca.

– Eu também.

Warner continua me encarando. Pisca os olhos uma vez.

– Você não acredita em mim? – pergunto. Ele vira o rosto. – Será que não percebe? Será que não consegue sentir?

Ou eu estou ficando louca, ou Warner enrubesceu.

– Você me dá créditos demais, meu amor. – Seus olhos estão focados no cobertor; suas palavras são suaves. – Eu vou decepcionar você. Apesar do que você pensa, sou um ser humano com falhas como qualquer outro.

Eu me sento na cama. Olho para ele com muita atenção.

– Você é tão diferente – sussurro. – Tão diferente e, ao mesmo tempo, tão exatamente igual.

– O que você quer dizer com isso?

– Você está tão bondoso agora. Tão… calmo – digo. – Muito mais do que antes.

Ele passa um bom tempo sem dizer nada. E então se levanta. Seu tom de voz é duro quando ele fala:

— Sim, bem, tenho certeza de que você e Kishimoto vão encontrar um jeito de resolver essa situação. Com licença.

E Warner vai embora. Outra vez.

Não tenho mais ideia do que pensar dele.

Quarenta e um

Adam já está aqui.

Warner não mostra nenhum interesse em tratar com ele. Foi cuidar de seu dia e suas obrigações. E não fez seu treino matinal.

E eu cá estou agora.

Acabei de sair do elevador e o barulho que sinaliza as portas se abrindo alertou a todos da minha presença. Adam está parado em um canto, conversando com James. Agora me encara.

É estranho o jeito que me sinto quando olho para ele agora. Não percebo nenhuma emoção extrema dentro de mim. Nenhum excesso de felicidade ou tristeza. Sinto-me perfeitamente normal. Nem chateada. Nem excessivamente alegre. Seu rosto me é familiar; seu corpo me é familiar. Seu sorriso instável ao olhar para mim também me é familiar.

Como é estranho ir de amigos inseparáveis a dois que se odeiam, tudo de forma casual, em apenas uma vida.

– Oi – cumprimento.

– Olá – responde antes de virar o rosto.

– Oi, James – digo com um sorriso.

— Oi! — Ele acena todo animado. Está parado bem ao lado de Adam, olhos iluminados, claramente feliz por estar de novo com a gente. — Este lugar é tão legal.

— É mesmo — concordo. — Você já teve a chance de tomar um banho? Aqui a água é quentinha.

— Ah, verdade — ele responde um bocado acanhado. — Kenji me contou.

— Por que não vai tomar um banho? Delalieu vai trazer o almoço em breve. Tenho certeza de que Brendan pode mostrar o vestiário para você e onde guardamos todas as nossas coisas. Você pode ter o seu armário — explico, olhando para Brendan enquanto falo.

Ele assente, entende o meu sinal e imediatamente fica em pé.

— É sério? — James fala. — Que legal! Então eles trazem comida para a gente? E você pode tomar banho quando quiser? Tem toque de recolher?

— Sim, sim e não — Brendan responde. Segura a mão de James, pega sua mochilinha. — Podemos ficar acordados até a hora que quisermos. Depois do jantar talvez eu mostre para você como faz para usar as bicicletas aqui — diz, sua voz desparecendo em um eco enquanto ele e James entram no vestiário.

Quando James sai, todos parecem expirar.

Vou me preparando. Dou um passo adiante.

— Eu sinto muito, mesmo — Adam fala primeiro, cruzando o espaço entre nós. — Você não tem ideia de...

— Adam — eu o interrompo, ansiosa. Nervosa. Tenho que falar e tenho que falar agora. — Kenji mentiu para você.

Adam fica parado. Paralisado.

— Eu não andei chorando por sua causa. — Agora me pergunto se tem algum jeito de comunicar esse tipo de informação sem ao mesmo tempo humilhá-lo e partir seu coração. E me sinto um enorme monstro. — Estou muito, muito feliz por você estar aqui, mas não acho que devamos mais ficar juntos.

— Ah — ele fala. Balança o corpo. Baixa o olhar. Passa as duas mãos nos cabelos. — Certo.

De canto de olho, percebo Kenji me observando. Está acenando com a mão, tentando atrair a minha atenção, mas agora vejo-me furiosa demais com ele. Não quero conversar antes de resolver essa situação.

— Adam, eu sinto muito.

— Não — ele responde, erguendo a mão para me contar. Parece confuso, um pouco confuso. Estranho. — Está tudo bem. De verdade. Eu já sabia que você me diria isso. — Dá uma risadinha, mas um pouco sem jeito. — Acho que imaginei que saber de antemão me faria sentir como se o soco no estômago fosse mais leve. — Estremece. — Mas não. Ainda dói pra caramba.

Adam encosta o corpo na parede e permite-se deslizar até o chão. Não está olhando para mim.

— Como você descobriu? — pergunto. — Como soube o que eu iria dizer?

— Eu contei a ele antes de você chegar — Kenji explica, dando um passo à frente. Lança um olhar afiado na minha direção. — Eu fui bem direto. Contei a ele sobre a nossa conversa de ontem. Tudo o que você disse.

— Então por que ele ainda está aqui? – pergunto abismada. Viro-me para olhar para Adam. – Pensei tê-lo ouvido dizer que nunca mais queria me ver.

— Eu jamais deveria ter dito aquilo – Adam admite, ainda olhando para o chão.

— Então... você está tranquilo? – indago. – Com Warner?

Enojado, Adam ergue o rosto. Ficou tão diferente de um instante para o outro.

— Você está louca? A minha vontade é de arrebentar a cabeça dele em uma parede.

— Por que veio, então? – pergunto de novo. – Não estou entendendo.

— Porque eu não quero *morrer* – ele responde. – Porque venho violentando meu cérebro na tentativa de achar um jeito de alimentar meu irmão e não encontrei merda de solução nenhuma. Porque lá fora é frio pra cacete e ele está com fome, e porque nossa eletricidade vai ser desligada em breve. – Adam respira com dificuldade. – Eu não sabia mais o que fazer. Portanto, agora estou aqui, com meu orgulho jogado na privada, com a esperança de que eu possa ficar na casa do novo namorado da minha ex-namorada. E quero me matar. – Engole em seco. – Mas posso enfrentar todo esse sofrimento se ele garantir a segurança de James. Mesmo assim, agora espero o cabeça de merda do seu namorado aparecer para tentar me matar.

— Ele não é meu namorado – retruco baixinho. – E não vai matar você. Ele nem liga para você estar aqui.

Adam chega a gargalhar.

— Até parece!

— Estou falando sério.

Ele se levanta. Estuda os meus olhos.

— Você está me dizendo que eu posso ficar aqui, no quarto dele, comer da comida dele e ele simplesmente vai *deixar*? — Os olhos de Adam estão arregalados, incrédulos. — Você ainda não conhece esse cara. Ele não funciona do jeito que você pensa, Juliette. Ele não pensa como um ser humano normal. É um puta de um sociopata. E você é mesmo louca se acha que não tem problema nenhum ficar com alguém assim.

Estremeço, incomodada.

— Tome muito cuidado com como fala comigo, Adam. Não vou mais tolerar os seus insultos.

— Eu nem acredito mais em você — ele retruca. — Não acredito que pode ficar aí parada e me tratar assim.

Seu rosto se transforma em uma coisa tão intensamente ruim.

Raiva.

— Não estou tentando ferir você...

— Talvez você devesse ter se lembrando disso antes de correr para os braços de um psicopata!

— Acalme o seu rabo, Kent! — Ouço o aviso duro na voz de Kenji, vindo do canto do salão. — Pensei tê-lo ouvido dizer que ficaria de boa.

— Eu estou de boa — Adam retruca, a voz aguda, os olhos pegando fogo. — Sou um santo. Não conheço nenhuma outra pessoa capaz de ser tão generosa quanto eu estou sendo agora. — Olha outra vez na minha direção. — Você mentiu para mim o tempo todo que passamos juntos. Estava me *traindo*...

— Não, eu não estava.

— Esse tipo de merda não acontece da noite para o dia — Adam grita. — Ninguém se apaixona de uma hora para a outra por alguém assim...

— Adam, a gente acabou. Não vou passar outra vez por isso. Você pode ficar aqui, especialmente pela segurança de James. Mas não pode ficar aqui e me insultar. Você não tem esse direito.

Seu maxilar fica tenso. Ele pega suas coisas e corre para o vestiário.

Quarenta e dois

— Eu vou matar você.

— Ele não estava assim quando fui visitar – Kenji afirma para mim. – Eu juro. Estava calmo. Estava *triste*.

— Bem, sim... É claro que ver o meu rosto não traria memórias felizes para ele.

Kenji suspira. Vira o rosto.

— Eu sinto muito, de verdade – diz. – Mas eu não estava mentindo, J. Eles estavam vivendo praticamente sem nada na última vez em que estive lá. Kent falou que metade dos mantimentos tinha estragado depois que a explosão derrubou algumas das prateleiras da despensa. Alguns dos potes racharam e tinha roedores e outros bichos comendo a comida deles. E os dois estavam sozinhos no mundo lá fora. Está frio pra cacete e você não tem ideia de como era deprimente vê-los daquele jeito, e James...

— Eu entendo, Kenji. – Deixo escapar uma exalação. Abaixo o corpo. – Eu entendo, de verdade.

Ergo o rosto, olho em volta. Todo mundo está ocupado com alguma atividade: corrida, desenho, treinamento ou levantamento de pesos. Acho que todos estamos cansados desse drama. Ninguém aguenta mais isso.

Kenji se senta à minha frente.

— Ele não pode continuar me tratando assim — enfim digo. — E eu não vou ter a mesma conversa com ele outra vez. — Ergo o rosto. — Você o trouxe aqui. Ele é sua responsabilidade. Temos três semanas antes de darmos início a esse plano, o que é muito pouco tempo. Preciso ser capaz de descer aqui e treinar todos os dias e não quero ter que me preocupar com ele me atacando.

— Eu sei — Kenji responde. — Eu sei.

— Que bom.

— Ei... Então... você estava falando sério quando disse que Warner não se importa com a presença dele aqui?

— Sim, por quê?

Kenji arqueia a sobrancelha.

— Isso é... estranho.

— Um dia você vai cair na real e perceber que Warner não é tão louco quanto pensa.

— É — ele responde. — Ou então um dia seremos capazes de reprogramar esse *chip* que você tem na cabeça.

— Cale a sua boca!

Dou risada, empurro-o um pouquinho.

— Tudo bem. Levante-se. Vamos. É hora de trabalhar.

Quarenta e três

Alia desenhou uma nova roupa para mim.

Estamos sentados nos colchonetes, como sempre ficamos ao anoitecer. E, neste exato momento, Alia está nos mostrando seus *designs*.

Nunca antes a vi assim, tão animada.

Sente-se extremamente confiante ao expor os croquis em seu caderno. Seu ritmo de fala é rápido e fluido enquanto ela descreve detalhes e dimensões e esboça a lista de materiais necessários para produzir a roupa especial.

É feita de carbono.

Fibra de carbono, para ser mais exata. Alia explicou que a fibra de carbono é tão rígida e abrasiva que terá de ser ligada com alguma coisa bastante flexível para se tornar um item de vestimenta, então ela planeja testar uma série de materiais diferentes. Alguma coisa com polímeros. E não sei o que sintético. E uma série de outras palavras que não entendo. Seus esboços mostram como as fibras de carbono se unem ao tecido, criando um material forte e durável que servirá como uma base mais resistente para o que eu preciso.

A ideia foi inspirada na peça que ela fez para eu usar nos dedos.

Alia explicou que originalmente queria que a peça fosse feita com milhares de pedaços de uma mistura de bronze e zinco, mas logo concluiu que jamais teria as ferramentas necessárias para deixar os pedaços tão minúsculos quanto queria e, portanto, a roupa acabaria pesada demais. O plano atual, porém, soa tão incrível quanto o anterior.

— Vai complementar e melhorar a sua força — segue me explicando. — As fibras de carbono vão trazer um nível extra de proteção. A peça não vai ser danificada com tanta facilidade e você será capaz de se movimentar com mais liberdade pelos mais variados tipos de terreno. E, quando estiver em um ambiente perigoso, precisa se lembrar de manter um estado de *electricum* constante, assim seu corpo vai ficar praticamente indestrutível.

— O que quer dizer com isso? — Deslizo o olhar de Alia para Castle, em busca de esclarecimento. — Como isso pode ser possível?

— Porque, do mesmo jeito que você consegue quebrar concreto sem se ferir, também deve ser capaz de suportar o ataque de uma bala, por exemplo, sem se ferir — ela explica, sorrindo. — Seus poderes a tornam funcionalmente invencível.

Uau!

— Essa roupa é, antes de qualquer coisa, uma precaução — Alia continua. — No passado, já vimos que você de fato é capaz de danificar a sua pele se não tiver controle pleno dos seus poderes. Quando rachou o chão dos laboratórios de pesquisa, pensamos que a enormidade do ato a havia deixado ferida. Porém, depois de um exame mais detalhado da situação e das suas habilidades, Castle e eu chegamos à conclusão de que essa dedução era impossível.

Assentindo para Alia, Castle entra na conversa:

— Nossas energias nunca são inconsistentes. Elas seguem um modelo, têm uma precisão quase matemática. Se você não consegue se ferir enquanto arrebenta uma parede de concreto, não faz sentido se ferir ao quebrar o chão e depois permanecer sem ferimentos após quebrar o chão uma segunda vez. – Ele olha para mim. – Suas feridas têm a ver com o seu domínio da habilidade. Se em algum momento perder de vista o *electricum*, por um instantezinho que seja, você estará vulnerável. Lembre-se de mantê-lo ligado, sempre ligado. Se fizer isso, será indestrutível.

– Eu te odeio tanto agora – Kenji sussurra bem baixinho. – Funcionalmente invencível é o meu rabo!

– Inveja, bebê? – Sorrio para ele.

– Não consigo nem olhar para você.

– Você não deveria se surpreender. – Warner acabou de entrar. Dou meia-volta e o vejo se aproximar do nosso grupo, oferecendo um sorrisinho amarelo para ninguém em especial. Ele se senta à minha frente e me olha nos olhos para dizer: – Eu sempre soube que os seus poderes, uma vez domados, seriam inigualáveis.

Tento respirar.

Warner enfim deixa de me olhar nos olhos e dá uma rápida analisada na sala.

– Boa noite a todos – cumprimenta.

Assente pra Castle. Um reconhecimento especial de sua presença. Adam também tem seu jeito especial de reconhecer a presença de alguém.

Ele encara Warner com ódio intenso e declarado, parecendo realmente querer matá-lo. E de repente me pego mais ansiosa do que estive o dia todo. Fico deslizando o olhar de Adam para Warner e de volta e de volta outra vez e não sei o que fazer. Não sei se alguma coisa está prestes a acontecer e estou tão desesperada desejando que todos mantenham a civilidade que eu...

— Oi — James cumprimenta tão alto que assusta a nós todos. Está olhando para Warner. — O que você está fazendo aqui?

Warner arqueia uma sobrancelha.

— Eu moro aqui.

— Aqui é a sua *casa*? — James indaga.

Que estranho. Eu me pergunto aonde Adam e Kenji disseram que o estavam levando.

Warner assente.

— De certa forma, sim, este espaço funciona como parte da minha casa. Eu moro no andar de cima.

— Que legal! — James exclama, sorrindo. — Este lugar todo é muito da hora! — Franze a testa. — Ei, mas eu pensava que a gente tinha que odiar você.

— James! — Adam chama sua atenção, lançando um olhar de aviso.

— O quê?

— Pode se sentir à vontade para me odiar se quiser — Warner diz. — Eu não ligo.

— Bem, você deveria se importar — James responde, surpreso. — Eu ficaria muito chateado se alguém me odiasse.

— Você ainda é novo.

— Tenho quase doze anos! — o garoto retruca.

— Me disseram que você tinha dez.

— Eu falei *quase doze*. — James vira os olhos. — E você, quantos anos você tem?

Todos estão assistindo. Ouvindo. Fascinados demais para disfarçar.

Warner estuda James. Leva o tempo necessário para responder:
— Eu tenho dezenove.

James fica de olhos arregalados.

— Você é só um ano mais velho do que Adam. Como tem tantas coisas legais se só é um ano mais velho do que Adam? Não conheço ninguém da sua idade que tenha coisas legais.

Warner lança um olhar na minha direção. Olha outra vez para James. E de novo para mim.

— Não tem nada que você queira acrescentar a esta conversa, meu amor?

Nego com a cabeça. Sorrindo.

— Por que você a chama de "meu amor"? — James questiona. — Eu já o vi chamá-la assim antes. Várias vezes. Está apaixonado por ela? Acho que Adam está apaixonado por ela. Mas Kenji não. Eu já perguntei para ele.

Warner pisca os olhos para o garoto.

— E então? — James insiste.

— E então o quê?

— Está apaixonado por ela?

— *Você* está apaixonado por ela?

— O quê?! — James enrubesce. — Não. Ela é, tipo, um milhão de anos mais velha do que eu!

— Alguém quer assumir essa conversa? — Warner pergunta, deslizando o olhar pelo grupo.

— Você não respondeu à minha pergunta — James persiste. — Sobre por que você tem tantas coisas. Não estou tentando ser grosseiro. Sério, só fiquei curioso. Eu nunca antes tomei banho de água quente.

E você tem tanta comida aqui. Deve ser da hora ter tanta comida disponível o tempo todo.

Warner treme, inesperadamente. Olha com mais cuidado para James.

— Não – fala em um ritmo bem lento. – Não é ruim ter comida e água quente disponíveis o tempo todo.

— Então, não vai responder à minha pergunta? Onde conseguiu tudo isso?

Warner suspira.

— Eu sou o comandante e regente do Setor 45 – explica. – Neste momento, estamos em uma base do exército, onde meu trabalho consiste em vigiar nossos soldados e todos os civis que vivem nos complexos aqui em volta. E me pagam para viver aqui.

— Ah. – James de repente fica pálido; de repente parece inumanamente aterrorizado. – Você trabalha para o Restabelecimento?

— Ei, está tudo certo, coleguinha – Kenji diz a James. – Você está seguro aqui, entendido? Ninguém vai fazer mal a você.

— Esse é o tipo de cara que você gosta, então? – Adam esbraveja comigo. – O tipo de homem que dá medo em criancinhas?

— É um prazer vê-lo outra vez, Kent. – Warner agora observa Adam. – Está desfrutando da sua estadia?

Adam parece esforçar-se para engolir a vontade de dizer coisas nada agradáveis.

— Então você realmente trabalha para eles? – James pergunta outra vez a Warner. As palavras saem arfadas, os olhos continuam congelados no rosto de Warner. E ele treme tanto que já sinto meu coração partir. – Você trabalha para o Restabelecimento?

Warner hesita. Vira o rosto antes de olhá-lo de novo.

— Teoricamente, sim – responde.

— O que quer dizer com isso? – James questiona. Warner está olhando para as mãos. – O que quer dizer "teoricamente"?

— Você está perguntando porque realmente quer esclarecimentos? – Warner questiona, bufando. – Ou porque não sabe o que significa a palavra "teoricamente"?

James hesita, seu pânico rapidamente se transformando em frustração. Ergue o rosto, irritado.

— Está bem, o que significa "teoricamente"?

— Teoricamente eu deveria trabalhar para o Restabelecimento – Warner explica. – Mas, é óbvio, estou oferecendo abrigo a um grupo de rebeldes nesta base militar do governo, na minha área privada, veja só. E sustentando esses tais rebeldes para que talvez consigam derrubar nosso regime atual. Então eu diria que não. Não, não estou exatamente trabalhando para o Restabelecimento. Eu cometi traição. Um crime punido com pena de morte.

James passa um tempão encarando-o.

— É isso que significa "teoricamente"?

Warner olha para a parede. Suspira outra vez.

Eu engulo uma risada.

— Então, espere aí... Você não é o cara malvado – James de repente diz. – Você está do nosso lado, não está?

Warner vira-se lentamente para olhar nos olhos do garotinho. Não fala nada.

— Então? – James insiste, impaciente. – Você não está do nosso lado?

Warner pisca os olhos. Duas vezes.

— Parece que sim — diz, como se não conseguisse acreditar no que está dizendo.

— Talvez devêssemos voltar a discutir a roupa especial — Castle interrompe. Está olhando para Warner, sorrindo triunfante. — Alia passou muito tempo desenhando-a e sei que ela tem mais detalhes para dividir.

— Verdade — Kenji concorda, todo animado. — Parece incrível, Alia. Eu quero uma dessas. Pode fazer uma para mim?

Eu me pergunto se sou a única a notar que as mãos de Warner estão tremendo.

Quarenta e quatro

— Dê-me um soco.

Warner está parado diretamente à minha frente, cabeça inclinada para o lado. Todos nos observam.

Agitada, faço um gesto negativo com a cabeça.

— Não tenha medo, meu amor – aconselha. – Só quero que tente.

Seus braços estão relaxados, soltos nas laterais do corpo. Sua postura, tão casual. É sábado de manhã, o que significa que ele tem folga de sua rotina diária de malhação. O que, por sua vez, significa que, no lugar de se exercitar, resolveu trabalhar comigo.

Nego outra vez com a cabeça.

Ele ri.

— O seu treino com Kenji é bom – comenta. – Mas isto aqui é tão importante quanto. Você precisa aprender a lutar. Tem que ser capaz de se defender.

— Mas eu sei me defender – alego. – Sou forte o bastante para isso.

— Ter força é excelente – diz. – Mas força sem técnica não serve para nada. Se você puder ser dominada, não será forte o bastante.

— Não creio que eu possa ser dominada – retruco. – Não, de verdade.

— Admiro a sua confiança.

— Bem, é verdade.

— Logo que você conheceu meu pai, naquele primeiro momento, você não foi dominada?

Meu sangue gela.

— E quando saiu para lutar depois que eu deixei o Ponto Ômega — ele prossegue. — Não foi outra vez dominada?

Cerro os punhos.

— E mesmo depois que foi capturada — diz baixinho. — Meu pai não conseguiu dominá-la uma vez mais?

Caio morta.

— Quero que seja capaz de se defender — Warner prossegue, agora com uma voz mais doce. — Quero que aprenda a lutar. Kenji estava certo quando falou que você não pode simplesmente sair por aí lançando sua energia aos quatro cantos. Você precisa ser capaz de projetar com precisão. Seus movimentos têm de ser sempre deliberados. Você precisa prever cada um dos possíveis movimentos e seu oponente, tanto mental quanto fisicamente. A força é só o primeiro passo.

Ergo o rosto, olho em seus olhos.

— Agora me dê um soco — pede outra vez.

— Eu não sei fazer isso — enfim admito, constrangida.

Ele se esforça para não sorrir.

— Está em busca de voluntários? — Ouço Kenji dizer. Ele dá um passo mais para perto. — Porque, se Juliette não tiver interesse, eu me sentiria feliz em dar um chute no seu rabo.

— Kenji! — exclamo, dando meia-volta e estreitando os olhos.

— O que foi?

— Vamos, meu amor — Warner me diz. Está inabalado pelo comentário de Kenji, olhando para mim como se não existisse mais ninguém neste espaço. — Quero que você tente. Use a sua força. Procure cada gota de força que você tem. E aí me dê um soco.

— Tenho medo de acabar ferindo você.

Warner ri outra vez. Olha para o lado. Morde o lábio para esconder outro sorriso.

— Você não vai me ferir. Confie em mim — pede.

— Por que você vai absorver o poder?

— Não — retruca. — Porque você não vai ser capaz de me ferir. Você não sabe o que fazer para me machucar.

Irritada, franzo o cenho.

— Ótimo.

Balanço o punho no que imagino ser o gesto de quem está prestes a dar um soco. Porém, meu movimento é tão fraco, vacilante e humilhantemente péssimo, que quase desisto na metade.

Warner segura meu braço. E me olha nos olhos.

— Foco — pede. — Imagine que está morrendo de medo. Que está encurralada. Que está lutando para salvar a própria vida. Defenda-se — ordena.

Puxo o braço para trás com mais intensidade, pronta para tentar com mais tenacidade dessa vez, mas Warner me contém. Segura meu cotovelo. Treme um pouquinho.

— Você não está jogando beisebol — diz. — Não precisa puxar o braço assim para dar um soco. Nem erguer o cotovelo na altura da orelha. Não transmita ao seu oponente sinais do que você está prestes a fazer – aconselha. – O impacto deve ser inesperado.

Tento outra vez.

– Meu rosto está no centro, meu amor, bem aqui – diz, batendo um dedo no queixo. – Por que está tentando atingir o meu ombro?

Tento outra vez.

– Melhor assim... controle o braço... mantenha o punho esquerdo erguido... proteja o rosto...

Soco com força, um golpe rápido, inesperado, muito embora eu saiba que ele não está pronto.

Seus reflexos são rápidos demais.

Em um instante, seu punho se fecha em meu antebraço. Ele puxa com força, empurra meu braço para a frente e para baixo até eu perder o equilíbrio e cambalear para a frente. Nossos rostos estão a um centímetro de distância.

Constrangida, ergo o olhar.

– Foi bonitinho – ele fala, achando graça enquanto me solta. – Tente outra vez.

E eu tento.

Warner bloqueia meu soco com as costas da mão, acertando a área interna do meu punho, tombando meu braço para o lado.

Tento mais uma vez.

Ele usa a mesma mão para segurar meu braço no ar e me puxar outra vez para perto. Aproxima-se.

– Não permita que ninguém segure o seu braço assim – aconselha. – Porque, uma vez que a peguem assim, serão capazes de controlá-la.

E, como se para provar o que quer dizer, usa sua mão em meu braço para me puxar e me empurrar para trás. Com força.

Não com excesso de força, mas com força, mesmo assim.

Estou começando a ficar irritada, e Warner percebe.

Sorri.

– Você quer mesmo que eu o machuque? – pergunto, olhos estreitando.

– Não acho que você seja capaz – retruca.

– Você é muito convencido, sabia?

– Prove que estou errado. – Ele arqueia uma sobrancelha para mim. – Por favor.

Eu ataco.

Ele bloqueia.

Eu ataco outra vez.

Ele bloqueia.

Seus antebraços são feitos de *aço*.

– Pensei que estivéssemos falando em socar – argumento, esfregando as mãos nos braços. – Por que você não para de atingir meus antebraços?

– Seu punho não transmite a sua força – explica. – É só uma ferramenta.

Ataco outra vez, parando no último segundo, perdendo a confiança.

Ele segura o meu braço e o solta.

– Se vai hesitar, faça de propósito – fala. – Se vai ferir alguém, fira de propósito. Se vai perder uma luta, perca *de propósito*.

– Eu só... Eu não consigo fazer isso do jeito certo – admito. – Minhas mãos estão tremendo e meus braços já começam a doer.

– Veja como eu faço. Observe.

Seus pés estão separados na largura dos ombros, os joelhos ligeiramente dobrados. O punho esquerdo, erguido e para trás, protege a lateral do rosto enquanto o direito lidera, um pouco mais alto e diagonal do esquerdo. Os dois cotovelos firmes, pairando perto do peito.

Ele me ataca lentamente, por isso consigo estudar o movimento.

Seu corpo está tenso, o olhar focado, cada movimento é controlado. A força vem de algum lugar nas profundezas de seu interior; é o tipo de força que surge como consequência de anos de treinamento cuidadoso. Seus músculos sabem se movimentar. Sabem lutar. Seu poder não é um produto de coincidências sobrenaturais.

Os nós dos dedos roçam levemente em meu queixo.

Ele faz parecer tão fácil socar alguém. Eu não tinha ideia de que era tão difícil assim.

– Quer trocar de posição? – pergunta.

– Como assim?

– Se eu tentar dar um soco em você, será que consegue se defender?

– Não.

– Tente – diz para mim. – Tente me bloquear.

– Tudo bem – respondo, mas contra a minha vontade.

Sinto-me idiota e petulante.

Ele se movimenta outra vez, mas lentamente, para me favorecer.

Estapeio seu braço para fora do caminho.

Ele abaixa a mão. Tenta não rir.

– Você é muito pior nisso do que eu pensei que fosse.

Fecho a cara.

— Use os antebraços — ensina. — Bloqueie os meus golpes. Empurre meu braço para fora do caminho e mexa o corpo enquanto faz isso. Lembre-se de movimentar a cabeça quando bloquear. Você quer se afastar do perigo. Não fique parada ou dando tapas.

Faço que sim com a cabeça.

Ele começa a se movimentar.

Bloqueio rápido demais, meu antebraço atingindo seu punho. Forte.

Tremo.

— É bom estar preparada para o que vier — diz com um olhar afiado. — Mas não fique ansiosa demais.

Mais um golpe.

Seguro seu antebraço. Observo-o. Tento empurrar para baixo, como ele fez com o meu, mas Warner simplesmente não se mexe. Nem um pouco. Nem um centímetro. É como puxar um poste de metal enterrado em concreto.

— Essa foi... razoável — diz sorrindo. — Tente outra vez. Foco. — Estuda meus olhos. — Foco, meu amor.

— Eu estou focada — retruco irritada.

— Olhe para os seus pés — diz. — Está apoiando o seu peso na parte da frente dos pés e parece prestes a tropeçar. Fique firme onde está — aconselha. — Mas esteja preparada para se movimentar. Seu peso deve se concentrar nos calcanhares — instrui, dando tapinhas atrás de seu pé.

— Tudo bem — retruco, agora mais nervosa. — Estou apoiando o peso nos calcanhares, não estou mais cambaleando.

Warner me encara. Captura os meus olhos.

— Nunca lute quando estiver com raiva — aconselha baixinho. — A raiva vai deixá-la enfraquecida e atrapalhada. Vai fazê-la perder o foco. Seus instintos vão acabar enganando-a.

Mordo o interior da bochecha. Frustrada e envergonhada.

— Tente outra vez — fala lentamente. — Fique calma. Tenha fé em si. Se não acreditar que é capaz, não será capaz.

Sem graça, concordo com a cabeça. Tento me concentrar.

Comunico que estou pronta.

Warner ataca.

Meu braço esquerdo se dobra na altura do cotovelo em um ângulo de noventa graus perfeito, atingindo seu antebraço com tanta força que o faz ficar paralisado. Minha cabeça saiu do caminho, meus pés viraram-se na direção de seu golpe. Continuo parada, firme.

Warner está achando graça.

Ele ataca com o outro punho.

Seguro seu antebraço no ar, minha mão se fechando logo acima da sua, e aproveito a sua surpresa para deixá-lo sem equilíbrio, para puxar seu braço para baixo e todo o seu corpo para a frente. Warner quase colide comigo. Seu rosto está bem diante do meu.

E pego-me tão surpresa, que, por um momento, nem sei o que fazer. Fico hipnotizada por seu olhar.

— Empurre-me — sussurra.

Aperto a pegada em seu braço antes de empurrá-lo para o outro lado do salão.

Ele voa para trás, recuperando as forças pouco antes de cair no chão.

Fico congelada onde estou. Em choque.

Alguém assobia.

Dou meia-volta.

Kenji está aplaudindo.

– Mandou bem, princesa! – elogia, tentando não rir. – Não sabia que você tinha isso guardado aí dentro de você.

Dou uma risadinha afetada, em parte constrangida, em parte absurdamente orgulhosa de mim.

Observo os olhos de Warner do outro lado do salão. Ele assente com um sorriso enorme no rosto.

– Bom – elogia. – Muito bom. Você aprende rápido. Mas ainda temos muito trabalho a fazer.

Enfim viro o rosto, vislumbrando Adam durante o movimento.

E ele parece irritadíssimo.

Quarenta e cinco

Os dias têm passado voando, como se pipas os levassem para longe.

Agora Warner trabalha comigo todas as manhãs. Depois de sua sessão de malhação e do meu treino com Kenji, ele arruma duas horas para se dedicar a mim. Sete dias por semana.

É um professor extraordinário.

Tão paciente comigo, tão agradável. Nunca fica frustrado nem se chateia com o tempo que demoro para aprender uma coisa nova. Dedica todo o tempo necessário para explicar a lógica por trás de cada detalhe, cada movimento, cada posição. Quer que eu entenda o que estou fazendo em um nível elementar. Busca ter certeza de que estou internalizando as informações e reproduzindo tudo por minha própria conta, e não apenas imitando seus movimentos.

Enfim estou aprendendo a ser forte das mais diversas maneiras.

É estranho. Em momento algum imaginei que saber desferir um golpe pudesse fazer tanta diferença, mas o simples fato de eu saber me defender me deixou muitíssimo mais confiante.

Estou muito mais consciente de mim mesma agora.

Ando por aí sentindo a força em meus membros. Sou capaz de citar músculos específicos do meu corpo, sei exatamente como usá-los – e também percebo se abusei deles, se fiz alguma coisa errada. Meus reflexos estão melhorando, meus sentidos estão mais aguçados. Estou começando a entender meus arredores, a antecipar o perigo, a reconhecer as mudanças sutis na linguagem corporal e quais delas indicam raiva e agressão.

E agora projetar é quase fácil demais para mim.

Warner trouxe todo tipo de coisa para eu destruir, só para treinarmos com alvos. Pedaços de madeira e metal, cadeiras e mesas velhas. Blocos de concreto. Qualquer coisa capaz de testar a minha força. Castle usa sua energia para lançar objetos no ar e é minha tarefa destruí-los quando estão do outro lado da sala. Num primeiro momento, é quase impossível. Trata-se de um exercício extremamente intenso, que exige que eu esteja plenamente no controle de mim mesma.

Agora, todavia, é um dos meus jogos favoritos.

Sou capaz de parar e destruir qualquer coisa no ar. A qualquer distância, em qualquer ponto da sala. Só preciso das minhas mãos para controlar a energia. Consigo movimentar meu poder em qualquer direção, focar em objetos pequenos e depois ampliar o escopo para uma massa maior.

Posso movimentar tudo na sala de treinamentos agora. Nada mais é difícil.

Kenji pensa que preciso de um novo desafio.

— Quero levá-la lá para fora — ele diz. Fala tão casualmente com Warner e, para mim, ainda é estranho ver isso. — Acho que ela precisa começar a experimentar com mais materiais naturais. Aqui dentro nós acabamos ficando limitados demais.

Warner olha para mim.

— O que você acha?

— Vai ser seguro? — questiono.

— Bem, não importa muito, importa? Daqui a uma semana, todos nós estaremos nos expondo, de um jeito ou de outro.

— Tem razão.

Tento sorrir.

Adam tem andado incomumente quieto nas últimas semanas.

Não sei se é porque Kenji conversou com ele e disse para tomar cuidado ou se ele realmente se resignou a essa situação. Talvez tenha percebido que não existe nada romântico rolando entre mim e Warner. O que ao mesmo tempo me agrada e me desaponta.

Warner e eu parecemos ter chegado a algum tipo de entendimento mútuo. Uma relação civil, estranhamente formal, que se equilibra precariamente entre amizade e alguma outra coisa que nunca foi definida.

Não posso dizer que gosto dessa situação.

Contudo, Adam não interfere quando James conversa com Warner, e Kenji me contou que as coisas seguem assim porque Adam não quer traumatizar James e dar motivos para o garoto sentir medo de viver aqui.

O que significa que James conversa constantemente com Warner.

James é um menino curioso e Warner é tão reservado que, obviamente, acaba se transformando no alvo mais óbvio para suas perguntas. As conversas dos dois são sempre divertidas para nós. James não tem filtros e é mais corajoso do que qualquer um seria conversando com Warner.

Para dizer a verdade, é meio bonitinho.

Fora isso, todo mundo vem progredindo bem. Brendan e Winston estão perfeitos novamente, Castle está mais energizado a cada dia e Lily é uma garota meio autossuficiente que não precisa de muita coisa para se distrair – embora ela e Ian aparentemente encontraram conforto na presença um do outro.

Imagino que faça sentido esse tipo de isolamento unir as pessoas.

Como Adam e Alia.

Ele tem passado muitas horas diárias com ela ultimamente, e eu não sei o que isso significa. Pode não ser nada além de amizade, mas, na maior parte do tempo, fico na sala de treinamento e o vejo sentado ao lado dela, assistindo enquanto ela faz seus esboços, vez ou outra lançando uma pergunta.

Ela sempre acaba enrubescendo.

De certo modo, Alia lembra muito o tipo de garota que eu fui no passado.

Adoro Alia, mas às vezes a fico observando e me pergunto se era isso que Adam sempre quis. Uma garota doce, silenciosa, bondosa. Alguém capaz de compensar toda a dureza que ele já testemunhou na vida. Ele me falou isso uma vez, eu lembro. Disse que amava essa minha característica. Que eu era tão boa. Tão doce. Que eu era a única coisa boa que ainda existia neste mundo.

Acho que eu sempre soube que não era verdade.

Talvez ele também esteja começando a ver.

Quarenta e seis

— Preciso visitar a minha mãe hoje.

Essas são as palavras que iniciam a nossa manhã.

Warner acabou de entrar em seu escritório. Seus cabelos formam uma bagunça dourada em volta da cabeça, os olhos tão verdes e tão simultaneamente transparentes a ponto de desafiar qualquer tentativa de descrição. Não se importou em abotoar a camisa amarrotada; a calça está sem cinto e dependurada abaixo da cintura. Parece completamente desorientado. Acho que não dormiu a noite toda e quero tão desesperadamente saber o que está acontecendo em sua vida, mas sei que não me sinto à vontade para perguntar. Ainda pior, sei que, mesmo que eu perguntasse, ele não me contaria.

Não existe mais nenhum nível de intimidade entre nós.

Tudo se desenvolvia tão rapidamente entre a gente e, de repente, parou de vez. Todos aqueles pensamentos e sentimentos e emoções ficaram congelados. E agora tenho tanto medo de fazer o movimento errado e tudo estilhaçar.

Mas sinto saudades dele.

Ele fica parado à minha frente todos os dias, e eu treino com ele e trabalho com ele como um colega, mas isso não é mais suficiente para mim. Sinto falta das nossas conversas tranquilas, de seu sorriso aberto, daquele jeito que ele sempre olhava nos meus olhos.

Sinto sua falta.

É preciso conversar com ele, mas não sei como, quando nem o que dizer.

Covarde.

— Por que hoje? — arrisco perguntar. — Aconteceu alguma coisa?

Warner passa um bom tempo sem dizer nada, só olhando para a parede.

— Hoje é o aniversário dela.

— Ah — sussurro de coração partido.

— Você queria treinar ao ar livre — ele fala, ainda olhando direto para a frente. — Com Kenji. Posso levá-los comigo quando eu sair, contanto que ele prometa mantê-la invisível. Posso deixá-los em algum ponto do território não regulado e pegá-los quando eu voltar. Tudo bem para você?

— Sim.

Ele não fala nada, mas seus olhos são selvagens e desfocados. Concentrados na parede como se pudesse haver uma janela ali.

— Aaron?

— Sim, meu amor.

— Você está com medo?

Ele respira com dureza. Expira lentamente.

— Eu nunca sei o que esperar quando a visito — admite baixinho. — Ela está sempre diferente, toda vez diferente. Em algumas ocasiões, tão dopada que nem se mexe. Em outras, seus olhos estão abertos e ela só fica olhando para o teto. E tem dias que está completamente histérica.

Meu coração se retorce.

— Mas é bom você visitá-la mesmo assim. Sabe disso, não sabe?

— É bom? — Ele dá uma risada estranha, nervosa. — Às vezes, não tenho tanta certeza disso.

— Sim, é bom, sim.

— Como você sabe?

Agora ele olha para mim como se quase sentisse medo de ouvir a resposta.

— Porque, se sua mãe perceber, mesmo que por apenas um segundo, que você está ao lado dela, você terá dado um presente extraordinário a ela. Sua mãe não está completamente inconsciente. Ela sabe. Mesmo que não saiba o tempo todo e mesmo se ela não conseguir demonstrar, sua mãe sabe que você está lá. E sei que isso deve significar muito para ela.

Ele inspira outra vez um ar trêmulo. Agora está olhando para o teto.

— Suas palavras são muito bonitas.

— Estou falando com sinceridade.

— Eu sei — afirma. — Sei que está.

Olho um pouquinho mais para ele e me pergunto se existe um momento adequado para fazer perguntas sobre sua mãe. Só tem uma coisa que sempre quis perguntar. Então pergunto.

— Ela deu esse anel para você, não foi?

Warner fica paralisado. Acho que daqui consigo ouvir seu coração acelerando.

— O quê?

Vou andando até ele para segurar sua mão esquerda.

– Este aqui – digo, apontando para o anel de jade que sempre usa no dedinho. Nunca tira. Nem para tomar banho. Nem para dormir. Nem nunca.

Ele assente, tão, tão lentamente.

– Mas… Você não gosta de falar disso – digo, lembrando-me da última vez em que lhe perguntei sobre esse anel.

Conto exatamente dez segundos antes de ele falar outra vez:

– Eu nunca tive autorização para receber presentes – conta bem baixinho. – De ninguém. Meu pai odiava a ideia de presentes. Odiava festas de aniversário e dias festivos. Nunca deixou ninguém me dar nada, em especial proibia a minha mãe de me presentear. Dizia que aceitar presentes me tornaria fraco. Pensava que eles me estimulariam a aceitar caridade de outras pessoas. Mas, certo dia, estávamos escondidos. Minha mãe e eu. – Seus olhos apontam para cima, ficam distantes, perdidos em outro lugar. É como se simplesmente não estivesse falando comigo. – Era o meu aniversário de seis anos e ela estava tentando me esconder, porque sabia o que ele queria fazer comigo. – Pisca os olhos. Sua voz se transforma em um sussurro parcialmente desprovido de emoções. – Lembro que as mãos dela tremiam. Lembro porque eu não parava de olhar suas mãos. Porque ela segurava a minha junto a seu peito. E ela estava usando este anel. – Fica em silêncio, mergulhando nas lembranças. – Eu nunca na vida vi muitas joias. Não sabia o que exatamente era isso. Mas ela me viu olhando e quis me distrair. Ela queria me manter entretido.

Meu estômago ameaça revirar. Warner continua:

— Então, contou-me uma história. A história de um garoto que nasceu com olhos muito verdes e do homem tão hipnotizado pela cor daqueles olhos a ponto de buscar ao redor do mundo uma pedra exatamente da mesma cor. — Sua voz começa a falhar, a se transformar em sussurros tão baixinhos que quase nem consigo ouvi-lo. — Ela falou que eu era esse garoto. Que esse anel era feito com aquela pedra e que o homem havia lhe entregado esse anel na esperança de que um dia ela o desse para mim. Era um presente dele, ela falou, de aniversário para mim. — Warner hesita. Respira. — Aí ela tirou o anel, colocou no meu indicador e falou: *Se você esconder o seu coração, ele nunca vai conseguir tomá-lo de você.*

Warner olha para a parede.

— Foi o único presente que eu ganhei na vida – conclui.

Minhas lágrimas se recolhem, queimando, chamuscando ao descerem pela garganta.

Quarenta e sete

Eu me sinto estranha, o dia todo.

Distante, de certo modo. Kenji está contente com a oportunidade de deixar a base, animado para treinar a minha força em novos lugares, e todos os demais estão com inveja porque nós vamos poder sair. Portanto, eu deveria me sentir feliz, estar ansiosa.

Mesmo assim, eu me sinto estranha.

Minha cabeça está em um lugar esquisito, e acho que é porque ainda não consegui afastar da mente a história de Warner. Warner quando criança, uma criança aterrorizada.

Ninguém sabe aonde ele vai hoje. Ninguém sabe por que esse assunto é tão denso e profundo. E ele não faz nada que entregue como está realmente se sentindo. Mantém-se calmo como sempre, controlado, cuidadoso em suas palavras e ações.

Kenji e eu vamos encontrá-lo outra vez em apenas um instante.

Estamos passando pela porta da parede das armas e finalmente sou capaz de ver, em primeira mão, como Warner as trouxe aqui para dentro. Estamos atravessando um campo de tiros.

Tem estações de armas e cubículos com alvos a dezenas de metros de distância e, neste exato momento, todo o lugar está deserto. Essa deve ser outra das áreas de treinamento de Warner.

Avisto uma porta aberta ao final da passagem e Kenji a abre. Ele simplesmente não precisa mais tocar em mim para me manter invisível. E é tão mais conveniente assim. Podemos nos movimentar livremente, contanto que eu permaneça a quinze metros de distância dele, o que nos dá a flexibilidade necessária para conseguirmos trabalhar ao ar livre hoje.

Agora já passamos pela porta.

Encontramo-nos parados em uma enorme área de armazenamento.

O espaço tem pelo menos cento e cinquenta metros de um lado a outro, talvez o dobro de altura. Em toda a minha vida, nunca vi tantas caixas. Não tenho ideia do que elas guardam, nem tempo para ficar pensando nisso.

Kenji está me puxando pelo labirinto.

Passamos do lado de caixas de todos os mais diferentes tamanhos, tomamos cuidado para não tropeçar nos fios elétricos e no maquinário usado para movimentar os itens mais pesados. Há fileiras e fileiras e mais fileiras divididas em ainda mais fileiras, guardando tudo em seções muito organizadas. Percebo que há etiquetas em todas as prateleiras e corredores, mas não consigo chegar perto o bastante para ser capaz de ler.

Quando finalmente chegamos ao final da área de armazenamento, deparamo-nos com duas portas enormes, de quinze metros, que levam à saída. Aqui claramente é uma área de carregamento para navios e tanques. Kenji me pega pelo braço e me mantém bem perto enquanto passamos por vários seguranças parados perto da saída.

INCENDEIA-ME

Vamos passando por entre os caminhões estacionados até finalmente chegarmos ao ponto de encontro, onde devemos encontrar Warner.

Quisera eu que Kenji estivesse por perto para me tornar invisível na primeira vez que tentei entrar e sair da base. Teria sido muito legal simplesmente andar como um ser humano em vez de ser levada em um carrinho pelos corredores, tremendo e pulando e me agarrando às pernas daquela mesa com rodinhas.

Warner está encostado em um tanque.

As duas portas do veículo permanecem abertas, e ele olha em volta como se estivesse simplesmente avaliando o trabalho realizado nas unidades de carregamento.

Sem que nossa presença seja percebida, entramos desajeitadamente pelo lado do passageiro.

E aí Warner sobe do outro lado. Começa a manobrar.

Ainda estamos invisíveis.

– Como você soube que estávamos aqui? – Kenji pergunta imediatamente. – Você, tipo, também tem a habilidade de enxergar pessoas invisíveis?

– Não – Warner responde, olhos focados à frente. – Eu consigo sentir a presença de vocês. Na verdade, mais fortemente a presença dela.

– Sério? Que porra mais louca, cara! – Kenji exclama. – Que sensação eu transmito? Pasta de amendoim?

Warner não acha graça.

Kenji raspa a garganta. E arrisca:

– J, acho que devia trocar de lugar comigo.

– Por quê?

— Parece que seu namorado está tocando na minha perna.

— Esse aí adora se autoelogiar – Warner responde.

— Troque de lugar comigo, J. Ele está me fazendo sentir arrepio e tudo o mais, como se estivesse a fim de me esfaquear.

— Está bem – respondo bufando.

Tento passar por cima dele, mas é difícil – afinal, não consigo ver o meu corpo nem o dele.

— Ai... cacete... você quase chutou o meu rosto...

— Foi mal – respondo, tentando passar por cima de seus joelhos.

— Vá logo – ele ordena. – Deus, quanto você pesa...?

Ele se mexe bruscamente, saindo de debaixo de mim e me empurrando para me fazer sair.

Caio de cara no colo de Warner.

Ouço-o inspirar rápida e duramente, e me ajeito, totalmente enrubescida, e de repente me pego aliviada porque ninguém consegue me ver agora.

Quero dar um soco bem no nariz de Kenji.

Depois disso, ninguém fala muito.

Conforme nos aproximamos do território não regulado, o cenário começa a mudar. As estradas simples, sem sinalização e semipavimentadas abrem espaço para as ruas de nosso velho mundo. As casas são pintadas em tons que certa vez prometeram ser coloridos e as vias são ladeadas por calçadas que devem ter, em outros tempos, levado crianças das escolas em segurança até suas casas. Casas que agora estão desmoronando, por sinal.

Tudo é decadente, dilapidado. As janelas são lacradas com tábuas. Os jardins são tomados por mato congelado. O inverno fica claro no ar e lança um tom acinzentado sobre tudo de um jeito que diz que tudo isso pode ser diferente em outra estação. Vai saber.

Warner estaciona o tanque.

Sai do veículo e dá a volta para se aproximar da nossa porta – para que, caso tenha alguém aqui, ele pareça estar abrindo por algum motivo específico para verificar o interior, examinar um problema.

Não importa.

Kenji sai primeiro, e Warner parece perceber que ele já está lá fora.

Estendo a mão para segurar a de Warner, pois sei que ele não consegue me ver. Seus dedos imediatamente agarram os meus. Seu olhar se concentra no chão.

– Vai dar tudo certo – digo a ele. – Está bem?

– Sim – responde. – Sei que você tem razão.

Eu hesito.

– Você volta logo?

– Sim – sussurra em resposta. – Volto para buscá-la daqui a exatamente duas horas. Isso será tempo suficiente?

– Sim.

– Ótimo. Encontro você aqui, então. Exatamente neste local.

– Combinado.

Ele passa um instante sem dizer nada. Depois:

– Combinado.

Aperto sua mão.

Ele sorri para o chão.

Eu me levanto e Warner se mexe para o lado, abrindo espaço para eu passar. Em meus movimentos, acabo tocando nele, mas bem rapidamente. Só como um lembrete. De que estou aqui se ele precisar de mim.

Warner treme, assustado, e dá um passo para trás.

Depois, entra outra vez no tanque e vai embora.

Quarenta e oito

Warner está atrasado.

Kenji e eu tivemos uma sessão quase bem-sucedida, composta sobretudo por nós dois discutindo sobre onde estávamos e para o que estávamos olhando. Vamos ter que definir sinais muito melhores da próxima vez, porque tentar coordenar uma sessão de treinamento envolvendo duas pessoas invisíveis é muito mais difícil do que parece. O que diz muita coisa.

Agora estamos cansados e ligeiramente desapontados depois de realizarmos pouco progresso, parados exatamente no mesmo lugar onde Warner nos deixou.

Warner, que está atrasado.

Isso é incomum por mais de um motivo. O primeiro deles é que Warner nunca se atrasa. Nunca, para nada. E o segundo é que, se ele fosse se atrasar, definitivamente não seria para algo desse tipo. A situação é arriscada demais para qualquer um agir de modo casual. Ele não faria isso. Sei que não faria.

Então fico andando de um lado a outro.

– Certamente está tudo bem – Kenji me diz. – Ele só deve ter se envolvido demais com o que quer que estivesse fazendo. Você sabe, comanderando e essa merda toda.

— *Comanderando* nem é uma palavra que existe.

— *Comanderando* tem letras, não tem? Para mim, parece ser uma palavra.

Estou nervosa demais para jogar conversa fora.

Kenji suspira. Ouço-o bater os pés para tentar se aquecer.

— Ele logo vai chegar.

— Não estou me sentindo legal, Kenji.

— Eu também não. Estou morrendo de fome — é sua resposta.

— Warner não estaria atrasado. Ele não é de se atrasar.

— Como você sabe? — Kenji retruca. — Há quanto tempo exatamente você o conhece? Cinco meses? E acredita que o conhece tão bem assim? Talvez ele esteja em algum clube de jazz escondido por aí, onde canta *a capella* e usa coletes brilhosos e espalhafatosos e acha legal dançar cancã.

— Warner jamais usaria coletes brilhosos e espalhafatosos — alfineto.

— Mas acho que ele toparia dançar cancã.

— Kenji, eu amo você, de verdade, mas estou tão ansiosa agora e com tanto enjoo que, quanto mais ouço a sua voz, mais sinto vontade de matar você.

— Pare de me falar coisas sensuais, J.

Irritada, bufo. Deus, estou tão preocupada.

— Que horas são?

— Duas e quarenta e cinco.

— Isso não está nada certo. Acho melhor irmos atrás dele.

— Mas nem sabemos onde ele está.

— Eu sei — respondo. — Eu sei onde ele está.

– *O quê?!* Como assim?

– Você se lembra de onde encontramos Anderson a primeira vez? – pergunto. – Lembra o caminho até a rua Sycamore.

– Sim... – Kenji responde bem devagar. – Por quê?

– Ele está umas duas ruas para baixo daquele lugar.

– Hum... Que história é essa? O que Warner está fazendo lá?

– Você vai comigo? – pergunto toda tensa. – Por favor? Agora?

– Está bem – Kenji concorda, embora não soe nada convencido. – Mas só porque fiquei curioso. E porque está frio pra caramba aqui e eu preciso movimentar as pernas para não morrer congelado.

– Obrigada – respondo. – Onde você está?

Seguimos os sons das vozes um do outro até nos trombarmos. Kenji entrelaça seu braço ao meu. E ficamos bem juntinhos para nos protegermos do frio.

Ele vai guiando o caminho.

Quarenta e nove

A casa azul-cerúleo. Aquela na qual acordei. Aquela na qual Warner viveu. Aquela na qual sua mãe fica guardada. Estamos parados diante dessa casa e ela tem exatamente a mesma aparência das duas vezes em que estive aqui. Linda e aterrorizante. Sinos dos ventos chicoteiam de um lado a outro.

– Por que diabos Warner estaria aqui? – Kenji quer saber. – O que é este lugar?

– Para dizer a verdade, não posso contar – respondo.

– Por que não?

– Porque não é um segredo meu, é de outra pessoa.

Kenji fica em silêncio por um instante.

– Então, o que você quer que eu faça?

– Pode esperar aqui? – pergunto. – E eu vou permanecer invisível se eu entrar? Ou estarei fora do alcance do seu poder?

Kenji suspira.

– Eu não sei. Sem dúvida você pode tentar. Nunca experimentei fazer isso estando do lado de fora de uma casa. – Hesita. – Mas, se for entrar sem mim, será que pode se apressar? O meu rabo já está congelando aqui fora.

— Sim. Prometo que serei breve. Só quero dar uma olhada para saber se ele está bem... Ou se pelo menos está aqui. Porque, se não estiver ali dentro, pode ser que esteja nos esperando no ponto de encontro.

— E tudo isso terá sido uma enorme perda de tempo.

— Eu sinto muito – respondo. – Eu sinto mesmo, de verdade. Mas eu preciso muito verificar.

— Então vá – ele responde. – Vá e volte logo.

— Está bem – sussurro. – Obrigada.

Eu me afasto e vou subindo as escadas que levam à pequena varanda. Testo a fechadura. Destrancada. Viro a maçaneta, abro a porta, entro.

Foi aqui que tomei um tiro.

A marca de sangue no chão, onde fiquei caída, já foi limpa. Ou talvez o tapete tenha sido trocado. Não sei ao certo. De todo modo, as memórias ainda me cercam. Não consigo entrar nesta casa sem sentir meu estômago revirando. Tudo aqui é errado. Tudo é tão errado. Tão fora de lugar.

Alguma coisa aconteceu.

Posso sentir.

Tomo o cuidado de fechar silenciosamente a porta ao passar. Vou subindo atentamente as escadas, lembrando que as tábuas rangiam quando fui capturada e trazida para cá; consigo desviar das partes mais barulhentas. O restante, por sorte, soa como se pudesse ser o vento.

Chego ao andar superior; conto três portas. Três cômodos.

À esquerda: o antigo quarto de Warner. Aquele no qual acordei.

No meio: o banheiro. Aquele no qual tomei banho.

Do outro lado do corredor, bem à direita: o quarto da mãe de Warner. O quarto que estou procurando.

Sinto o coração acelerar no peito.

Mal consigo respirar conforme vou me aproximando na ponta dos pés. Não sei o que espero encontrar. Não sei o que espero obter como resultado dessa visita. Não tenho nem ideia de se Warner ainda está aqui.

E não tenho ideia de como será ver sua mãe.

Mas alguma coisa vai me empurrando para a frente, forçando-me a abrir a porta e verificar. Preciso saber. Eu preciso muito saber. Se eu não descobrir, minha mente não vai descansar.

Por isso sigo andando bem devagarinho. Respiro fundo várias vezes. Levo a mão à maçaneta e viro muito lentamente, sem sequer me dar conta de que perdi a invisibilidade. Só percebo quando meus pés cruzam o limite do batente.

Imediatamente entro em pânico, meu cérebro começa a calcular planos de contingência e, embora por um instante eu considere a ideia de dar meia-volta e sair correndo pela porta, meus olhos já absorveram o que existe neste cômodo.

E sei que não posso virar as costas agora.

Cinquenta

Tem uma cama aqui.

Uma cama de solteiro. Cercada por aparelhos, equipamentos, garrafas e penicos novinhos. Pilhas de lençóis e de cobertores, as estantes de livros mais lindas do mundo, almofadas bordadas e bichinhos de pelúcia adoráveis empilhados por todos os cantos. Há flores recém-colhidas em cinco vasos diferentes, paredes pintadas de cores vivas e uma escrivaninha bem pequena no outro canto, com cadeira combinando, um vaso com uma planta e um conjunto de pincéis, e tem imagens emolduradas em todos os lugares. Nas paredes, na mesa, no criado-mudo.

Uma mulher loira. Um menino loiro. Juntos.

Eles nunca envelhecem, eu percebo. As fotografias nunca passam de um certo ano. Eles nunca mostram a evolução na vida dessa criança. O menino nas fotografias é sempre jovem e está sempre assustado e segurando com força a mão da mulher ao seu lado.

Mas essa mulher não está aqui. Sua enfermeira, tampouco.

Os aparelhos estão desligados.

A cama está vazia.

Warner, caído em um dos cantos.

Está com o corpo curvado, joelhos perto do peito, braços envolvendo as pernas, cabeça enterrada nos braços. E tremendo.

Tremores que fazem todo o seu corpo sacudir.

Eu nunca, nunca antes o vi parecendo uma criança. Nunca, nem uma vez sequer, em todo o tempo que o conheço. Mas agora ele parece um menininho. Com medo. Vulnerável. Todo solitário.

Não preciso de muito para entender o motivo.

Caio de joelhos bem diante dele. Sei que deve ser capaz de sentir a minha presença, mas não sei se quer me ver agora. Não sei como vai reagir se eu estender a mão para ele.

Mas preciso tentar.

Toco seus braços, muito cuidadosamente. Deslizo a mão por suas costas, ombros. E aí me atrevo a abraçá-lo até ele lentamente ir se abrindo, se desdobrando diante de mim.

Levanta a cabeça.

Seus olhos têm um contorno vermelho e um tom assustador, impressionante; brilham sem restringir praticamente nenhuma emoção. Seu rosto é a fotografia de muita, muita dor.

Quase não consigo respirar.

E, nesse momento, um terremoto atinge o meu planeta, fazendo-o rachar bem no meio. E eu acho que aqui, dentro de Warner, existem mais sentimentos do que uma pessoa jamais seria capaz de conter.

Tento abraçá-lo mais apertado, mas ele passa os braços na altura do meu quadril, solta a cabeça no meu colo. Instintivamente, curvo-me sobre ele, protegendo seu corpo com o meu.

Pressiono minha maçã do rosto à sua testa. Dou um beijo em sua têmpora.

E aí ele se desfaz.

Tremendo violentamente, estilhaçando-se em meus braços, um milhão de pedaços afogados que tanto tento manter unidos. E, nesse momento, prometo a mim que vou abraçá-lo para sempre, bem assim, até toda dor, tortura e sofrimento desaparecerem, até ele me dar uma chance de viver o tipo de vida na qual ninguém possa feri-lo tão profundamente assim outra vez.

E nós somos aspas invertidas e de cabeça para baixo, agarrando-se uma à outra ao final desta oração. Presas a vidas que não escolhemos.

É hora, penso eu, *de nos libertarmos.*

Cinquenta e um

Quando voltamos, Kenji está esperando no tanque. Conseguiu encontrar o veículo.

Encontra-se sentado do lado do passageiro, com a invisibilidade desativada, e não diz uma única palavra ao notar que Warner e eu entramos.

Tento olhar em seus olhos, já preparada para inventar alguma história louca para justificar por que levei uma hora para tirar Warner da casa. Mas Kenji olha para mim. Olha de verdade para mim.

E eu fecho a boca para sempre.

Warner não diz uma única palavra. Sequer faz barulho para respirar. E, quando voltamos à base, ele permite que Kenji e eu saiamos do tanque, invisíveis, e ainda assim não diz nada. Nem para mim. Assim que estamos fora do veículo, ele fecha a porta e entra outra vez.

Estou vendo-o dirigir novamente quando Kenji passa seu braço em volta do meu.

Voltamos, sem problemas, ao galpão de armazenagem. Atravessamos a área de tiros sem nenhuma dificuldade. Contudo, pouco antes de chegarmos à porta da área de treinamento de Warner, Kenji me puxa para o lado.

— Eu a segui lá dentro – diz sem rodeios. – Você demorou demais e fiquei preocupado, então fui procurá-la. – Uma pausa. Uma pausa pesada. – Eu vi vocês – fala baixinho. – Naquele quarto.

Não pela primeira vez hoje, fico contente por Kenji não conseguir enxergar meu rosto.

— Entendi – sussurro, sem saber o que mais dizer.

Sem saber o que Kenji vai fazer com essa informação.

— Eu só… – Ele respira fundo. – Só fiquei confuso, entende? Não preciso saber de todos os detalhes… Já percebi que, seja lá o que estiver acontecendo, não é da minha conta… Mas vocês estão bem? Aconteceu alguma coisa?

Eu expiro. Fecho os olhos para dizer:

— A mãe dele morreu hoje.

— O quê? – Kenji fala, impressionado. – O-o quê… como? A mãe dele estava lá?

— Estava doente há muito tempo – explico, as palavras escapando apressadas pela minha boca. – Anderson a manteve trancada naquela casa, abandonada. Deixou-a lá para morrer. Warner vinha tentando ajudá-la, mas não sabia como. Não podia ser tocada, exatamente como eu não posso tocar em ninguém, e a dor daquilo a matava todos os dias. – Agora estou perdendo o controle, incapaz de manter meus sentimentos contidos. – Warner nunca quis me usar como arma. Ele inventou aquilo para ter uma história para contar a seu pai. Ele me encontrou acidentalmente. Porque estava empenhado em encontrar uma cura. Para ajudar *sua mãe*. Aqueles anos todos.

Kenji respira fundo.

— Eu não tinha ideia de nada disso – admite. – Eu nem sabia que ele era tão próximo da mãe.

— Você simplesmente não o conhece – digo sem me importar com o quão desesperada minha voz sai. – Acha que conhece, mas não conhece.

Sinto-me em carne viva, como se tivessem me lixado até os ossos. Kenji fica em silêncio.

— Vamos – chamo. – Preciso de um tempo para respirar. Para pensar.

— Sim – concorda. E expira. – Sim, claro. Sem dúvida.

Viro-me para sair.

— J – Kenji chama e me faz parar, sua mão ainda em meu braço. Eu espero.

— Desculpa. Desculpa, mesmo. Eu não sabia.

Pisco rapidamente outra vez para afastar a queimação em meus olhos. Engulo a emoção cada vez mais pesada em meu peito. – Tudo bem, Kenji. Nem era para você saber.

Cinquenta e dois

Finalmente consigo me recompor tempo suficiente para voltar à área de treinamento. Está ficando tarde, mas não espero encontrar Warner aqui esta noite. Acho que vai querer passar um tempo sozinho.

Estou me mantendo distante de propósito.

Já aguentei o bastante.

Estive tão próxima de matar Anderson uma vez e vou dar um jeito de ter outra chance. Mas agora vou levar a tarefa a cabo.

Da última vez, eu não estava pronta. Não saberia o que fazer nem se o tivesse de fato matado. Eu teria entregado o controle para Castle e assistido em silêncio enquanto outra pessoa tentava consertar o nosso mundo. Mas agora percebo que Castle é a pessoa errada para essa tarefa. É afetuoso demais. Ansioso demais por agradar.

Eu, por outro lado, não tenho preocupação nenhuma.

Não vou me desculpar, vou viver sem arrependimento. Vou enfiar a mão na terra, arrancar a injustiça e destruí-la com as próprias mãos. Quero que Anderson tenha medo de mim e que implore por misericórdia, e quero dizer não, por você, não. Nunca por você.

E estou pouco me lixando se isso não é ter bondade suficiente.

Cinquenta e três

Eu me levanto.

Adam permanece do outro lado da sala, conversando com Winston e Ian. Todos ficam em silêncio quando me aproximo. E, se Adam está pensando ou sentindo algo relacionado a mim, não deixa transparecer.

— Você precisa contar para ele — digo.

— O quê? — Adam se espanta.

— Você precisa contar a verdade para ele — esclareço. — Se não fizer isso, eu mesma farei.

Os olhos de Adam imediatamente se transformam em um oceano frio, congelado e impenetrável.

— Não me provoque, Juliette. Não diga coisas idiotas que a farão se arrepender.

— Você não tem o direito de continuar escondendo dele. Ele não tem ninguém neste mundo, e merece saber.

— Isso *não* é da sua conta — Adam retruca. Vem se aproximando de mim, punhos fechados. — Fique fora desse assunto. Não me force a fazer uma coisa que eu não quero.

— Você realmente está me ameaçando? — pergunto. — Ficou louco?

— Talvez você tenha se esquecido de que sou o único aqui capaz de desligar os seus poderes. Mas eu não esqueci. Você não tem poder nenhum contra mim.

— É claro que tenho poder contra você — rebato. — Meu toque estava te matando quando estávamos juntos...

— Sim, bem, as coisas mudaram muito daqueles tempos para cá.

Ele segura a minha mão e empurra-a com tanta força, que quase caio para trás. Tento me afastar, mas não consigo.

Adam é forte demais.

— Adam, me solte...

— Está sentindo? — indaga, seus olhos tomados por um azul enlouquecido, tempestuoso.

— O quê? — pergunto. — Sentindo o quê?

— Exatamente — ele responde. — Não tem nada aí. Você é vazia. Sem forças, sem fogo, sem superpoder nenhum. Não passa de uma garota incapaz de dar um soco para salvar a própria vida. E eu estou perfeitamente bem, sem nenhum ferimento.

Engulo em seco e observo seu olhar frio.

— Então você conseguiu? Conseguiu controlar? — pergunto.

— É claro que consegui — responde furioso. — Mas você não conseguiu esperar... por mais que eu dissesse que aprenderia a controlar... você não conseguiu esperar, por mais que eu dissesse que estava treinando para podermos ficar juntos...

— Agora não importa mais. — Olho para nossas mãos unidas, sua recusa em me soltar. — A gente acabaria se separando, mais cedo ou mais tarde.

— Isso não é verdade... aqui está a prova! — retruca, erguendo a minha mão. — A gente teria feito dar certo...

— Somos diferentes demais agora. Queremos coisas diferentes. E isto aqui? – digo, assentindo para nossas mãos. – Tudo só serviu para provar que você é extremamente bom em me deixar desligada.

Adam aperta o maxilar.

— Agora solte a minha mão – peço.

— Ei... Será que poderíamos evitar um *show* de horrores esta noite? – A voz de Kenji estoura do outro lado do salão.

Ele começa a se aproximar de nós. Irritadíssimo.

— Fique fora desse assunto – Adam esbraveja com ele.

— Isso se chama *consideração*. Tem outras pessoas vivendo aqui, seu idiota – Kenji fala quando enfim está próximo de nós. Segura o braço de Adam. – Portanto, pare já com isso.

Furioso, Adam quebra o contato.

— Não toque em mim.

Kenji lança um olhar duro para ele.

— Solte ela.

— Quer saber? – Adam arrisca, sua raiva assumindo o controle. – Você é sempre tão obcecado por Juliette... Sempre aparece para defendê-la, sempre se intromete nas nossas conversas... Gosta tanto assim dessa garota? Tudo bem, pode ficar com ela.

O tempo congela à nossa volta.

O cenário está posto:

Adam e seus olhos selvagens, sua raiva, seu rosto vermelho.

Kenji parado perto dele, irritado, ligeiramente confuso.

E eu, com a mão ainda presa na pegada de aço de Adam, seu toque tão rapidamente, tão facilmente me reduzindo a quem eu era quando nos conhecemos.

Estou completamente desempoderada.

Mas aí, em um instante, tudo muda.

Adam segura a mão exposta de Kenji e a empurra na direção da minha mão livre.

Por tempo suficiente.

Cinquenta e quatro

São necessários alguns segundos para nós dois processarmos o que aconteceu antes de Kenji afastar sua mão e, em um momento de perfeita espontaneidade, usá-la para desferir um soco no rosto de Adam.

Agora, todos no salão estão acordados e alertas. Castle imediatamente corre para perto de nós e Ian e Winston, que já estavam próximos, apressam-se para se unirem a ele. Brendan sai correndo do vestiário, com uma toalha em volta do corpo, olhos em busca da fonte da comoção. Lily e Alia saem das bicicletas ergométricas e também se reúnem à nossa volta.

Temos sorte por ser tão tarde assim. James já está dormindo em um canto do salão.

Adam foi lançado para trás pelo soco de Kenji, mas rapidamente recuperou o equilíbrio. Agora respira com dificuldade, esfrega as costas da mão no lábio sujo de sangue. Não se desculpa.

Estou pensando que devo gritar, mas barulho nenhum escapa da minha boca aberta e horrorizada.

– Em nome de Deus, qual é o seu problema? – A voz de Kenji é leve, mas ao mesmo tempo mortalmente dura. Seu punho direito permanece fechado. – Estava tentando me matar?

Adam vira os olhos.

— Eu sabia que não mataria você. Não tão rápido assim. Já senti isso antes. Só queima um pouquinho.

— Controle-se, seu pé no saco — Kenji esbraveja. — Você está agindo como um louco.

Adam não fala nada. Na verdade, dá risada, mostra o dedo do meio e sai a caminho do vestiário.

— Ei... Você está bem? — pergunto a Kenji, tentando vislumbrar sua mão.

— Estou, sim. — Ele suspira, olhando para um Adam cada vez mais distante antes de olhar outra vez para mim. — Mas ele tem um maxilar duro pra caramba.

— E o meu toque? Não feriu você?

Kenji nega com a cabeça.

— Nem. Eu não senti nada. E eu saberia se sentisse. — Quase ri, mas acaba franzindo o cenho. Estremeço com a memória ao me lembrar da última vez em que isso aconteceu. — Acho que Kent estava, de algum modo, desviando o seu poder.

— Não estava, não — sussurro em resposta. — Ele soltou a minha outra mão. Senti a energia voltar para dentro de mim.

Nós dois olhamos para Adam, cada vez mais distante.

Kenji dá de ombros.

— Mas então como...? — começo a questionar.

— Não sei — ele fala de novo. E suspira outra vez. — Acho que só tive sorte. Ouça... — Olha para todos à nossa volta. — Não quero conversar agora, está bem? Vou ali me sentar e ficar um pouco em silêncio. Preciso esfriar a cabeça.

O grupo vai lentamente se desfazendo, todos voltando aonde estava antes.

Mas eu não consigo andar. Criei raízes onde estou.

Sinto minha pele tocar a de Kenji, e não é algo que eu consiga ignorar. Esses momentos de doçura são tão raros na minha vida e simplesmente não consigo deixá-los de lado. Nunca consigo ficar tão perto das pessoas sem que isso provoque sérias consequências. E eu senti o poder em meu corpo. Era para Kenji ter sentido alguma coisa.

Minha mente trabalha agitada, tentando solucionar uma equação impossível enquanto uma teoria louca ganha força dentro de mim, cristalizando-se de um jeito que jamais pensei ser possível.

Passei esse tempo todo treinando para controlar o meu poder, para contê-lo, para concentrá-lo – mas jamais imaginei que pudesse vir a desligá-lo. E não sei por quê.

Adam teve um problema parecido: passou a vida inteira funcionando à base de *electricum*. Mas agora aprendeu a controlar e desligar seu poder quando necessário.

Eu não devia ser capaz de fazer a mesma coisa?

Kenji pode ficar visível e invisível quando quiser – foi uma coisa que ele teve de ensinar a si mesmo depois de treinar por muito tempo, depois de entender como ir de um estado a outro. Lembro-me da história que ele me contou, de quando era pequeno: ele ficava invisível por alguns dias sem saber como voltar a ser visível. Mas em algum momento aprendeu.

Castle, Brendan, Winston, Lily – todos são capazes de ligar e desligar suas habilidades. Castle não movimenta as coisas com o poder da mente por acidente. Brendan não eletrocuta tudo aquilo em que toca. Winston é capaz de enrijecer ou soltar seus membros de acordo com sua vontade. Lily pode olhar normalmente à sua volta, sem tirar fotografias de tudo o que seus olhos veem.

Por que eu sou a única que não tem uma espécie de interruptor?

Minha mente fica sobrecarregada enquanto eu processo as possibilidades. Começo a perceber que nunca *tentei* desligar meu poder porque sempre pensei ser impossível. Sempre parti do pressuposto de que esse era o meu destino nesta vida, uma existência na qual minhas mãos – minha pele – sempre, sempre acabaria me mantendo distante dos outros.

Mas agora?

– Kenji! – grito enquanto vou andando em sua direção.

Ele olha por sobre o ombro, para mim, mas não tem tempo de se virar completamente antes de eu colidir com ele, segurar suas mãos e apertá-las bem forte.

– Não solte – digo a ele, olhos rapidamente se enchendo de lágrimas. – Não solte. Você não precisa soltar.

Kenji está congelado, choque e surpresa estampados no rosto. Olha para as próprias mãos. Olha de volta para mim.

– Você aprendeu a controlar? – pergunta.

Não consigo falar. Faço que sim com a cabeça em resposta, sinto as lágrimas escorrendo por minhas maçãs do rosto.

– Acho que eu tinha isso dentro de mim, contido, esse tempo todo, e não sabia. Nunca arrisquei praticar com ninguém.

– Caramba, princesa – ele fala baixinho, seus olhos brilhando. – Estou tão orgulhoso de você!

Agora todos se reúnem à nossa volta.

Castle me puxa em um abraço intenso. Brendan, Winston, Lily, Ian e Alia pulam em cima dele, todos caindo em cima de mim. Estão vibrando e aplaudindo e balançando a minha mão, e eu nunca antes senti tanto apoio nem tanta força em nosso grupo.

Aí, quando as congratulações terminam e os desejos de boa-noite começam, puxo Kenji de canto para um último abraço.

— Então, agora posso tocar em quem eu quiser.

— Sim, eu sei – responde rindo, arqueando uma sobrancelha.

— Você sabe o que significa isso?

— Está me convidando para sair?

— Você sabe o que isso *significa*, não sabe?

— Porque, de verdade, fico lisonjeado, mas acho que nós dois funcionamos melhor como amigos...

— *Kenji.*

Ele sorri, bagunça os meus cabelos.

— Não. Eu não sei. O que isso significa?

— Significa um milhão de coisas – respondo, parada na ponta dos dedos para olhar bem em seus olhos. – Mas também significa que agora eu nunca mais vou ficar com ninguém por acidente. Posso fazer tudo o que quero agora. Estar com quem eu quero. E a escolha será minha.

Kenji passa um demorado instante olhando para mim. Sorri. Enfim baixa o rosto. Assente.

E diz:

— Faça o que tiver de fazer, J.

Cinquenta e cinco

Quando saio do elevador e entro no escritório de Warner, todas as luzes estão apagadas. Tudo é um oceano nanquim. Preciso de várias tentativas para ajustar meus olhos à escuridão. Vou dando passos cuidadosos pelo escritório, buscando algum sinal de seu dono, mas não encontro nada.

Sigo na direção do quarto.

Warner está sentado na beirada da cama, o casaco jogado no chão, os sapatos deixados de lado. Permanece em silêncio, palmas no colo, olhando para as próprias mãos, como se procurasse alguma coisa que não consegue encontrar.

– Aaron? – sussurro, aproximando-me.

Ele ergue a cabeça, olha para mim.

E alguma coisa em meu interior se estilhaça.

Cada vértebra, cada articulação, os joelhos, o quadril. Sou uma pilha de ossos no chão, e ninguém além de mim sabe disso. Sou um esqueleto arrebentado com um coração batendo.

Expire, digo a mim.

Expire.

– Eu sinto muito – são as primeiras palavras que sussurro.

Ele assente. Fica em pé.

— Obrigado — diz para a parede enquanto vai na direção da porta.

Eu o sigo, atravessando o quarto e chegando ao escritório. Grito seu nome.

Ele para diante de uma mesa de reuniões, agarra as beiradas.

— Por favor, Juliette, hoje não. Eu não consigo...

— Você está certo — enfim admito. — Você sempre esteve certo.

Muito lentamente, ele dá meia-volta.

Estou olhando em seus olhos e de repente petrificada. De repente nervosa, preocupada e tão certa de que vou fazer tudo errado, mas talvez errado seja o jeito certo, porque não consigo mais guardar isso dentro de mim. Há tantas coisas que preciso dizer a ele. Coisas que tenho sido covarde demais para admitir, até para mim mesma.

— Certo com relação a quê?

Seus olhos verdes estão arregalados. Assustados.

Levo meus dedos à frente da boca, ainda com medo de falar.

Faço tantas coisas com esses lábios, penso eu.

Saboreio, toco e beijo, e já os encostei a partes delicadas da pele dele, fiz promessas, contei mentiras e toquei vidas, tudo isso com esses lábios, e as palavras que eles formam, as formas e os sons que produzem ao se curvarem. Mas agora meus lábios desejam tão somente que ele conseguisse ler minha mente, porque a verdade é que eu esperava jamais ter de falar isso, esses pensamentos, em voz alta.

— Eu quero você — digo a ele, minha voz trêmula. — Eu te desejo tanto que me dá medo.

Vejo o movimento em sua garganta, o esforço que ele faz para ficar parado. Seus olhos estão aterrorizados.

– Eu menti para você – admito, palavras tropeçando ao escaparem de mim. – Naquela noite. Quando eu falei que não queria estar com você. Eu menti. Porque você estava certo. Eu fui covarde. Eu não quis admitir a verdade para mim mesma. E eu me sentia tão culpada por preferir você, por querer passar todo o meu tempo com você, mesmo quando tudo estava se desfazendo. Eu fiquei confusa em relação a Adam, confusa em relação a com quem eu devia ficar, e não sabia o que estava fazendo e fui uma idiota. Fui uma idiota, não tive consideração e tentei culpar você, e, ao fazer isso, eu o feri muito. – Tento respirar. – E eu sinto muito, muito mesmo.

– O que... – Warner pisca ferozmente os olhos. Sua voz sai frágil, instável. – O que você está dizendo?

– Eu te amo – sussurro. – Eu te amo exatamente como você é.

Warner olha para mim como se fosse ao mesmo tempo surdo e cego.

– Não – arfa. Uma única palavra, tão, tão breve. Quase sem som algum. Está negando com a cabeça e evitando olhar para mim. Suas mãos estão presas nos cabelos e seu corpo está virado na direção da mesa. Ele diz: – Não. Não, não...

– Aaron...

– Não – repete, afastando-se. – Não, você não sabe o que está falando...

– Eu te amo – digo outra vez para ele. – Eu te amo e te quero, e já te queria naquela época – afirmo. – Eu te queria tanto e ainda quero tanto e quero agora.

Pare.

Pare o tempo.

Pare o mundo.

Pare tudo durante o tempo que ele atravessa o cômodo, segura-me em seus braços e me prende contra a parede, e eu estou girando e parada, nem respirando, mas estou viva tão viva, tão, tão, tão, tão viva e ele está me beijando.

Intensamente, desesperadamente. Suas mãos agarram a minha cintura e ele respira com tanta dificuldade, levanta-me em seus braços e minhas pernas envolvem seu quadril, e ele beija meu pescoço, minha garganta, e me coloca no chão, na beirada da mesa de reuniões.

Ele está com uma mão debaixo do meu pescoço e a outra debaixo da minha blusa, e vai deslizando os dedos por minhas costas. De repente, sua coxa está entre as minhas pernas e sua mão vai deslizando por trás do meu joelho e subindo, mais acima, puxando-me mais para perto, e, quando ele termina o beijo, estou arfando tão agitada, cabeça girando, e tento me segurar junto a ele.

– Levante – ele diz, tentando respirar. – Levante os braços.

Faço o que ele pede.

Ele puxa a minha blusa, puxa-a por sobre a cabeça. E a joga no chão.

– Deite-se – diz para mim, ainda respirando com dificuldade, guiando-me sobre a mesa com as mãos, que deslizam em minhas costas, na lateral do corpo. Warner desabotoa a calça jeans. Abre o zíper. Diz: – Erga o quadril para mim, meu amor. – E prende os dedos ao mesmo tempo na cintura da minha calça e da calcinha.

Puxa-as para baixo.

Fico sem ar.

Estou deitada sobre a mesa dele, usando nada além de sutiã.

E logo o sutiã também vira uma coisa do passado.

Suas mãos estão subindo por minhas pernas e pela parte interior da minha coxa, seus lábios deslizam por meu peito e ele está arrancando de mim o que sobrou da minha compostura e da minha sanidade. Estou ardendo, toda ardente, saboreando cores e sons que eu sequer sabia que existiam. Minha cabeça pressiona a mesa e minhas mãos agarram seus ombros. Ele está quente, quente em todos os lugares, doce e um tanto urgente. Estou tentando não gritar, e ele já vai descendo pelo meu corpo. Já escolheu onde me beijar. Como me beijar.

E não vai parar.

Estou além dos pensamentos racionais. Além das palavras, das ideias compreensíveis. Segundos se misturam e formam minutos. Corações entram em colapso e mãos se desesperam. Eu tropecei em um planeta e de nada mais sei. Não sei de nada porque nada jamais poderá ser comparado a isso. Nada nunca vai ser capaz de capturar como estou me sentindo agora.

Nada mais importa.

Nada além deste momento e da boca de Warner em meu corpo, de suas mãos em minha pele e de seus beijos em lugares só agora descobertos, deixando-me completa e absolutamente louca. Grito e me agarro a ele, morrendo, e, de algum modo, sendo trazida de volta à vida no mesmo instante, no mesmo fôlego.

Ele está de joelhos.

Engulo o gemido preso na garganta pouco antes de ele me erguer e me levar para a cama. Em um instante, está em cima de mim, beijando-me com uma intensidade que me faz perguntar por que nunca morri, peguei fogo nem acordei desse sonho. Está passando as mãos por meu corpo só para levá-las outra vez ao rosto e me beijar uma, duas vezes, e seus dentes mordiscam meu lábio inferior só por um segundo. Estou me agarrando a ele, abraçando seu pescoço, passando a mão por seus cabelos e puxando-o para dentro de mim. Seu sabor é doce. Tão quente e tão doce, e eu não paro de tentar falar seu nome, mas não consigo encontrar tempo nem para respirar, menos ainda pra dizer uma palavra.

Empurro-o um pouco mais longe de mim.

Tiro sua camisa, minhas mãos trêmulas tateiam em busca dos botões e fico tão frustrada, que simplesmente rasgo a peça, fazendo esses botões voarem em todas as direções, e nem tenho a chance de arrancar o tecido de seu corpo quando ele me puxa em seu colo. Faz minhas pernas agarrarem seu quadril e me empurra para trás até o colchão estar debaixo da minha cabeça e seu corpo em cima do meu, e ele acaricia meu rosto, os polegares como dois parênteses em volta da minha boca. Puxa para perto e beija-me, beija-me até me lançar ao precipício e minha cabeça girar no vazio.

É um beijo pesado, inacreditável.

É o tipo de beijo que inspira as estrelas a subirem aos céus e iluminarem o mundo. O tipo que demora para sempre e tempo nenhum. Suas mãos tocam minhas bochechas e ele se afasta só para me olhar nos olhos. Seu peito sobe e desce e ele diz:

– Acho que meu coração vai explodir.

E eu desejo, mais do que nunca, que tivesse a capacidade de capturar momentos assim e revisitá-los para sempre.

Porque isso.

Isso é tudo.

Cinquenta e seis

Warner passou a manhã toda dormindo.

Não acordou para malhar. Não acordou para tomar banho. Não acordou para fazer nada. Simplesmente ficou deitado aqui, de bruços, abraçando um travesseiro.

Estou acordada desde oito da manhã e há duas hora só olhando-o.

Ele costuma acordar às cinco e meia. Às vezes até mais cedo.

Receio que tenha perdido muitos compromissos importantes a essa altura. Não sei se tem reuniões nem lugares específicos para visitar hoje. Não sei se arruinou sua agenda por dormir até tão tarde. Não sei se alguém vai vir verificar como ele está. Não tenho a menor ideia.

Só sei que não quero despertá-lo.

Ficamos acordados até muito tarde ontem à noite.

Passo os dedos por suas costas, ainda confusa pela palavra INCENDEIA tatuada em sua pele, e treino o olhar para ver suas cicatrizes como algo além dos abusos aterrorizantes que ele sofreu a vida toda. Não consigo suportar essa verdade terrível. Abraço seu corpo, descanso a cabeça em suas costas, seguro seus flancos com força.

Dou um beijo em sua espinha. Sinto-o respirar, inspirar e expirar tão tranquilamente. Tão ritmicamente.

Warner se mexe só um pouquinho.

Eu me sento.

Ele rola para o lado, ainda sonolento. Usa as costas de uma das mãos para esfregar os olhos. Pisca várias vezes. E aí me vê.

Sorri.

É um sorriso sonolento, tão sonolento.

Só consigo sorrir em resposta. Sinto como se tivesse sido aberta e preenchida com o brilho do sol. Nunca vi um Warner sonolento antes. Nunca antes acordei em seus braços. Nunca o vi de outro jeito que não fosse desperto e alerta e atento.

Ele parece quase sentir preguiça agora.

É adorável.

– Venha cá – diz, estendendo a mão para mim.

Arrasto-me para o meio de seus braços e o deixo abraçar-me bem apertado. Warner dá um beijo no topo da minha cabeça. Sussurra:

– Bom dia, minha querida.

– Gosto disso – falo baixinho, sorrindo, muito embora ele não consiga ver meu rosto. – Gosto de quando você me chama de querida.

Ele dá risada, seus ombros tremem. Vira-se de costas, estende os braços na lateral do corpo.

Deus, ele fica tão bem sem roupas.

– Eu nunca na vida dormi tão bem – fala baixinho. Sorri, ainda de olhos fechados. Covinhas nas duas bochechas. – E me sinto tão estranho.

— Você dormiu bastante tempo – concordo, entrelaçando nossos dedos.

Ele me olha com apenas um olho aberto.

— Dormi?

Faço que sim.

— É tarde. Já são dez e meia.

Seu corpo enrijece.

— Sério?

Faço que sim outra vez.

— Eu não quis acordar você.

Ele suspira.

— Acho que temos que ir, então. A essa altura, Delalieu já deve ter sofrido um aneurisma.

Uma pausa.

— Aaron – arrisco. – Quem exatamente é Delalieu? Por que ele é tão digno de confiança no meio de tudo isso?

Uma respiração profunda.

— Eu o conheço há muitos, muitos anos.

— Isso é tudo? – pergunto, inclinando-me para olhar em seus olhos. – Ele sabe tanto sobre nós e o que estamos fazendo, que às vezes isso me deixa preocupada. Pensei que você tivesse dito que todos os seus soldados sentiam ódio de você. Não deveria desconfiar? Quem sabe confiar menos nele?

— Sim – fala baixinho. – Acho que sim.

— Mas não desconfia?

Warner me olha nos olhos. Suaviza a voz.

— Ele é o pai da minha mãe, meu amor.

Meu corpo enrijece e, no mesmo instante, vai para trás.

– O quê?

Warner olha para o teto.

– Ele é o seu avô? – Agora estou sentada na cama.

Warner assente.

– Há quanto tempo você sabe?

Não consigo ficar calma diante dessa informação.

– Eu sempre soube, a vida toda. – Warner dá de ombros. – Ele sempre esteve por perto. Conheço seu rosto desde a minha infância. Eu o via na nossa casa, participando das reuniões do Restabelecimento, todas organizadas pelo meu pai.

Estou tão impressionada que nem sei o que dizer.

– Mas… Você o trata como se ele fosse…

– Meu tenente? – Warner alonga o pescoço. – Bem, ele é.

– Mas ele é parte da sua família…

– Ele foi apontado para este setor por meu pai e eu não tinha motivos para acreditar que ele era diferente do homem que me deu metade do meu DNA. Delalieu nunca foi visitar a minha mãe, nunca perguntou sobre ela, nunca mostrou interesse algum nela. Ele levou dezenove anos para ganhar a minha confiança, e só me permiti essa fraqueza porque consegui sentir sua sinceridade com certa regularidade ao longo dos anos. – Warner faz uma pausa. – E, muito embora tenhamos chegado a certo nível de familiaridade, ele nunca reconheceu e jamais reconhecerá que temos uma relação biológica.

– Mas por que não?

– Porque ele é tão meu avô quanto eu sou filho do meu pai.

Passo um bom tempo encarando Warner antes de me dar conta de que é inútil continuar essa conversa. Porque acho que eu entendo. Ele e Delalieu não têm nada além de um respeito peculiar e formal um pelo outro. E o simples fato de terem uma relação de sangue não os torna uma família.

Sei bem como é isso.

— Então agora você tem que ir? — sussurro, arrependida por ter falado de Delalieu.

— Ainda não.

Warner sorri. Acaricia a minha bochecha.

Nós dois passamos um momento em silêncio.

— No que você está pensando? — indago.

Ele chega mais perto, me dá um beijo delicado. Balança a cabeça em um gesto de negação.

Toco a ponta do dedo em seus lábios.

— Tem segredos aqui — respondo. — Quero que eles saiam.

Ele tenta morder o meu dedo.

Puxo-o de volta para perto do meu corpo.

— Por que você tem esse cheiro tão gostoso? — pergunta, ainda sorrindo enquanto evita me responder em que está pensando. Inclina o corpo outra vez para mais perto de mim, deixa beijos suaves por meu maxilar, debaixo do queixo. — Esse cheiro está me deixando louco.

— Eu tenho roubado os seus sabonetes — conto.

Warner arqueia a sobrancelha para mim.

— Desculpa — digo, sentindo-me enrubescer.

— Não se sinta mal por isso — fala, de repente sério. — Pode usar todas as minhas coisas que você quiser. Pode ficar com tudo.

Sou pega com a guarda baixa, vejo-me tão tocada pela sinceridade em sua voz.

— É mesmo? — pergunto. — Porque sim, eu amo o cheiro do sabonete.

Ele então sorri para mim. Seus olhos são perversos.

— O que foi?

Warner nega com a cabeça. Afasta-se. Sai da cama.

— Aaron...

— Eu já volto.

Vejo-o entrar no banheiro. Ouço o barulho da torneira, da água enchendo a banheira.

Meu coração começa a acelerar.

Ele volta ao quarto e eu me agarro aos lençóis, já protestando pelo que acho que está prestes a fazer.

Ele puxa o cobertor. Inclina a cabeça para mim.

— Solte, por favor.

— Não.

— Por que não?

— O que você vai fazer? — pergunto.

— Nada.

— Mentiroso.

— Está tudo bem, meu amor. — Seus olhos me provocam. — Não se sinta constrangida.

— Está claro demais aqui. Apague as luzes.

Ele deixa escapar uma risada escandalosa. Puxa as cobertas pra fora da cama.

Engulo um grito.

– Aaron...

– Você é perfeita – ele diz. – Cada centímetro seu. Perfeito. Não esconda de mim.

– Eu retiro o que disse – respondo em pânico, agarrando um travesseiro junto ao corpo. – Eu não quero o seu sabonete... Eu retiro o que disse...

Mas aí ele puxa o travesseiro dos meus braços, me pega no colo e me leva.

Cinquenta e sete

Minha roupa está pronta.

Warner garantiu que Alia e Winston tivessem todos os itens necessários para criá-la e, embora eu os tenha visto trabalhando no projeto todos os dias, jamais teria imaginado que todos aqueles materiais diferentes acabariam se transformando nisso.

Parece uma pele de cobra.

O tecido é preto e chumbo, mas parece quase dourado sob a luz. As estampas mudam conforme me movimento e é atordoante ver como as costuras parecem convergir e divergir como se nadassem unidas e depois se separassem.

Ela me serve de um jeito que me deixa ao mesmo tempo desconfortável e confiante; é extremamente justa e, num primeiro momento, pareceu dura, mas, assim que passei a movimentar braços e pernas, comecei a entender que a peça esconde sua flexibilidade. Parece estranhamente contraintuitiva. Essa roupa é ainda mais leve do que a que eu tinha antes – parece que simplesmente não estou usando nada. E, ao mesmo tempo, traz a sensação de ser muito mais forte, muito mais resistente. Sinto-me capaz de bloquear um ataque de faca com essa roupa, como se eu pudesse ser arrastada por um quilômetro de asfalto com ela.

Também tenho botas novas.

São muito parecidas com as antigas, mas essas vão até a panturrilha, não só cobrem o tornozelo. São sem salto, flexíveis e silenciosas.

Eu não pedi nenhuma luva.

Estou mexendo minhas mãos expostas, andando pela sala, de um lado a outro, dobrando os joelhos e me familiarizando com a sensação de usar um tipo novo de roupa, que serve a um propósito diferente. Não busco mais esconder a minha pele do mundo. Só estou tentando aprimorar o poder que já tenho.

A sensação é maravilhosa.

— Também são para você — Alia diz, sorrindo e enrubescida. — Pensei que gostaria de ter um conjunto novo.

Estende a mão, segurando réplicas idênticas das peças para os dedos que me fizera antes.

Aquelas perdidas. Em uma batalha perdida.

Essas peças, mais do que qualquer coisa, representam tanto para mim. É uma segunda chance. Uma oportunidade de fazer as coisas do jeito certo.

— Obrigada — eu a agradeço na esperança de que entenda o quanto essa peça significa para mim.

Ajeito o artefato em meus dedos nus, flexionando-os no processo.

Ergo o rosto, olho em volta.

Todos estão me assistindo.

— O que acham? — pergunto.

— Sua roupa parece muito a minha — Kenji franze o cenho. — Era para eu usar a roupa preta. Por que você não usa uma rosa? Ou amarela...?

— Porque não somos a porra dos Power Rangers — Winston retruca, virando os olhos.

— Que diabos é um Power Ranger? — Kenji pergunta.

— Eu achei incrível — James comenta com um sorriso enorme no rosto. — Você está com uma aparência ainda mais legal do que antes.

— Verdade, é incrível — Lily elogia. — Eu adorei.

— É o melhor trabalho que vocês já fizeram, amigos — Brendan diz a Winston e Alia. — De verdade… E essa coisa nos dedos… — Aponta para a as minhas mãos. — São… a cereja do bolo. Brilhante.

— Você está ótima, senhorita Ferrars — Castle me elogia. — Para mim, caiu como uma luva. Perdoe-me pelo trocadilho infame.

Abro um sorriso.

A mão de Warner está em minhas costas. Ele se aproxima e sussurra:

— Será que é fácil tirar essa coisa?

E eu me forço a não olhar para ele e para o sorriso do qual certamente está desfrutando às minhas custas. Detesto o fato de ele ainda ser capaz de me fazer enrubescer.

Meus olhos tentam encontrar um novo foco enquanto deslizam pelo salão.

Adam.

Ele está me olhando, seus traços inesperadamente tranquilos. E, por um instante, por um brevíssimo instante, vislumbro o garoto que eu certa vez conheci. Aquele por quem me apaixonei.

Ele se vira.

Não consigo não desejar que esteja bem, e ele só tem doze horas para se recompor. Porque, esta noite, repassamos o plano pela última vez.

E amanhã… Amanhã tudo começa.

Cinquenta e oito

— Aaron? — eu sussurro.

As luzes estão apagadas. Nós, deitados na cama. Meu corpo se alonga junto ao dele, minha cabeça apoiada em seu peito. Meu olhar aponta para o teto.

Ele está passando a mão pelos meus cabelos, seus dedos ocasionalmente penteando minhas mechas.

— Seu cabelo é como água — sussurra. — Tão fluido. E tão sedoso.

— Aaron.

Ele dá um leve beijo no topo da minha cabeça. Esfrega a mão em meus braços.

— Está com frio? — pergunta.

— Você não pode evitar para sempre.

— Simplesmente não precisamos evitar — responde. — Não há nada a ser evitado.

— Eu só quero ter certeza de que você está bem — admito. — Estou preocupada com você.

Ele ainda não me falou nada sobre sua mãe. Em momento algum disse nada, em todo o tempo em que estivemos no quarto dela, e nunca mais tocou no assunto. Nem fez qualquer alusão. Em momento algum.

Mesmo agora, ele não diz nada.

— Aaron?

— Sim, meu amor.

— Você não vai falar sobre aquele assunto?

Ele fica outra vez em silêncio, agora por tanto tempo, que me pego prestes a me virar para encará-lo. Mas aí...

— Ela não está mais sofrendo — fala com cuidado. — Isso é um grande consolo para mim.

Depois disso, não o forço a dizer mais nada.

— Juliette.

— Sim?

Consigo ouvir sua respiração.

— Obrigado — sussurra. — Por ser minha amiga.

Então eu me viro. Pressiono meu corpo ao dele, sinto meu nariz roçando em seu pescoço.

— Sempre estarei aqui se você precisar de mim — garanto, um tom sombrio respingando em minha voz. — Por favor, lembre-se disso. Lembre-se sempre disso.

Outros segundos mais se afogam na escuridão. Sinto-me quase caindo no sono.

— Isso está mesmo acontecendo? — ouço-o sussurrar.

— O quê?

Pisco os olhos, tento permanecer acordada.

— Você parece tão de verdade — esclarece. — Sua voz parece tão de verdade. Quero tanto que isso seja de verdade.

— Mas é de verdade — respondo. — E as coisas vão melhorar. As coisas vão melhorar muito. Eu garanto.

Ele respira dificultosamente.

– O mais assustador é que, pela primeira vez na vida, eu realmente acredito que elas vão mesmo melhorar – confessa bem baixinho.

– Que bom – digo com doçura, virando meu rosto na direção do seu peito.

Fecho os olhos.

Os braços de Warner deslizam à minha volta, puxando-me para perto.

– Por que está usando tantas roupas assim? – sussurra.

– Hum?

– Não gosto disso aqui – diz antes de puxar as minhas calças.

Encosto meus lábios ao seu pescoço, mas só suavemente. Um beijo leve feito uma pluma.

– Tire-as, então.

Ele empurra as cobertas de lado.

Só tenho um segundo para morder o lábio e evitar tremer antes de ele estar ajoelhado entre as minhas pernas. Warner encontra a cintura da calça e a puxa, arrancando-a, fazendo a peça passar por meu quadril e minhas coxas. Muito lentamente.

Meu coração agora me faz todo tipo de pergunta.

Ele segura minhas calças em um punho fechado e as joga do outro lado do quarto.

E aí seus braços deslizam atrás das minhas costas, puxando-me para junto de seu peito. Suas mãos se mexem debaixo da minha blusa, subindo pela espinha.

Logo minha camisa virou coisa do passado.

Jogada na mesma direção das calças.

Eu tremo, só um pouquinho, e ele me ajeita outra vez nos travesseiros, tomando o cuidado de não me machucar com seu peso. O calor de seu corpo é tão bem-vindo, tão humano. Solto a cabeça para trás. Meus olhos continuam fechados.

Meus lábios se afastam, sem motivo.

– Quero conseguir sentir você – sussurra as palavras ao meu ouvido. – Quero sua pele esfregando na minha. – Sua mão suave desce pelo meu corpo. – Deus, como você é macia – elogia, a voz rouca de emoção.

Está beijando o meu pescoço.

Minha cabeça gira. Tudo fica quente e frio e às vezes ganha vida dentro de mim, e minhas mãos tentam tocar seu peito, buscam algo a que se agarrarem, e meus olhos não conseguem ficar abertos. Só tenho a consciência necessária para sussurrar seu nome.

– Sim, meu amor?

Tento dizer mais, mas minha boca não me escuta.

– Está dormindo agora? – ele pergunta.

Sim, eu acho. Não sei. Sim.

Confirmo com a cabeça.

– Que bom – fala baixinho. Ergue a minha cabeça, afasta os cabelos grudados em meu pescoço para que eu possa soltar mais facilmente a cabeça no travesseiro. Mexe-se de modo que esteja ao meu lado na cama.

– Você precisa dormir mais – diz.

Confirmo outra vez com um gesto, curvando-me de lado. Ele empurra as cobertas em volta dos meus braços.

Beija a curva do meu ombro. Minha escápula. Dá cinco beijos enquanto desce pela espinha, cada um mais doce do que o anterior.

– Estarei aqui todas as noites – sussurra, suas palavras tão suaves, tão torturadas. – Para mantê-la aquecida. Vou beijá-la até você não conseguir mais ficar de olhos abertos.

Minha cabeça está presa em uma nuvem.

Está ouvindo o meu coração?, quero perguntar a ele.

Quero fazer uma lista de todas as suas coisas preferidas e quero estar nessa lista.

Mas estou caindo no sono tão rápido, que já perdi a noção da realidade, e não sei como movimentar a boca. O tempo caiu à minha volta, prendeu-me neste momento.

E Warner continua falando. Tão baixinho, tão docemente. Pensa que estou dormindo. Pensa que não consigo ouvi-lo.

– Você sabia que eu acordo, todas as manhãs, convencido de que você vai embora? – segue sussurrando.

Fique acordada, digo mil vezes a mim mesma. *Fique acordada. Preste atenção.*

– Que tudo isso, todos esses momentos... Que terei a confirmação de que são algum tipo de sonho extraordinário? Mas aí eu ouço a sua voz falando comigo. Vejo o seu jeito de olhar para mim e sinto como é real. Sinto a verdade nas suas emoções e no jeito como você me toca – sussurra, as costas da mão esfregando na minha bochecha.

Meus olhos se abrem. Pisco uma vez, duas vezes.

Seus lábios formam um sorriso discreto.

– Aaron – sussurro.

– Eu te amo – ele diz.

Meu coração não cabe mais no peito.

– Agora tudo me parece tão diferente. Diferente. Tem gosto diferente. Você me trouxe de volta à vida. – Fica em silêncio por um instante. – Eu nunca conheci esse tipo de paz. Nunca conheci esse tipo de conforto. E às vezes sinto medo... – Baixa o olhar. – Medo de o meu amor aterrorizá-la.

Ele ergue o olhar tão lentamente, cílios dourados erguendo-se para revelar mais tristeza e beleza do que já vi antes. Eu não sabia que uma pessoa era capaz de transmitir tanta coisa com apenas um olhar. Existe uma dor extraordinária dentro dele. Uma paixão extraordinária.

Que me deixa sem fôlego.

Seguro seu rosto em minhas mãos e o beijo muito, muito lentamente.

Seus olhos se fecham. Sua boca responde à minha. Seus braços se estendem para me puxar mais para perto, mas eu o impeço.

– Não – sussurro. – Não se mexa.

Ele abaixa as mãos.

– Deite-se – peço baixinho.

Ele se deita.

Beijo cada centímetro de sua pele. As bochechas. O queixo. A ponta do nariz e o espaço entre as sobrancelhas. Toda a sua testa e linha do maxilar. Cada milímetro de seu rosto. Beijos suaves e breves que expressam muito mais do que eu seria capaz de expressar dizer. Quero que ele saiba como eu me sinto. Quero que ele saiba disso do jeito que só ele pode saber, do jeito que ele é capaz de sentir na profundidade das emoções por trás de cada movimento meu. Quero que ele saiba e jamais duvide.

E eu quero levar o tempo que eu precisar.

Minha boca desce por seu pescoço e o faz arfar, sinto o cheiro de sua pele, absorvo seu sabor e desço a mão por seu peito, beijando-o pelo caminho, beijando a linha de seu torso. Ele tenta me tocar, tenta me segurar, e tenho que lhe dizer para parar.

— Por favor — pede. — Eu quero sentir você...

Com cuidado, abaixo seus braços.

— Ainda não. Não agora.

Minhas mãos deslizam por suas calças. Seus olhos abrem bruscamente.

— Feche os olhos — tenho que dizer a ele.

— Não.

Warner mal consegue falar.

— Feche os seus olhos.

Ele nega com a cabeça.

— Tudo bem, então.

Desaboto sua calça. Abro o zíper.

— Juliette — arfa. — O que...

Estou arrancando suas calças.

Warner se senta.

— Deite-se, por favor.

Está me observando com olhos arregalados.

Enfim solta o corpo para trás.

Puxo suas calças, jogo-as no chão.

Ele está de cueca agora.

Passo o dedo pela costura do algodão macio, seguindo as linhas da cueca boxer, chegando à intersecção no centro. Ele respira tão rápido que consigo ouvi-lo, consigo ver seu peito subindo e descendo. Seus olhos estão bem apertados. A cabeça, solta para trás. Os lábios, separados.

Toco-o outra vez, tão cuidadosamente.

Warner engole um gemido, vira o rosto para os travesseiros. Todo o seu corpo está tremendo, suas mãos agarram os lençóis. Passo a mão por suas pernas, agarro sua coxa, logo acima do joelho, e vou subindo, abrindo caminho para os beijos que espalho na parte interna de suas coxas. Meu nariz explora sua pele.

Warner parece sentir dor. Tanta dor.

Encontro a cintura elástica da roupa íntima. Puxo-a para baixo.

Lentamente.

Lentamente.

A tatuagem aparece logo atrás do osso do quadril.

O INFERNO ESTÁ VAZIO
E TODOS OS DEMÔNIOS ESTÃO AQUI

Eu vou beijando as palavras.
Espantando os demônios com meus beijos.
Espantando as dores com meus beijos.

Cinquenta e nove

Estou sentada na beirada da cama, cotovelos apoiados nos joelhos, cabeça solta nas mãos.

– Está pronta? – ele me pergunta.

Ergo o olhar. Fico em pé. Nego com a cabeça.

– Respire, querida. – Ele está diante de mim, passando a mão no meu rosto. Seus olhos brilham intensos, firmes, e cheios de confiança. Em mim. – Você é maravilhosa. É extraordinária.

Tento dar risada, mas sai tudo errado.

Warner solta a testa contra a minha.

– Não há nada a temer. Nada com o que se preocupar. Não sofra por nada neste mundo transitório – aconselha com delicadeza.

Inclino a cabeça para trás, trago uma pergunta no olhar.

– É o único jeito que eu conheço de existir – diz. – Em um mundo onde há tanta dor e tão pouco bem a receber? Eu não sofro por nada. Eu recebo tudo.

Olho em seus olhos durante o que parece ser uma eternidade.

Ele vem pertinho do meu ouvido. Baixa a voz.

– Incendeia, meu amor. Incendeia.

Warner convocou uma reunião.

Diz que é apenas um procedimento de rotina, no qual os soldados devem usar um uniforme-padrão preto.

– E estarão desarmados – Warner me garante.

Kenji e Castle e todos os outros virão para assistir, protegidos pela invisibilidade de Kenji, mas eu sou a única que vai falar hoje. Eu falei que queria liderar. Disse a eles que estava disposta a assumir o primeiro risco.

Portanto, aqui estou.

Warner me acompanha e passamos pela porta de seu quarto.

Os corredores estão abandonados. Os soldados que patrulham a área já foram, já estão reunidos, à espera de sua presença. Começo a realmente me dar conta do que estou prestes a fazer.

Porque, independentemente do resultado de hoje, estou me expondo. É uma mensagem minha pra Anderson. Uma mensagem que sei que ele vai receber.

Eu estou viva.

Vou usar os seus exércitos para ir atrás de você.

E vou matar você.

Alguma coisa nessa situação me deixa absurdamente feliz.

Entramos no elevador e Warner segura a minha mão. Aperto seus dedos. Ele abre um sorriso enorme. E, de repente, estamos saindo do elevador e passando por outra porta, bem no meio de um pátio no qual só estive uma vez até hoje.

Que curioso, eu penso, *voltar aqui em uma posição que não a de cativa. Sem sentir medo. E segurando com força a mão do mesmo garoto loiro que me trouxe aqui antes.*

Como esse mundo é estranho.

Warner hesita antes de aparecer diante de todos. Olha para mim em busca de uma confirmação. Faço que sim. Ele solta a minha mão.

Juntos, damos um passo adiante.

Sessenta

Uma arfada audível dos soldados em pé lá embaixo.

Sem dúvida eles lembram de mim.

Warner puxa uma peça quadrada de metal do bolso e a pressiona contra o lábio, só uma vez, antes de segurá-la na mão fechada. Sua voz é amplificada pela multidão quando ele fala.

— Setor 45 – diz.

Eles se mexem. Erguem o braço direito e apoiam a mão sobre o peito; o punho direito permanece solto na lateral do corpo.

— Vocês receberam a informação, há pouco mais de um mês, de que tínhamos vencido a batalha contra um grupo de resistência denominado Ponto Ômega. Receberam a informação de que acabamos com a base deles e assassinamos seus homens e suas mulheres no campo de batalha. E lhes foi dito para nunca duvidar do poder do Restabelecimento. Somos invencíveis. Insuperáveis em poder militar e controle terrestre. A vocês foi dito que somos o futuro. A única esperança.

Sua voz ecoa pela multidão, seus olhos analisam os semblantes de seus homens.

— E eu espero que não tenham acreditado.

Os soldados ficam olhando, impressionados, enquanto Warner fala. Parecem sentir medo de sair da linha e isso tudo não passar de alguma farsa muito bem elaborada, talvez um teste do Restabelecimento. Não fazem nada, só ficam encarando, já nem ligam para esboçar aquela expressão estoica.

— Juliette Ferrars não está morta. Ela está aqui, bem ao meu lado, apesar das alegações feitas por nosso comandante supremo. Ele de fato atirou no peito dela e a deixou sangrando para morrer. Mas ela conseguiu sobreviver a esse ataque contra sua vida e veio até aqui para fazer-lhes uma oferta.

Pego a peça metálica da mão de Warner e a levo ao lábio, exatamente como ele fez antes. Solto-a em meu punho.

Respiro fundo. E pronuncio cinco palavras:

— Eu quero destruir o Restabelecimento.

Minha voz sai tão alta, tão fortemente projetada pela multidão que, por um instante, chega a me surpreender. Os soldados me observam horrorizados. Choque. Descrença. Espanto. Começam a sussurrar.

— Eu quero guiá-los na batalha — afirmo. — Quero reagir...

Ninguém está mais me ouvindo.

Suas fileiras perfeitamente organizadas já ficaram no passado. Agora convergem em uma única massa, falando, gritando e tentando chegar a uma conclusão entre eles, tentando entender o que está acontecendo.

Não consigo acreditar que perderam a atenção tão rapidamente.

— Não hesite — Warner me aconselha. — Você precisa reagir. *Agora*.

Eu esperava guardar isso para mais tarde.

Neste momento, estamos a apenas cerca de cinco metros do chão, mas Warner me contou que há pisos mais altos, caso eu queira subir. O nível superior guarda caixas de som criadas especificamente para essa área. Tem uma pequena plataforma de manutenção que só é acessada pelos técnicos.

Já estou subindo.

Os soldados estão outra vez distraídos, apontando para mim enquanto subo as escadas. Continuam falando alto uns com os outros. Eu não tinha ideia de que fosse possível que as notícias sobre essa situação já tivessem chegado a civis ou espiões que se reportam ao supremo. Não tenho tempo para me importar agora porque ainda nem terminei de fazer o meu discurso e já os perdi.

Isso não é nada promissor.

Quando finalmente chego ao nível superior, estou a mais ou menos trinta metros do chão. Sou cuidadosa ao subir na plataforma, mas tomo ainda mais cuidado de não passar tempo demais olhando lá para baixo. Quando enfim sinto meus pés firmes, ergo o olhar e o deslizo pela multidão.

Tenho outra vez a atenção deles.

Fecho a mão na redinha metálica do microfone.

– Eu só tenho uma pergunta – digo, minhas palavras saindo fortes e claras, projetadas ao longe. – Nesse tempo todo, o que o Restabelecimento fez por vocês?

Agora eles estão realmente olhando para mim. Ouvindo.

– O Restabelecimento não lhes deu nada além de parcos salários e promessas de um futuro que nunca vai chegar. Dividiu suas famílias e os forçou a viver separados no que sobrou desta terra. Fez nossas crianças passarem fome e destruíram suas casas. Mentiram para vocês várias, várias vezes, forçando-os a aceitar trabalhos no exército para poderem controlá-los. E vocês não têm outra escolha, não têm outra opção. Por isso, lutam na guerra deles e matam seus próprios amigos, só para conseguirem alimentar suas famílias.

Sim, agora eu tenho a atenção deles.

– A pessoa que vocês permitem que lidere esta nação é um covarde. É um homem fraco, com tanto medo que nem mostra o rosto em público. Vive em segredo, esconde-se das pessoas que dependem dele e, ainda assim, ensinou vocês a terem medo. Ensinou-os a se acovardarem quando o nome dele é pronunciado. Talvez vocês ainda não o tenham conhecido. Mas eu conheci. E ele não me impressionou.

Não acredito que ninguém me deu um tiro até agora. Até entendo que, teoricamente, eles estão desarmados. Mas alguém provavelmente tem uma arma. E ninguém atirou em mim até agora.

– Unam-se a mim na resistência – conclamo-os, gritando para a multidão. – Nós somos a maioria e, juntos, podemos vencer. Querem continuar vivendo assim? – pergunto, apontando para os complexos ao longe. – Querem continuar passando fome? Porque eles continuarão mentindo para vocês! Nosso mundo ainda pode ser reparado, ainda pode ser salvo. Podemos ser nosso próprio exército. Podemos permanecer unidos. Unam-se a mim e eu prometo que as coisas vão mudar.

– Como? – ouço alguém gritar. – Como você pode prometer algo assim?

— O Restabelecimento não me intimida – respondo. – E tenho mais força do que vocês talvez imaginem. Tenho o tipo de poder que o comandante supremo é incapaz de enfrentar.

— Nós já sabemos o que você é capaz de fazer – outra pessoa grita. – E isso não a salvou antes!

— Não – retruco, falando a todos eles. – Vocês não sabem o que eu sou capaz de fazer. Não têm ideia do que sou capaz de fazer.

Estendo os braços à minha frente, as mãos apontadas para a multidão. Tento encontrar um ponto bem no centro. E aí me concentro.

Sinta o seu poder, Kenji me falou uma vez. *Ele é parte de você, parte do seu corpo e da sua mente. Esse poder vai atender ao seu chamado se você conseguir aprender a domá-lo.*

Firmo os pés no chão. E me preparo.

E fixo o olhar na multidão.

Lentamente.

Concentro minha energia em reconhecer os corpos separadamente e deixo meu poder se movimentar fluidamente, envolvendo os soldados com delicadeza, em vez de chocar-se com eles e acidentalmente destruí-los. Meu poder se agarra a seus corpos como meus dedos agarrariam, finalmente encontrando o centro perfeito que divide o grupo em duas metades. Eles já estão olhando uns para os outros, tentando entender por que não conseguem se movimentar contra as paredes invisíveis que os separam.

E aí, uma vez que a energia está direcionada, eu abro bem os braços.

Lanço.

Os soldados são empurrados. Metade para a esquerda. Metade para a direita. Não o suficiente para saírem feridos, mas o bastante para se assustarem. Quero que sintam o poder que tenho em mim. Quero que saibam que estou me controlando.

— Eu posso protegê-los — argumento, minha voz pairando alta acima deles. — E tenho amigos capazes de fazer mais, que vão ficar ao seu lado e lutar.

E aí, na hora certa, meu grupo de amigos aparece do nada, bem no centro do pátio, no espaço que acabei de criar.

Os soldados se afastam, impressionados, indo o máximo possível para os cantos.

Castle estende um braço, fazendo uma pequena árvore ao longe se deslocar. Ele usa as duas mãos para arrancá-la do chão e, em seguida, a árvore vai voando pelo ar, galhos farfalhando ao vento. Castle a puxa de volta, mexendo-a com nada além da mente.

Lança-a mais alto no ar, pouco acima das cabeças deles, e Brendan ergue os braços.

Une as mãos, com propósito.

Um raio de eletricidade atinge a árvore em sua base e viaja pelo tronco tão rapidamente e com um poder tão extremo, que praticamente a faz se desintegrar. Os pedaços restantes caem como uma chuva.

Eu não esperava isso; nem era para eles me ajudarem hoje. Contudo, acabaram de criar a apresentação perfeita para mim.

Agora. Bem agora.

Todos os soldados estão assistindo. O pátio fica vazio. Encontro os olhos de Kenji lá embaixo e busco uma confirmação.

Ele assente.

Dou um salto.

Uma centena de pés no ar, olhos fechados, pernas retas, braços estendidos. E sinto mais poder atravessando meu ser do que jamais senti antes. Domo esse poder e o projeto.

Solto-o com tanta força no chão que ele estilhaça atrás de mim.

Estou agachada, joelhos dobrados, uma mão esticada à minha frente. O pátio treme tão forte que, por um segundo, chego a me perguntar se eu não teria provocado outro terremoto.

Quando enfim me levanto e olho em volta, posso ver os soldados com muito mais clareza. Seus rostos, suas preocupações. Eles me observam impressionados, de olhos arregalados, maravilhados, com um toque de medo.

— Vocês não estarão sozinhos — comunico, virando-me para olhar em seus rostos. — Não precisam mais sentir medo. Queremos reconquistar o nosso mundo. Queremos salvar as vidas de nossos familiares, de nossos amigos. Queremos que seus filhos tenham a chance de viver um futuro melhor. E queremos lutar. Queremos vencer. — Olho nos olhos deles. — E estamos pedindo a sua ajuda.

Silêncio absoluto.

E, logo em seguida, caos absoluto.

Gritos, berros. Pés batendo.

Sinto o metal do microfone sendo arrancado da minha mão. Voando no ar, chegando à mão de Warner.

Ele fala a seus homens:

— Parabéns, cavalheiros. Avisem suas famílias e seus amigos. Amanhã, tudo vai mudar. O supremo chegará aqui em questão de dias. Preparem-se pra a guerra.

E aí, de uma só vez.

Kenji nos faz desaparecer.

Sessenta e um

Vamos correndo pelo pátio, a caminho da base e, assim que chegamos a um ponto onde ninguém consegue nos enxergar, Kenji desfaz a invisibilidade. Vai correndo à frente do grupo, guiando-nos a caminho da sala de treinamentos, avançando pelo galpão de armazenamento e área de tiros até todos estarmos de volta no salão.

James está à nossa espera.

Ele se levanta, olhos arregalados.

– E aí, como foi?

Kenji corre e pega James nos braços.

– Como você *acha* que foi?

– Hum, tudo bem? – James ri.

Castle dá tapinhas em minhas costas. Viro-me para olhar para ele, que ostenta um sorriso enorme para mim, olhos brilhando, mais orgulhoso do que jamais o vi.

– Muito bem, senhorita Ferrars – fala baixinho. – Muito bem.

Brendan e Winston correm na nossa direção, sorrindo de uma orelha a outra.

– Foi fenomenal – Winston elogia. – Como se nós fôssemos celebridades ou algo assim.

Lily, Ian e Alia unem-se ao grupo. Agradeço-os por sua ajuda, por terem mostrado apoio no último minuto.

– Vocês acham mesmo que vai funcionar? – indago. – Acham que é o suficiente?

– Sem dúvida é um começo – Castle afirma. – Agora temos que agir rápido. Imagino que a notícia já tenha se espalhado, mas os outros setores certamente vão esperar o supremo chegar. – Ele olha para mim. – Espero que entenda que esta será uma luta contra o país inteiro.

– Não se os outros setores também se unirem a nós – argumento.

– Quanta confiança! – Castle diz. E me olha como se eu fosse um ser estranho, alienígena. Um ser que ele não sabe entender ou identificar. – Você me surpreende, senhorita Ferrars.

O elevador bipa e as portas se abrem.

Warner.

Ele vem bem na minha direção.

– A base está segura – diz. – Estamos trancados até meu pai chegar. Ninguém vai entrar ou sair do nosso perímetro.

– O que fazemos agora, então? – Ian pergunta.

– Esperamos – sugere Warner. Ele olha à nossa volta. – Se ainda não descobriu, vai ficar sabendo em menos de cinco minutos. O supremo vai ser informado de que alguns membros do nosso grupo continuam vivos. Que Juliette ainda está viva. Vai saber que eu o desafiei e me posicionei contra ele em público. E vai ficar com muita, muita raiva. Isso eu posso garantir.

– Então vamos à guerra – Brendan diz.

— Sim. — Warner permanece calmo, tão calmo. — Em breve lutaremos.

— E os soldados? — pergunto. — Estão mesmo com a gente?

Ele me olha nos olhos por um instante demorado demais.

— Sim — afirma. — Posso sentir o quão profunda é a paixão deles. O respeito repentino que sentiram por você. Entre eles, ainda tem muitos que sentem medo e outros que permanecem inflexíveis em seu ceticismo, mas você estava certa, meu amor. Eles podem até sentir medo, mas não querem ser soldados. Não assim. Não do Restabelecimento. Estão prontos para se unirem a nós.

— E os civis? — pergunto impressionada.

— Vão acompanhar.

— Tem certeza?

— Não tenho como ter certeza de nada — confessa baixinho. — Mas eu nunca, em todo o meu tempo neste setor, senti em meus homens o tipo de esperança que senti hoje. Tão forte, tão absoluta, e ainda consigo sentir essa esperança daqui. Ela praticamente vibra no meu sangue.

Quase nem consigo respirar.

— Juliette, meu amor... — Continua olhando firmemente em meus olhos. — Você acaba de dar início a uma guerra.

Sessenta e dois

Warner me puxa de lado. Para longe de todo mundo.

Estamos parados em um canto da sala de treinamentos e suas mãos agarram meus ombros. Ele me olha como se eu tivesse acabado de arrancar a lua do meu bolso.

– Preciso ir – diz com urgência. – Muitas coisa precisam começar a funcionar agora e eu tenho que me reunir outra vez com Delalieu. Vou cuidar de todos os detalhes militares, meu amor. Vou garantir que você tenha tudo aquilo de que precisar e de que meus homens estejam equipados de todas as maneiras possíveis.

Estou assentindo, tentando agradecê-lo.

Mas ele continua olhando para mim, analisando meus olhos como se tivesse encontrado alguma coisa da qual não conseguisse se distanciar. Suas mãos encostam em meu rosto; o polegar acaricia minhas bochechas. Sua voz é tão doce quando ele sussurra:

– Você vai alcançar a excelência. Eu nunca mereci você.

Meu coração.

Ele se aproxima, beija a minha testa, tão carinhosamente.

E aí vai embora.

Ainda estou olhando as portas do elevador ser fecharem quando avisto Adam de canto de olho. Ele se aproxima de mim.

– Oi – cumprimenta.

Parece nervoso, desconfortável.

– Oi.

Fica assentindo, olhando para os próprios pés.

– Então... – fala. Expira. Continua sem olhar para mim. – Belo *show*.

Não sei direito o que dizer. Por isso não digo nada.

Ele suspira.

– Você mudou muito – sussurra. – Não mudou?

– Sim. Eu mudei.

Adam assente, só uma vez. Deixa escapar uma risada estranha. E vai embora.

Sessenta e três

Estamos todos sentados em círculo outra vez.

Conversando. Debatendo. Pensando e planejando. James ronca alto no canto.

Encontramo-nos todos em algum ponto entre animados e amedrontados. De todo modo, ainda conseguimos nos sentir mais animados do que qualquer outra coisa. Esse, afinal de contas, sempre foi o grande plano do Ponto Ômega; eles se uniram a Castle na esperança de que algum dia essa situação acontecesse.

A chance de derrotar o Restabelecimento.

Todos vêm treinando para isso. Até Adam, que, de algum modo, convenceu-se a ficar do nosso lado, tem se mostrado um grande soldado. Todos estão no ápice de suas condições físicas. Todos são guerreiros, até mesmo Alia, cujo exterior silencioso esconde tanta coisa. Eu não poderia pedir um grupo de indivíduos mais sólidos.

— Então, quando você acha que ele vai chegar? — Ian pergunta. — Amanhã?

— Talvez — Kenji responde. — Mas acho que não vai demorar mais do que dois dias.

— Pensei que ele estivesse em um navio no meio do oceano. — Lily arrisca. — Como vai conseguir chegar aqui em dois dias?

— Acho que não é o tipo de navio que você está pensando – Castle supõe. – Imagino que esteja em uma embarcação militar, equipada com pista de pouso. Se ele chamar um avião, esse avião o trará até nós.

— Nossa! – Brendan se espanta, soltando o peso do corpo para trás, nas mãos. – Está mesmo para acontecer, então? *O Comandante Supremo do Restabelecimento*. Winston e eu nunca o vimos, nem uma vez sequer, muito embora seus homens estivessem nos mantendo em cativeiro. – Ele nega com a cabeça. Lança um olhar na minha direção. – Como ele é?

— Extremamente bonito – respondo.

Lily dá uma gargalhada.

— Estou falando sério – insisto. – É tão bonito que chega a dar nojo.

— Sério? – Winston me encara de olhos arregalados.

Kenji assente.

— Um cara muito bonito.

Lily está boquiaberta.

— E você falou que ele se chama Anderson? – Alia pergunta.

Faço um gesto afirmativo.

— Que estranho – Lily comenta. – Sempre pensei que o sobrenome de Warner fosse Warner, e não Anderson – ela reflete por um segundo. – Então ele se chama Warner Anderson?

— Não – respondo. – Você está certa. Warner é o sobrenome dele, mas não o de seu pai. Ele ficou com o sobrenome da mãe – explico. – Não quis ser associado a seu pai.

Adam bufa.

Todos olhamos para ele.

– Qual é o primeiro nome de Warner, então? – Ian fica curioso. – Você sabe?

Faço que sim.

– E então? – Winston pergunta. – Não vai contar para a gente?

– Perguntem a ele vocês mesmos – retruco. – Se ele quiser contar, certamente vai contar.

– Até parece... Não, não vai rolar – ele rebate. – Não vou fazer nenhuma pergunta pessoal àquele cara.

Tento não dar risada.

– Então você sabe o primeiro nome de Anderson? – Ian indaga. – Ou isso também é segredo? Quero dizer, tudo o que está acontecendo é bem esquisito, não é? Eles manterem seus nomes em segredo...?

– Ah! – Sou pega de surpresa. – Não sei direito. Acho que o nome de uma pessoa carrega muito poder. E não... – Nego com a cabeça. – Eu não sei o primeiro nome de Anderson. Nunca perguntei.

– Acho que você não está perdendo muita coisa – Adam fala, irritado. – É um nome ridículo. – Olha para seus coturnos. – O nome dele é Paris.

– Como você sabe?

Dou meia-volta e encontro Warner parado logo na saída do elevador aberto. O sibilar ainda ecoa, sinalizando sua chegada. As portas se fecham atrás dele, que encara Adam em choque.

Adam pisca rapidamente para Warner, depois para nós, claramente sem saber o que fazer.

– Como você sabe disso? – Warner insiste na pergunta. Anda na direção do grupo e agarra Adam pela camisa, movimentando-se tão rapidamente, que Adam nem tem tempo de reagir.

Prende-o contra a parede.

Nunca na vida ouvi Warner erguer a voz assim. Nunca o vi tão furioso.

— A quem você responde, soldado? — grita. — Quem é o seu comandante?

— Eu nem sei do que você está falando! — Adam berra em resposta. Tenta se livrar, mas Warner o segura com as duas mãos, empurrando-o com mais força contra a parede.

Estou começando a entrar em pânico.

— Há quanto tempo você trabalha para ele? — Warner grita de novo. — Há quanto tempo está infiltrado na minha base...?

Com um salto, coloco-me em pé. Kenji me acompanha.

— Warner... — começo. — Por favor, ele não é nenhum espião...

— É impossível ele saber de algo assim — Warner me diz, ainda olhando para Adam. — A não ser que seja membro da Guarda Suprema e, ainda assim, seria questionável. Um soldado comum jamais teria acesso a esse tipo de informação...

— Eu não sou nenhum Soldado Supremo — Adam tenta explicar. — Eu juro...

— Mentiroso — Warner late, empurrando-o com mais força contra a parede. A camisa de Adam já começa a rasgar. — Por que você foi enviado para cá? Qual é a sua missão? Foi enviado para me matar?

— Warner... — chamo-o outra vez, implorando, correndo até eu estar em sua linha de visão. — Por favor... ele não está aqui a serviço do supremo... eu garanto...

— Como você sabe? — enfim olha para mim, só por um segundo. — Como eu disse, é impossível que ele saiba algo assim...

— Ele é seu irmão — enfim revelo. — Por favor. Ele é seu irmão. Vocês dois são filhos do mesmo pai.

Warner fica rígido.

Olha para mim.

— O quê? — arqueja.

— É verdade — digo, sentindo-me totalmente arrasada. — E sei que você sabe que eu não estou mentindo. — Nego com a cabeça. — Ele é seu irmão. Seu pai teve uma vida dupla. Ele abandonou Adam e James há muito tempo. Depois que a mãe de Adam morreu.

Warner solta Adam no chão.

— Não — Warner responde.

Ele sequer pisca os olhos. Só encara. Mãos trêmulas.

Tento olhar para Adam, olhos apertados com emoção.

— Fale para ele — peço, agora em desespero. — Conte a verdade para ele.

Adam não diz nada.

— Que inferno, Adam! Diga logo a ele!

— Você sabia? Esse tempo todo...? — Warner pergunta, virando-se para olhar para mim. — Você sempre soube e não contou nada?

— Eu queria... Queria, de verdade, mas achei que não era o meu espaço...

— Não — ele retruca, interrompendo-me. Já está negando com a cabeça. — Não, isso não faz sentido algum. Como... Como é possível? — Ergue o rosto, olha em volta. — Isso não...

Ele para.

Olha para Adam.

— Conte a verdade para mim – diz. Aproxima-se outra vez de Adam, parecendo prestes a sacudi-lo. – Conte! Eu tenho o direito de saber!

E então cada momento do mundo cai morto, porque acordaram e perceberam que nunca seriam tão imponentes como este.

— É verdade! – Adam afirma.

Duas palavras capazes de mudar o mundo.

Warner se afasta, sua mão agarrando os cabelos. Esfrega os olhos, a testa, passa a mão na boca, no pescoço. Respira com dureza.

— Como? – enfim pergunta.

E aí.

E aí.

A verdade.

Pouco a pouco. Ela é arrancada de Adam. Uma palavra de cada vez. E o restante de nós fica olhando, James permanece dormindo e eu me mantenho em silêncio, enquanto esses dois irmãos têm a conversa mais dura por mim já assistida.

Sessenta e quatro

Warner está sentado em um canto. Adam, em outro. Os dois pediram para ficar sozinhos.

E os dois olham para James.

James, que continua dormindo, roncando.

Adam parece exausto, mas não derrotado. Cansado, mas não abalado. Parece mais livre. As sobrancelhas, mais relaxadas. Os punhos, soltos. O rosto, calmo de um jeito que eu não via há muito tempo.

Parece *aliviado*.

Como se viesse carregando esse enorme fardo que pensou ser capaz de matá-lo. Como se tivesse pensado que dividir essa verdade com Warner pudesse, de algum modo, inspirar uma guerra eterna entre ele e seu irmão biológico.

Mas Warner não ficou, nem de longe, furioso. Nem mesmo chateado.

Só ficou em choque, extremamente em choque.

Um pai, penso eu. Três irmãos. Dois que quase se mataram, tudo por causa do mundo no qual foram criados. Por causa das muitas palavras, das muitas mentiras com as quais foram alimentados.

Palavras são como sementes, penso eu, plantadas em nossos corações em tenra idade.

Criam raízes em nós conforme crescemos, enterrando-se profundamente em nossas almas. Nossas boas palavras crescem bem. Florescem e encontram abrigo em nossos corações. Criam caules em volta da nossa espinha, sustentando-nos nos momentos em que nos sentimos mais frágeis; plantam nossos pés firmemente no chão quando estamos nos sentindo inseguros. Mas as palavras ruins também crescem. Nossos troncos ficam infestados e apodrecidos, até nos vermos vazios, abrigando interesses alheios, e não os nossos. Somos forçados a comer os frutos que essas palavras fazem nascer, somos mantidos reféns dos galhos que crescem em volta de nosso pescoço, sufocando-nos até a morte, uma palavra de cada vez.

Não sei como Adam e Warner vão transmitir a notícia a James. Talvez só contem quando o garoto ficar mais velho e for capaz de lidar com as implicações de conhecer sua herança. Não sei como James vai reagir quando descobrir que seu pai realmente é um assassino em massa, um ser humano desprezível responsável por destruir todas as vidas em que tocou.

Não.

Talvez seja melhor James não saber ainda. Ainda não.

Talvez por enquanto seja melhor nem Warner saber de tudo.

Só consigo achar doloroso e lindo vê-lo perder a mãe e ganhar dois irmãos na mesma semana. E, embora eu entenda seu pedido para ficar sozinho, não consigo deixar de me aproximar. *Não vou dizer uma palavra*, prometo a mim. Porém, só quero estar perto dele agora.

Então, sento-me ao seu lado e apoio a cabeça na parede. Fico só respirando.

— Você devia ter me contado — sussurra.

Hesito antes de responder:

— Você não tem ideia de quantas vezes eu senti vontade de contar.

— Você devia ter me contato.

— Eu lamento — respondo, baixando a cabeça. E a voz. — De verdade. Eu sinto muito.

Silêncio.

Mais silêncio.

E aí.

Um sussurro.

— Eu tenho dois irmãos.

Ergo a cabeça. Olho para ele.

— Eu tenho dois irmãos — repete, a voz tão leve. — E eu quase matei um deles.

Seus olhos estão focados em algum ponto distante, muito distante daqui, apertados com dor e confusão e alguma coisa que parece arrependimento.

— Eu devia ter imaginado — diz para mim. — Ele é capaz de tocar em você. Vive no mesmo setor. E seus olhos sempre me foram tão estranhamente familiares. Agora percebo que eles têm o mesmo desenho dos olhos do meu pai. — Ele suspira antes de prosseguir: — Isso é tão insuportavelmente inconveniente. Eu estava pronto para odiá-lo pelo resto da vida.

Fico assustada, surpresa.

— Você está dizendo que... não o odeia mais?

Warner baixa a cabeça. Baixa tanto a voz que quase nem consigo ouvi-lo.

— Como posso odiar a raiva dele quando conheço tão bem de onde ela vem? – diz. Fico encarando-o. Impressionada. – Sou completamente capaz de imaginar a relação dele com meu pai... – Faz uma negação com a cabeça. – E ele ter sobrevivido a tudo isso e com um coração mais humano do que o meu? – Uma pausa. – Não. Eu não tenho como odiá-lo. E eu estaria mentindo se dissesse que não o admiro.

Acho que estou prestes a chorar.

Os minutos entre nós passam em silêncio, parando somente para nos ouvir respirar.

— Vamos – enfim sussurro, tentando segurar sua mão. – Vamos para a cama.

Warner assente, levanta-se, mas logo para. Confuso. Tão torturado. Olha para Adam. Que retribui o olhar.

Eles passam um bom tempo se encarando.

— Por favor, deem-me licença – Warner pede.

E, impressionada, eu o vejo atravessar o salão. Adam imediatamente fica em pé, na defensiva, incerto. Mas, conforme Warner se aproxima, ele parece se soltar.

Os dois estão cara a cara agora, e é Warner quem está falando.

O maxilar de Adam fica tenso. Seus olhos focam o chão.

Ele assente.

Warner continua falando.

Adam engole em seco. Assente outra vez.

E ergue o rosto.

Os dois passam um longo instante reconhecendo a presença um do outro. E aí Warner apoia uma das mãos no ombro de seu irmão.

Eu devo estar sonhando.

Os dois trocam mais algumas palavras antes de Warner dar meia-volta e ir embora.

Sessenta e cinco

— O que você falou para ele? — pergunto assim que a porta do elevador fecha.

Warner respira fundo. Não diz nada.

— Não vai me contar? — insisto

— Acho melhor não — responde baixinho.

Seguro sua mão. Aperto bem forte.

A porta do elevador abre.

— Vai ser desconfortável para você? — Warner pergunta.

Parece surpreso com a própria pergunta, como se não acreditasse estar dizendo aquilo.

— Se vai ser desconfortável? O quê?

— Kent e eu sermos... irmãos.

— Não — respondo. — Já faz algum tempo que eu sei. Para mim, não muda nada.

— Que bom — responde baixinho.

Estou assentindo, confusa.

Entramos no quarto. E nos sentamos na cama.

— Então você não se importaria? — pergunta.

Continuo confusa. Ele então esclarece:

— Se ele e eu... passássemos algum tempo juntos?

— O quê?! — exclamo, incapaz de esconder minha descrença. — Não! — apresso-me em dizer. — Não, é claro que não... Na verdade, para mim, isso seria maravilhoso.

Os olhos de Warner estão focados na parede.

— Então... você quer passar tempo com ele? — pergunto

Estou fazendo o meu melhor para dar espaço a Warner e não quero bisbilhotar, mas simplesmente não consigo me conter.

— Eu gostaria de conhecer o meu irmão, sim.

— E James? — indago.

Warner dá uma risadinha.

— Sim. E James.

— Então você está... feliz com isso?

Ele demora um bocado para responder:

— Não fiquei infeliz.

Subo em seu colo. Envolvo seu rosto com minhas mãos, ergo seu queixo para conseguir olhar em seus olhos. Tenho um sorriso de idiota estampado em meu rosto.

— Isso é tão maravilhoso pra mim.

— Ah, é? — E sorri. — Que interessante.

Faço que sim com a cabeça. Várias e várias vezes. E lhe dou um beijo muito suave.

Warner fecha os olhos. Abre um leve sorriso, deixando a covinha marcar uma das bochechas. Agora parece pensativo.

— Como tudo isso acabou se tornando estranho!

Sinto-me prestes a morrer de felicidade.

Warner me tira de seu colo e me deita na cama. Arrasta-se sobre mim.

– E você, por que está tão feliz? – pergunta, tentando não rir. – Parece que está flutuando em alegria.

– Eu quero que você seja feliz – digo a ele, nossos olhos ainda fixos. – Quero ter uma família. Quero estar cercada por pessoas que se importam com você. Você merece isso.

– Eu tenho você – ele diz, encostando sua testa na minha.

Seus olhos estão fechados.

– Você merece ter mais do que eu.

– Não – sussurra.

Ele nega com a cabeça, esfrega seu nariz ao meu.

– Sim.

– E você? E os seus pais? – ele me pergunta. – Você sente vontade de encontrá-los?

– Não – respondo baixinho. – Eles nunca foram pais para mim. Além do mais, eu tenho meus amigos.

– E a mim – ele diz.

– Você é meu amigo – digo.

– Mas não sou o seu melhor amigo. Kenji é seu melhor amigo.

Realmente me esforço para não rir do ciúme transparecendo em sua voz.

– Sim, mas você é o meu amigo *preferido*.

Warner se aproxima, esquiva-se dos meus lábios.

– Ótimo – sussurra, beijando meu pescoço. – Agora vire-se. De barriga para baixo.

Encaro-o.

— Por favor — pede.

E sorri.

Eu me viro muito lentamente.

— O que está fazendo? — sussurro, virando-me para olhar para ele.

Ele ajeita meu corpo na cama.

— Quero que você saiba... — responde, puxando o zíper da minha roupa especial — O quanto eu valorizo a sua amizade...

A roupa está se abrindo e minha pele agora se encontra exposta aos elementos. Engulo em seco para afastar um tremor.

O zíper para na base da minha espinha.

— Mas quero que reconsidere o meu título — pede, beijando levemente o meio das minhas costas. Passa as mãos em minha pele e empurra as mangas para fora dos meus ombros, beijando minhas omoplatas, a minha nuca. E sussurra: — Porque a minha amizade vem com muito mais benefícios do que Kenji jamais seria capaz de oferecer.

Não consigo respirar. Não consigo.

— Você não acha? — Warner pergunta.

— Sim — respondo rápido demais. — Sim.

E de repente estou girando, perdida em sensações e pensando que logo perderemos esses momentos, perguntando-me quanto tempo vai passar antes de podermos reavê-los.

Não sei aonde estamos indo, ele e eu, mas sei que quero chegar lá. Somos horas e minutos buscando o mesmo segundo, de mãos dadas enquanto giramos a caminho de um novo dia e da promessa de algo melhor.

Porém, embora conheçamos o futuro e o passado, jamais conheceremos o presente. Este momento, o próximo e até o que seria agora mesmo já passaram, já ficaram para trás, e tudo o que nos restou foram esses corpos cansados, a única prova de que vivemos e sobrevivemos ao tempo.

Mas, no final, vai valer a pena.

Lutar por uma vida repleta de momentos como este.

Sessenta e seis

Durou um dia.

— Quero uma. — Estou olhando para a parede das armas no centro de treinamento. — Qual é a melhor?

Delalieu trouxe notícias esta manhã. O supremo chegou. Foi transportado de jato do oceano para cá e agora está hospedado em um dos navios militares do Setor 45, parado na doca.

Sua guarda o acompanha de perto. E seus exércitos logo os acompanharão.

Às vezes, não tenho tanta certeza de que não vamos morrer.

— Você não precisa de uma arma — Warner me diz surpreso. — Certamente pode portar uma, mas não acho que será necessária.

— Eu quero duas.

— Tudo bem — concorda, rindo.

Mas é o único dando risada.

Todos os outros estão congelados nos momentos antes de o medo tomar conta. Todos nos sentimos cautelosamente otimistas, mas, ao mesmo tempo, preocupados. Warner já reuniu suas tropas e os civis já foram notificados. Se quiserem se unir a nós, uma estação foi montada para distribuir armas e munição. Eles só precisam apresentar seus cartões RR para provarem que são residentes do Setor 45 e receberão anistia. Abrigos e centros de socorro foram criados nas barracas dos soldados para protegerem homens, mulheres e crianças que não podem ou não querem participar da batalha. Eles terão autorização para se refugiarem até o fim do banho de sangue.

Esses esforços extras foram todos coordenados por Warner.

– E se ele simplesmente soltar bombas de novo em cima de tudo? – Ian questiona, quebrando o silêncio. – Exatamente como fez com o Ponto Ômega?

– Ele não vai fazer isso – Warner garante. – É arrogante demais e essa guerra se tornou pessoal. Ele vai querer judiar da gente. Vai querer fazer o conflito se arrastar por todo o tempo possível. É um homem que sempre se mostrou fascinado pela ideia de tortura. Algo assim será divertido para ele.

– Pois é... Isso me faz sentir superanimado – Kenji responde. – Obrigado pelas palavras de encorajamento.

– De nada – Warner responde.

Kenji quase dá risada. Quase.

– Então ele está hospedado em outro navio? – Winston pergunta. – Aqui?

– Pelo que entendo, sim – Warner responde. – Ele normalmente ficaria na base, mas, como agora nós somos os inimigos, isso acabou se tornando um probleminha. Parece que ele também ordenou a liberação de soldados por todo o país, para que se unam a ele. Anderson tem sua própria guarda de elite, assim como soldados na capital, mas parece que andou recrutando homens de toda a nação. Porém, tudo isso é só para fazer cena. Não somos em tantos assim para ele precisar de tantos homens. Anderson só quer nos causar medo.

— Bem, está funcionando — Ian responde.

— E você tem certeza de que ele não vai estar no campo de batalha? Absoluta?

Essa é a parte mais importante do plano. A parte mais fundamental.

Warner assente.

Anderson nunca luta em suas guerras. Nunca mostra o rosto. E estamos contando com sua covardia como nossa maior vantagem, porque, embora ele possa esperar uma tentativa de assassinato, acredito que ele não esteja preparado para se deparar com assassinos invisíveis.

Warner tem de inspecionar as tropas. Castle, Brendan, Winston, Lily, Alia e Adam vão auxiliá-lo.

Mas Kenji e eu seremos a fonte.

E agora estamos prontos para partir. Vestidos, armados e altamente cafeinados.

Ouço o barulho de uma arma sendo recarregada.

Dou meia-volta.

Warner está olhando para mim.

É chegada a hora de ir.

Sessenta e sete

Kenji agarra o meu braço.

Todos os outros estão andando pelo salão de Warner, mas Kenji e eu sairemos pelos fundos, para não alertar ninguém da nossa presença. Queremos que todos, até mesmo os soldados, pensem que estamos no meio da batalha. Não queremos aparecer só para desaparecer logo em seguida. Não queremos que ninguém perceba a nossa ausência.

Então, recuamos e observamos nossos amigos entrarem no elevador para subir ao andar principal. James ainda está acenando quando as portas se fecham e o deixam para trás.

Meu coração deixa de bater por um segundo.

Kenji dá um beijo de despedida em James. É um beijo barulhento, obnóxio, bem no topo da cabeça.

– Cuide de tudo, está bem? – pede a James. – Se alguém aparecer aqui, quero que você encha essa pessoa de porrada.

– Combinado – James responde.

Está rindo, fingindo que não está chorando.

– Estou falando sério – Kenji insiste. – Comece dando uma boa sova. Depois espanque feito um louco. – Ele faz um movimento estranho, simulando uma luta, com uma das mãos. – Fique bem louco. Vença os loucos com a sua loucura...

— Ninguém vai aparecer aqui, James – digo, lançando um olhar duro para Kenji. – Você não vai ter que se preocupar em se defender. Vai estar perfeitamente seguro. E depois a gente volta.

— Sério? – pergunta, focando o olhar em mim. – Todos vocês? Garoto esperto.

— Sim – minto. – Todos nós vamos voltar.

— Está bem – ele sussurra. Mordisca o lábio trêmulo. – Boa sorte.

— Lágrimas são desnecessárias – Kenji diz, abraçando-o intensamente. – A gente não demora a voltar.

James assente.

Kenji se afasta.

E aí passamos pela porta da parede das armas.

A primeira parte, penso eu, vai ser a mais difícil. A trilha até o porto será percorrida totalmente a pé, porque não podemos arriscar e roubar um veículo. Mesmo se Kenji fosse capaz de tornar o tanque invisível, teria de abandoná-lo visível, e um tanque a mais, um tanque inesperado parado no porto acabaria nos entregando.

O local onde Anderson se encontra deve estar totalmente guardado.

Kenji e eu não falamos enquanto andamos. Quando Delalieu nos comunicou que o supremo estaria no porto, Kenji imediatamente soube o local exato. Assim com Warner e Adam e Castle e praticamente todo mundo – todo mundo, menos eu.

— Eu passei um tempo em um desses navios – Kenji contou. – Só um tempinho. Por mau comportamento. – Sorriu. – Sei andar por lá.

Então estou de braços dados com ele, que vai me guiando pelo caminho.

Acho que nunca tivemos um dia tão frio. Que nunca houve tanto gelo no ar.

O navio parece uma pequena cidade; é tão enorme que nem consigo ver seu final. Analisamos o perímetro, tentando avaliar quão difícil exatamente será nos infiltrarmos em sua área.

Extremamente difícil.

Quase impossível.

Essas são as palavras exatas de Kenji.

Mais ou menos.

– Merda! – exclama. – Isso é ridículo. Nunca vi esse nível de segurança em minha vida. Está tudo fechado.

E Kenji está certo. Tem soldados em todos os lugares. Em terra. Na entrada. No deque. E todos tão pesadamente armados que me fazem sentir uma idiota com meus dois revólveres e o coldre simples dependurado em meus ombros.

– E então, o que a gente faz?

Ele fica em silêncio por um instante.

– Você sabe nadar?

– O quê?! Não!

– Merda.

– Não podemos simplesmente pular no oceano, Kenji.

– Bem, acho que voar não é uma opção para nós.

– Talvez pudéssemos enfrentá-los?

— Você ficou completamente louca, não ficou? Acha que podemos derrubar duzentos soldados? Sei que sou um homem extremamente atraente, J, mas não sou o Bruce Lee.

— Quem é Bruce Lee?

— Quem é Bruce Lee?! – Kenji ecoa horrorizado. – Meu Deus. Depois dessa, você e eu não podemos nem ser amigos mais.

— Por que? Ele era amigo seu?

— Quer saber? Deixe pra lá. Só... Eu nem consigo falar com você agora.

— Então como vamos entrar?

— E você acha que eu sei, porra? Como vamos fazer para tirar todos aqueles caras do navio?

— Ah! – bufo. – Meu Deus. Kenji...

Agarro seu braço invisível.

— Sim, essa aí é a minha perna, e você está chegando um pouco perto demais, princesa.

— Kenji, eu posso empurrá-los – digo, ignorando-o. – Posso empurrá-los para dentro da água. Será que funciona?

Silêncio.

— E aí? – pergunto.

— Sua mão ainda está na minha perna.

— Ai! – Eu me afasto. – Mas e aí, o que você acha? Será que dá certo?

— É óbvio que sim – Kenji responde exasperado. – Faça isso agora mesmo, por favor. E apresse-se.

Então eu faço.

Afasto-me um pouco e concentro minha energia em meus braços.

Poder, controlado.

Braços, posicionados.

Energia, projetada.

Movimento o braço no ar, como se estivesse limpando uma mesa.

E todos os soldados caem na água.

Daqui, a cena parece quase cômica. Como se eles não passassem de um conjunto de brinquedos que eu empurro para fora da minha mesa. E agora estão se debatendo na água, tentando entender o que foi que aconteceu.

— Vamos — Kenji diz de repente, segurando meu braço. Correndo, avançamos pelo píer de mais ou menos trinta metros. — Eles não são idiotas. Alguém vai soar o alarme e rapidamente vão fechar as portas. Temos mais ou menos um minuto antes de tudo ir ladeira abaixo.

Então corremos.

Corremos pelo píer e subimos no deque e Kenji puxa meu braço para me dizer aonde ir. Agora estamos tomando muito mais consciência um do corpo do outro. Quase consigo sentir sua presença ao meu lado, apesar de não conseguir vê-lo.

— Aqui embaixo — grita, e eu olho para baixo, avistando o que parece ser uma abertura estreita e circular com uma escada afixada no interior. — Eu vou entrar — ele diz. — Comece a descer em cinco segundos!

Ouço os alarmes já soando, sirenes lamuriando ao longe.

Meus cinco segundos passaram.

Estou avançando atrás dele.

Sessenta e oito

Não tenho ideia de onde Kenji está.

Aqui embaixo é apertado e claustrofóbico, e já ouço os passos vindo em minha direção, gritos e berros ecoando pelo corredor; eles devem saber que alguma coisa aconteceu lá em cima, no deque. Tento desesperadamente não entrar em pânico, mas não sei mais o que pode vir a acontecer.

Nunca imaginei que faria algo desse tipo sozinha.

Continuo sussurrando o nome de Kenji e esperando uma resposta, mas não ouço nada. Não consigo acreditar que já o perdi. Pelo menos continuo invisível, o que significa que ele não está a mais de quinze metros de distância, mas os soldados estão próximos demais para eu arriscar qualquer coisa agora. Não posso fazer nada que atraia a atenção deles à minha presença – nem à presença de Kenji.

Então tenho que me forçar a permanecer calma.

O problema é que não tenho a menor ideia de onde estou. A menor ideia de para que estou olhando. Nunca estive nem mesmo em um barco antes, tanto menos em um navio dessa magnitude.

Mas tenho que me esforçar para entender o que há à minha volta.

Estou parada no meio do que parece ser um corredor muito longo, com tábuas forrando o chão, as paredes e até mesmo o teto baixo acima de mim. Há algumas aberturas a cada poucos metros, onde a parede parece ter sido escavada.

São portas, percebo, e me pergunto aonde levariam, aonde terei de ir.

Agora os coturnos se aproximam, fazendo muito barulho.

Meu coração começa a acelerar e tento me empurrar contra a parede, mas esses corredores são estreitos demais; muito embora os homens não consigam me ver, não tenho como passar por eles. Vejo um grupo se aproximando agora, ouço-os latindo ordens uns para os outros. A qualquer momento vão colidir comigo.

Vou para trás o mais rápido que consigo e saio correndo, mantendo o peso do corpo na ponta dos pés para minimizar o máximo possível qualquer ruído. Paro de repente. Sinto meu corpo atingir a parede atrás de mim. Mais soldados avançam pelos corredores agora, claramente alertas, prontos para agir, e, por uma fração de segundo, sinto meu coração deixar de bater. Pego-me preocupada com Kenji.

Contudo, enquanto eu estiver invisível, Kenji deve estar por perto, penso eu. Deve estar vivo.

Agarro-me a essa esperança conforme os soldados vão se aproximando.

Olho para a esquerda. Olho para a direita. Estão se aproximando de mim sem se darem conta disso. Não tenho ideia de aonde estão indo – talvez queiram subir outra vez, ir lá fora – mas tenho que me movimentar, rápido, e não quero alertá-los da minha presença. Ainda não. É cedo demais para tentar derrubá-los. Sei que Alia garantiu que eu aguentaria uma bala enquanto meu poder estivesse ativado, mas minha última experiência com um tiro no peito me deixou traumatizada o suficiente para querer evitar essa opção com todas as minhas forças.

Então, faço a única coisa que me vem em mente.

Pulo em uma das portas e grudo as mãos na lateral do batente, mantendo-me ali, costas coladas na superfície. *Por favor, por favor, por favor,* penso. *Por favor, que não tenha ninguém neste cômodo.* Basta abrir a porta e estarei morta.

Os soldados estão se aproximando.

Paro de respirar quando eles passam por mim.

O cotovelo de um roça em meu braço.

Meu coração está batendo tão forte. Assim que eles se foram, deixo a porta e corro, descendo pelos corredores que levam a mais corredores. Este lugar é como um labirinto. Não tenho ideia de onde estou nem do que está acontecendo.

Não tenho uma pista sequer de onde eu conseguiria encontrar Anderson.

E os soldados não param de aparecer. Estão por todos os lados, todos juntos e depois nenhum, e eu vou fazendo curvas e girando em diferentes direções e dando o meu melhor para ser mais sagaz do eu eles. Mas então percebo as minhas mãos.

Não estou mais invisível.

Engulo um grito.

Salto na passagem de outra porta, esperando desaparecer da vista ali, mas agora estou tão nervosa e horrorizada – porque além de não saber o que aconteceu com Kenji, não sei o que vai acontecer comigo. Essa ideia foi ridícula. Eu sou uma pessoa ridícula. Não sei o que eu tinha na cabeça.

Quando pensei que seria capaz de fazer isso.

Coturnos.

Avançando na minha direção. Engulo meu medo e tento estar o mais preparada possível. É impossível que não percebam minha presença agora. Concentro toda a minha energia, sinto meus ossos vibrando com ela e o frio na barriga que acompanha esse momento. Se eu conseguir manter esse estado enquanto estiver aqui, devo ser capaz de me proteger. Agora eu sei lutar. Sou capaz de desarmar um homem, roubar seu revólver. Aprendi tantas coisas.

Mas ainda me sinto um bocado aterrorizada, e nunca na vida precisei tanto usar o banheiro quanto preciso agora.

Pense, repito mil vezes a mim mesma. *Pense. O que você pode fazer? Aonde pode ir? Onde Anderson estaria escondido? Mais lá embaixo? Mais para baixo?*

Onde ficaria o maior cômodo deste navio? Certamente não no piso superior. Tenho que descer mais.

Mas como?

Os soldados estão se aproximando.

Eu me pergunto o que esses cômodos guardam, aonde essas portas levam. Se for só um quarto, então é um beco sem saída. Mas, se for a entrada para um espaço maior, aí pode ser que eu tenha alguma chance. Contudo, se tiver alguém lá dentro, definitivamente estarei encrencada. Não sei se devo assumir esse risco.

Um grito.

Um berro.

Um tiro.

Eles me viram.

Sessenta e nove

Bato o cotovelo na porta atrás de mim, estilhaçando a madeira em farpas que voam por todos os lados. Viro-me e soco o que sobrou da estrutura. Chuto a porta com um golpe súbito de adrenalina e, assim que me dou conta de que esta sala não passa de um pequeno *bunker* e um beco sem saída, faço a única coisa que consigo pensar.

Pulo.

E pouso.

E imediatamente atravesso o chão.

Caio desajeitada, mas consigo recobrar rapidamente o equilíbrio. Os soldados vêm saltando atrás de mim, gritando, berrando. Coturnos me perseguem quando abro violentamente a porta e avanço pelo corredor. Alarmes soam por todos os lados, tão altos e tão escandalosos, que mal consigo ouvir o próprio grito. Sinto como se estivesse correndo em meio à neblina, com a luz vermelha das sirenes formando círculos pelos corredores, estridente e barulhenta e sinalizando a presença de um intruso.

Agora estou sozinha.

Vou fazendo mais curvas, girando e tentando sentir a diferença entre esse piso e o outro logo acima. Parece não haver nenhuma. Eles transmitem a impressão de serem exatamente iguais e os soldados daqui tão agressivos quanto os de lá.

Agora atiram livremente, o eco das balas misturando-se ao escândalo das sirenes. Nem sei se já não fiquei surda.

Não consigo acreditar que eles ainda não me acertaram.

Parece impossível, estatisticamente falando, tantos soldados tão próximos não conseguirem encontrar um alvo em meu corpo. Isso não pode estar certo.

Dou outro salto para atravessar também este piso.

Dessa vez, caio em pé.

Estou agachada, olhando em volta e, pela primeira vez, percebo que este andar é diferente. Os corredores são mais amplos, as portas mais distantes umas das outras. Queria que Kenji estivesse aqui. Queria ter alguma ideia do que isso significa, de qual é a diferença entre os andares. Queria saber aonde ir, onde começar a procurar.

Com um chute, abro uma porta.

Nada.

Corro adiante, chuto outra.

Nada.

Continuo correndo. Já começo a ver a área de funcionamento interno do navio. Máquinas, canos, tubos metálicos, tanques enormes, baforadas de vapor. Devo ter vindo na direção errada.

Mas não tenho ideia de quantos andares esse navio tem, e não sei se posso continuar descendo.

Ainda estou sendo alvejada e estou só um passo à frente. Estou fazendo curvas abertas e empurrando meu corpo contra a parede, entrando em cantos escuros com a esperança de que não me vejam.

Onde está Kenji?, não paro de me perguntar. *Onde ele está?*

Eu preciso chegar ao outro lado deste navio. Não estou em busca de caldeiras e tanques de água. Isso não pode estar certo. Tudo é diferente deste lado do navio. Até as portas parecem diferentes. São feitas de aço, e não de madeira.

Abro algumas delas, só para ter certeza.

Uma sala de controle de rádio, abandonada.

Uma sala de reuniões, abandonada.

Não, eu quero áreas de verdade. Grandes escritórios e aposentos. Anderson não estaria aqui. Não seria encontrado próximo a canos de gás e motores chiando.

Na ponta dos pés, vou saindo do meu mais novo esconderijo, tento espreitar.

Gritos. Berros.

Mais tiros.

Eu me recolho. Respiro fundo. Concentro toda a minha energia de uma vez, e concluo que não tenho escolha senão testar a teoria de Alia.

Dou um salto e avanço pelo corredor.

Correndo em disparada, como nunca corri antes. Balas passam por minha cabeça e atacam meu corpo, atingindo meu rosto, minhas costas, meus braços, e eu me forço a continuar correndo, eu me forço a continuar respirando, sem sentir dor, sem sentir terror, agarrando-me à minha energia como se ela fosse uma corda salva-vidas, sem permitir que nada me faça parar. Vou tropeçando em soldados, derrubando-os com golpes dos meus cotovelos, hesitando apenas tempo suficiente para empurrá-los para fora do meu caminho.

Três vêm voando na minha direção, tentando me derrubar, mas eu os empurro para trás. Outro vem correndo para a frente, e eu desfiro um soco diretamente em seu rosto, sinto seu nariz quebrar em meus dedos protegidos pelo metal. Outro tenta agarrar meu braço por trás, e eu seguro sua mão, quebro seus dedos com os meus só para pegar seu antebraço, puxá-lo para perto e empurrar até fazê-lo atravessar a parede. Dou meia-volta para encarar o restante deles, e todos me observam com uma mistura de pânico e terror nos olhos.

— Me enfrentem — digo a eles, sangue, urgência e uma espécie de adrenalina insana se espalhando por mim. — Eu desafio vocês.

Cinco deles erguem suas armas na minha direção, apontam para o meu rosto.

Atiram.

Várias e várias e várias vezes, descarregando tiros e mais tiros. Meu instinto é o de me proteger das balas, mas, em vez disso, concentro-me nos homens, em seus corpos e seus rostos raivosos. Tenho que fechar os olhos por um segundo, porque não aguento mais ver tanto metal atingindo meu corpo. E então, quando estou pronta, levo o punho para perto do peito, sentindo o poder crescer dentro de mim, e aí o lanço para a frente, todo de uma vez, derrubando setenta e cinco soldados como se fossem palitos de fósforo.

Reservo um momento para respirar.

Meu peito sobe e desce, coração acelerando, e eu olho em volta, sentindo a calma em meio à loucura, piscando fortemente para proteger os olhos das luzes vermelhas do alarme. E percebo que os soldados não se mexem. Ainda estão vivos, disso eu sei, mas inconscientes. E eu me permito, só por um instante, olhar para baixo.

Estou cercada.

Balas. Centenas de balas. Uma poça de balas. Em volta dos meus pés. Por toda a volta. Caindo da minha roupa especial.

Meu rosto.

Sinto o gosto de alguma coisa fria e dura em minha boca e cuspo na mão. Parece um pedaço de metal quebrado, destroçado. Como se tivesse se sentido frágil demais para me enfrentar.

Balinha inteligente, eu penso.

E aí saio correndo.

Setenta

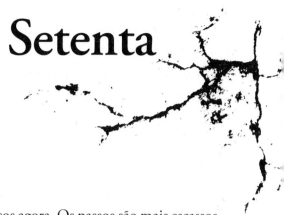

Os corredores estão silenciosos agora. Os passos são mais escassos.

Já joguei duzentos soldados no oceano.

Derrubei cerca de mais cem.

Não tenho ideia de quantos outros soldados Anderson tem aqui, protegendo seu navio. Mas vou descobrir.

Respiro com dificuldade enquanto faço meu caminho por esse labirinto. É uma verdade triste que, embora tenha aprendido a lutar e a projetar, eu ainda não consigo correr.

Para alguém com tanto poder assim, estou terrivelmente fora de forma.

Com um chute, derrubo a primeira porta que aparece à minha frente.

E outra.

E depois outra.

Vou destruir cada centímetro deste navio até encontrar Anderson. Vou destruir com as próprias mãos, se assim for necessário. Porque ele está com Sonya e Sara. E talvez também com Kenji.

E primeiro eu preciso levá-los a um lugar seguro.

E segundo eu preciso matá-lo.

Outra porta se estilhaça e abre.

Chuto a próxima.

Todas estão vazias.

Vejo portas de vaivém no final do corredor e passo por elas, levando comigo a esperança de encontrar alguma coisa, qualquer coisa, algum sinal de vida.

É uma cozinha.

Facas, fogões, alimentos e mesas. Fileiras e fileiras e fileiras de enlatados. Tomo uma nota mental para voltar aqui mais tarde. Seria uma lástima permitir que tudo isso vá para o lixo.

Volto correndo pela porta.

E pulo. Forte. Chegando ao deque com a esperança de que haja outro piso neste navio.

A esperança.

E pouso com força na ponta dos dedos do pé, ligeiramente sem equilíbrio. Recomponho-me em tempo.

Olho em volta.

Aqui, penso eu. *Aqui é certo. Aqui é totalmente diferente.*

Os corredores são enormes aqui embaixo; janelas para o exterior cortam as paredes. O piso é novamente de madeira, painéis finos e compridos, com brilho e polimento. Parece bom aqui embaixo. Elegante. Limpo. As sirenes parecem silenciosas nesse nível, como uma ameaça distante que não significa muita coisa, e me dou conta de que devo estar perto.

Passos, correndo na minha direção.

Dou meia-volta.

Tem um soldado avançando em minha direção e, dessa vez, não me escondo. Corro na direção dele, baixando a cabeça, e meu ombro direito bate em seu peito com tanta força, que o faz voar pelo corredor.

Alguém atrás de mim tenta atirar.

Dou meia-volta e vou andando até ele, afastando as balas de meu rosto como se fossem moscas. E então seguro seus ombros, puxo-o para perto e dou uma joelhada em sua virilha. Ele dobra o corpo para a frente, arfando, gemendo e se curvando no chão. Abaixo-me, arranco a arma de sua mão e o agarro pela camisa. Uso uma das mãos para erguê-lo. E o bato na parede. Encosto a arma em sua testa.

Já cansei de esperar.

– Onde ele está? – exijo saber.

Ele não responde.

– Onde? – eu grito.

– Eu ná-não sei – enfim responde, sua voz trêmula, seu corpo tremendo em minha mão.

E, por algum motivo, eu acredito nele. Tento ler seus olhos em busca de alguma coisa e não encontro nada além de terror. Solto-o no chão. Uso a mão para amassar sua arma. Jogo-a em seu colo.

Com outro chute, abro outra porta.

Estou ficando tão frustrada, tão furiosa agora e tão cegamente temerosa pelo bem-estar de Kenji, que já começo a tremer de raiva. Não sei nem quem devo procurar primeiro.

Sonya.

Sara.

Kenji.

Anderson.

Fico parada diante de uma porta, derrotada. Os soldados deixaram de aparecer. As sirenes continuam berrando, mas agora ao longe. E, de repente, eu me pego pensando que talvez tudo isso tenha sido uma grande perda de tempo. Que talvez Anderson nem esteja neste navio. Que talvez sequer estejamos no navio *certo*.

E, por algum motivo, dessa vez não chuto a porta.

Por algum motivo, decido tentar a fechadura primeiro.

Está destrancada.

Setenta e um

Aqui tem uma cama enorme, com uma janela gigantesca dando para uma bela paisagem do oceano. É adorável, realmente, o tamanho de tudo.

Ainda mais adoráveis são seus ocupantes.

Sonya e Sara olham para mim.

As duas estão perfeitas. Vivas.

Tão lindas quanto sempre foram.

Corro na direção delas, tão aliviada, que quase explodo em lágrimas.

– Vocês estão bem? – pergunto, arfando, incapaz de me controlar. – Está tudo bem com vocês?

Elas se lançam em meus braços, parecendo terem ido ao inferno e voltado nesse período em que estiveram aqui, torturadas de dentro para fora, e eu só quero tirá-las deste navio e levá-las para casa.

Mas, assim que o desespero inicial sai do caminho, Sonya diz uma coisa que faz meu coração parar.

– Kenji estava atrás de você. Ele passou por aqui, não faz muito tempo, perguntando se nós a tínhamos visto...

– Ele falou que vocês acabaram se separando – Sara acrescenta.

– E que não sabia o que tinha acontecido com você – Sonya continua.

— Ficamos muito preocupadas, achamos que você poderia estar morta – dizem em uníssono.

— Não – eu respondo, agora me sentindo como uma louca. – Não, não, eu não estou morta. Mas preciso ir. Fiquem aqui – digo às duas. – Não se mexam. Não vão a lugar nenhum. Eu volto logo, prometo. Só preciso encontrar Kenji... Eu tenho que encontrar Anderson.

— Ele está duas portas para lá – Sara revela, olhos arregalados.

— No cômodo no final do corredor – Sonya diz.

— Aquele da porta azul – falam as duas.

— Espere! – Sonya me faz parar enquanto me viro para ir embora.

— Tome cuidado – Sara aconselha. – A gente ouviu umas coisas...

— Sobre uma arma que ele trouxe consigo – Sonya explica.

— Que tipo de arma? – pergunto, coração batendo mais devagar.

— Isso a gente não sabe – as duas afirmam ao mesmo tempo.

— Mas é uma arma que o deixou muito feliz – Sara sussurra.

— Verdade, ele estava muito feliz – Sonya confirma.

Aperto os punhos.

— Obrigada – agradeço as duas. – Obrigada... Vejo vocês em breve. Muito em breve.

E vou me afastando, dando as costas, avançando pelo corredor, e ouço as irmãs logo atrás de mim gritando para que eu tenha cuidado e boa sorte.

Mas não preciso mais de sorte. Preciso desses dois punhos e dessa espinha de aço. Não perco tempo para chegar à sala azul. Não sinto mais medo.

Não hesito. Não vou hesitar. Nunca mais.

Derrubo a porta com um chute.

— JULIETTE... NÃO...

Setenta e dois

A voz de Kenji me atinge como um soco na garganta.

Sequer tenho tempo de piscar antes de ser lançada contra a parede.

Minhas costas, penso. Tem alguma coisa errada com as minhas costas. A dor é tão excruciante, que só consigo me perguntar se não estaria quebrada. Estou vertiginosa e me sinto lenta; minha cabeça gira e tem um chiado estranho em meus ouvidos.

Consigo ficar em pé.

Sou atingida com tanta força, e nem sei de onde a dor está vindo. Não consigo piscar rápido o bastante, não consigo firmar a cabeça tempo suficiente para afastar a confusão.

Tudo se inclina para o lado.

Estou tentando muito afastar essa sensação.

Sou mais forte do que isso. Sou maior do que isso. Era para eu ser indestrutível.

Em pé, outra vez.

Lentamente.

Alguma coisa me atinge com tanta força que eu voo pela sala, bato na parede. Deslizo o corpo até o chão. Agora estou inclinada para a frente, mãos na cabeça, tentando piscar, tentando entender o que está acontecendo.

Não entendo o que pode estar me atingindo.

Com tanta força assim.

Nada deveria ser capaz de me atingir com tanta força. Não tantas vezes assim.

Parece que tem alguém chamando o meu nome, mas não consigo ouvir direito. Tudo é tão abafado, tão escorregadio e desequilibrado, como se estivesse aqui, fora de alcance, e parece que não consigo encontrar. Sentir.

Preciso de um novo plano.

Não me levanto outra vez. Fico de joelhos, vou engatinhando para a frente e, dessa vez, quando a pancada chega, tento revidar. Esforço-me ao máximo para lançar a minha energia para a frente, mas todas essas pancadas na cabeça me deixaram instável. Apego-me à minha energia com um desespero maníaco e, embora eu não consiga lançá-la para a frente, pelo menos não sou jogada para trás.

Tento erguer a cabeça.

Lentamente.

Não tem nada diante de mim. Nem aparelhos. Nem elementos estranhos que possam criar esses impactos fortes. Pisco intensamente os olhos para afastar esse chiado dos ouvidos, para tentar freneticamente limpar a vista.

Alguma coisa me atinge outra vez.

A intensidade ameaça acabar comigo, mas enterro meus dedos no chão até passarem pela madeira e eu me agarrar à superfície.

Eu gritaria, se pudesse. Se me restasse força para isso.

Ergo a cabeça outra vez. Tento ver, de novo.

E, dessa vez, meus olhos focam duas pessoas.

Uma é Anderson.

A outra, alguém que não reconheço.

É um loiro corpulento, com cabelos raspados e olhos insensíveis. Parece-me vagamente familiar. E está parado ao lado de Anderson com um sorriso sórdido no rosto, as mãos à frente do corpo.

Bate palmas.

Só uma vez.

Sou arrancada do chão e lançada de novo contra a parede.

Ondas sonoras.

São *ondas de pressão*, percebo.

Anderson encontrou um brinquedo para chamar de seu.

Balanço a cabeça e tento limpar outra vez meus pensamentos, mas as pancadas agora vêm cada vez mais rápidas. Mais duras. Mais intensas. Tenho que fechar os olhos para evitar a pressão das pancadas e tento engatinhar, quebrando desesperadamente as tábuas do chão enquanto faço o meu melhor para me agarrar a alguma coisa.

Outra pancada.

Dura, na cabeça.

É como se ele causasse uma explosão toda vez que bate palmas, e o que está me matando não é a explosão. Não é o impacto direto. É a pressão liberada de uma bomba.

Repetidas e repetidas vezes.

Sei que só sou capaz de sobreviver a isso porque sou forte demais.

Já Kenji..., penso.

Kenji deve estar em algum lugar nesta sala. Foi ele quem chamou meu nome, quem tentou me avisar. Deve estar aqui, em algum lugar, e, se eu quase não estou conseguindo sobreviver, ele deve estar muito pior.

Deve estar muito pior.

Muito pior.

Esse medo é o bastante para mim. Vejo-me fortalecida com um tipo novo de força, uma intensidade desesperada, animalesca, que me domina e me força a me levantar. Consigo permanecer em pé diante de cada impacto, cada golpe que sacode minha cabeça e ecoa em meus ouvidos.

E eu ando.

Um passo de cada vez, eu ando.

Ouço um tiro. Três. Cinco outros. E percebo que todos estão apontados na minha direção. Balas na direção do meu corpo.

O loiro se mexe. Afasta-se. Tenta se livrar de mim. Vai aumentando a frequência de seus tiros, esperando me tirar do curso, mas já vim longe demais para perder essa luta. Nem consigo pensar agora, sequer estou lúcida. Concentro-me unicamente em alcançá-lo e silenciá-lo para sempre. Não tenho ideia de se conseguiu matar Kenji. Não tenho ideia se estou prestes a morrer. Não tenho ideia de quanto tempo mais posso suportar isso.

Mas tenho que tentar.

Um passo mais, digo a mim mesma.

Mexa a perna. Agora o pé. Dobre o joelho.

Você está quase lá, digo a mim mesma.

Pense em Kenji. Pense em James. Pense nas promessas que você fez àquele garoto de dez anos, digo a mim. *Leve Kenji para casa. Leve a si mesma para casa.*

INCENDEIA-ME

Ele está ali. Bem à sua frente.

Estendo a mão, como se quisesse fazê-la atravessar uma nuvem, e levo meus dedos em volta de seu pescoço.

Aperto.

Aperto até as ondas sonoras pararem.

Ouço alguma coisa estalar.

O loiro cai no chão.

E eu tenho um colapso.

Setenta e três

Anderson está pairando sobre mim agora, apontando uma arma para o meu rosto.

Ele atira.

Outra vez.

Uma vez mais.

Fecho os olhos e mergulho em minhas profundezas em busca do que me resta de força porque, de alguma maneira, algum instinto dentro do meu corpo continua gritando para que eu permaneça viva. Lembro de Sonya e Sara me dizendo uma vez que nossas energias podiam ser esgotadas, que elas estavam tentando produzir remédios para ajudar com esse tipo de coisa.

Eu queria ter esse tipo de remédio agora.

Pisco os olhos na direção de Anderson, vejo seu corpo tomando forma em meu campo de visão. Está parado logo atrás da minha cabeça, a ponta de seus coturnos lustrosos tocando o topo do meu crânio. Não consigo ouvir muito, só os ecos reverberando em meus ossos, não consigo ver nada além das balas chovendo à minha volta. Ele continua atirando, continua descarregando sua arma em meu corpo, esperando o momento em que eu não conseguirei mais suportar.

Estou morrendo, parece. Devo estar. Pensei que eu soubesse como era morrer, mas acho que estava errada. Porque aqui estamos falando de um morrer completamente diferente. Um tipo totalmente díspar de dor.

Mas imagino que, se eu tiver que morrer, posso fazer uma última coisa antes de ir.

Estendo as mãos. Seguro os tornozelos de Anderson. Aperto.

E, com minha mão, amasso seus ossos.

Seus gritos perfuram a névoa da minha mente, perfuram tempo suficiente para trazer o mundo de volta ao foco. Estou piscando rápido, olhando em volta e sendo capaz de enxergar com clareza pela primeira vez. Kenji está com o corpo curvado em um canto. O rapaz loiro, no chão.

O corpo de Anderson enfim é separado de seus pés.

De repente, meus pensamentos estão mais nítidos, como se eu estivesse no controle novamente. Não sei se é isso que a esperança faz com uma pessoa, se ela realmente tem o poder de trazer alguém de volta à vida, mas ver Anderson se contorcendo no chão faz algo comigo. Me faz pensar que ainda tenho uma chance.

Ele grita tanto, vai cambaleando para trás e se arrastando com os braços pelo chão. Soltou a arma, claramente sentindo uma dor intensa demais, petrificado demais para continuar segurando-a, e posso ver a agonia em seus olhos. A fraqueza. O terror. Só agora está entendendo o horror do que está prestes a lhe acontecer. De como tinha que lhe acontecer. Que foi destruído, transformado em nada por uma menininha que, ele mesmo dissera, era covarde demais para se defender.

E é então que percebo que ele está tentando me dizer alguma coisa. Está tentando conversar. Talvez esteja implorando. Talvez esteja chorando. Talvez esteja implorando por misericórdia. Mas nem estou mais ouvindo.

Não tenho absolutamente nada a dizer.

Levo a mão para trás, puxo a minha arma para fora do coldre.

E atiro em sua testa.

Setenta e quatro

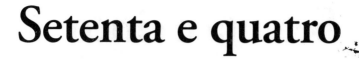

Duas vezes.
Uma por Adam.
E uma por Warner.

Setenta e cinco

Enfio a arma de volta no coldre. Vou até o corpo de Kenji, enfraquecido, mas ainda respirando, e o coloco sobre meu ombro.

Derrubo a porta com um chute.

Vou andando direto de volta ao corredor.

Dou um chute na porta para entrar no quarto de Sonya e Sara, e solto Kenji na cama.

— Curem-no — peço, agora arfando com dificuldade. — Por favor, curem-no.

Caio de joelhos.

Sonya e Sara imediatamente entram em ação. Não falam nada. Não choram. Não gritam. Não se separam. Começam a trabalhar imediatamente, e acho que nunca na vida as amei mais do que as amo neste momento. Elas o deitam com o corpo reto sobre a cama, Sara de um lado, Sonya de outro, e levam suas mãos primeiro à cabeça de Kenji, depois, ao seu coração.

E vão se alternando para forçar a vida de volta a partes diferentes do corpo, até Kenji começar a se movimentar, olhos brilhando, mas ainda fechados, cabeça para trás e para a frente.

Estou começando a me preocupar, mas sinto medo demais, estou cansada demais para me mexer, mesmo que apenas um centímetro.

Finalmente eles se afastam.

Os olhos de Kenji ainda não se abriram.

– Deu certo? – pergunto, com medo demais da resposta.

Sonya e Sara assentem.

– Ele está dormindo – dizem.

– Vai melhorar? Vai se recuperar totalmente? – pergunto, agora desesperada.

– Esperamos que sim – Sonya diz.

– Mas vai passar alguns dias dormindo – Sara explica.

– Os ferimentos são muito profundos – as duas falam em uníssono. – O que aconteceu?

– Ondas de pressão – conto, minhas palavras saindo em um sussurro. – Para dizer a verdade, não sei como ele sobreviveu.

Sonya e Sara estão olhando para mim, ainda esperando.

Forço-me a ficar em pé.

– Anderson morreu.

– Você o matou – elas sussurram.

Não é uma pergunta.

Faço que sim.

Elas estão me encarando, de queixo caído, impressionadas.

– Vamos – digo. – Essa guerra acabou. Temos que contar aos outros.

– Mas como vamos sair? – Sara questiona.

– Tem soldados por todos os lados – Sonya aponta.

– Não tem mais – conto.

Sinto-me cansada demais para explicar, mas muito grata por sua ajuda. Por elas existirem. Pelo fato de ainda estarem vivas. Ofereço um pequeno sorriso antes de me aproximar da cama e arrastar o corpo de Kenji sobre o meu. Seu corpo está curvado em minhas costas, um dos braços jogados por sobre o ombro esquerdo, o outro dependurado à minha frente. Meu braço direito segura suas pernas.

Sustento-o em meus ombros.

– Prontas? – arrisco, olhando para as duas.

Elas assentem.

Passamos pela porta e eu as vou guiando pelos corredores. Por um momento, chego a esquecer que não tenho ideia de como sair deste navio. Mas os corredores não têm vida. Todo mundo está ferido, inconsciente ou longe daqui. Desviamos dos corpos caídos, empurramos braços e pernas para fora do nosso caminho. Só sobrou a gente.

Eu, carregando Kenji.

Sonya e Sara, vindo logo atrás.

Finalmente encontro uma escada. Subo. Sonya e Sara seguram o peso de Kenji e eu me abaixo para erguê-lo. Temos que fazer isso três outras vezes antes de chegarmos ao deque, onde eu o jogo por sobre o meu ombro pela última vez.

E então andamos, em silêncio, pelo navio abandonado, pelo píer, até chegarmos em terra firme. Dessa vez, não me importo em roubar tanques. Não me importo em ser vista. Não me importo com nada que não seja encontrar meus amigos. E colocar um ponto final nesta guerra.

Tem um tanque do exército abandonado na lateral da estrada. Vejo como está a porta.

Destrancada.

As meninas entram e me ajudam a colocar Kenji em seus colos. Fecho a porta. Tomo o banco do motorista. Pressiono o polegar no leitor para iniciar o motor, sinto gratidão por Warner nos ter dado acesso ao sistema.

E só então lembro que não sei dirigir.

Provavelmente seja bom eu estar dirigindo um tanque.

Não presto atenção na sinalização ou nas ruas. Vou guiando o veículo para a lateral da estrada e de volta ao coração do setor, na direção de onde sei que viemos. Piso forte demais no acelerador, piso forte demais no freio, mas minha mente está em um lugar onde nada mais tem importância.

Eu tinha um objetivo. O primeiro passo foi cumprido.

E agora cuidarei disso até o fim.

Deixo Sonya e Sara na base e as ajudo a levar Kenji para fora do veículo. Aqui, eles estarão seguros. Aqui, poderão descansar.

Mas ainda não chegou a minha vez de parar.

Vou seguindo direto para a base militar, subo de elevador até chegarmos onde lembro que descemos para a primeira reunião. Vou batendo porta atrás de porta, indo direto para fora, para o pátio, onde subo até chegar ao topo. A trinta metros de altura.

Onde tudo começou.

Tem uma sala para o técnico aqui, um sistema de manutenção para os alto-falantes que se espalham por todo o setor. Lembro-me disso. Agora lembro de tudo isso, muito embora meu cérebro esteja entorpecido e minhas mãos ainda tremam e um sangue que não pertence a mim escorra por meu rosto e pescoço.

Mas esse era o plano.

Eu tenho que concluir o plano.

Digito violentamente a senha no teclado e espero ouvir o clique. A saleta do técnico se abre. Avalio os diferentes fusíveis e botões e giro aquele que diz *Todos os alto-falantes* e respiro fundo. Aperto o botão do intercomunicador.

– Atenção, Setor 45 – comunico, as palavras ásperas e altas em meu ouvido. – O comandante supremo do Restabelecimento está morto. A capital se rendeu. A guerra acabou. – Agora estou tremendo intensamente, meus dedos quase soltando o botão, por mais que eu tente mantê-lo apertado. – Repetindo: O comandante supremo do Restabelecimento está morto. A capital se rendeu. A guerra terminou.

Acabe logo com isso, digo a mim.

Acabe com isso agora mesmo.

– Eu sou Juliette Ferrars e vou guiar esta nação. Desafio qualquer um a se posicionar contra mim.

Setenta e seis

Dou um passo para a frente e minhas pernas tremem, ameaçam ceder e quebrar sob o meu corpo, mas eu me forço a continuar em movimento. Forço-me a passar pela porta, a descer pelo elevador, a sair, a ir ao campo de batalha.

Não demoro muito para chegar lá.

Há centenas de corpos, massas de pessoas ensanguentadas no chão, mas ainda há centenas de outras em pé, mais vivas do que eu jamais esperaria. A notícia se espalhou mais rápido do que eu imaginei. É quase como se eles soubessem já há algum tempinho que a batalha acabou. Os soldados que sobreviveram no navio de Anderson estão ao lado dos nossos, alguns ainda ensopados, congelando até os ossos nesse tempo polar. Devem ter encontrado seu caminho para a encosta e compartilhado a notícia de nosso ataque, da morte iminente de Anderson. Todos analisam os arredores, encaram uns aos outros em choque, olham para as próprias mãos ou para o céu. Outros continuam analisando as massas de corpos em busca de amigos e familiares, alívio e medo estampados em seus rostos. Seus corpos cansados não querem continuar assim.

As portas dos galpões foram abertas e os civis sobreviventes estão saindo, correndo para fora para se reencontrarem com entes queridos, e, por um momento, a imagem é tão terrivelmente horrível e tão terrivelmente linda que não sei se devo chorar de dor ou de alegria.

Simplesmente não choro.

Vou andando para a frente, forçando meus membros a se movimentarem, implorando a meus ossos que permaneçam firmes a me levarem até o fim deste dia e pelo resto da minha vida.

Quero ver meus amigos. Preciso saber se estão bem. Preciso de uma confirmação visual de que estão bem.

Mas, assim que chego perto da multidão, os soldados do Setor 45 perdem o controle.

Os ensanguentados e agredidos em nosso campo de batalha gritam e vibram, apesar da mancha de morte sobre a qual estão em pé, saudando-me enquanto passo por eles. E, enquanto olho em volta, dou-me conta de que agora eles são *meus* soldados. Eles confiaram em mim, lutaram comigo e ao meu lado, e agora eu vou confiar neles. Eu vou lutar por eles. Essa foi a primeira de muitas batalhas. Haverá muitos outros dias assim.

Estou coberta de sangue, minha roupa especial foi rasgada e perfurada por lascas de madeira e estilhaços de metal. Minhas mãos tremem tanto que nem as reconheço mais.

E, mesmo assim, eu me sinto tão calma.

Tão inacreditavelmente calma.

Como se a profundidade do que acabou de acontecer ainda não tivesse me atingido.

INCENDEIA-ME

É impossível não tocar nos braços e mãos estendidos conforme cruzo o campo de batalha e, para mim, é muito estranho não tremer, é estranho não esconder minhas mãos, não ter medo de feri-los.

Eles podem me tocar se quiserem. Pode ser que doa um pouco, mas minha pele não vai mais matar ninguém.

Porque nunca mais vou deixar isso acontecer.

Porque agora sei controlar.

Setenta e sete

Os complexos são lugares estéreis, sem vida, penso conforme passo por eles. Esses lugares são a primeira coisa a cuidar. Nossas casas devem ser reconstruídas, restauradas.

Precisamos começar outra vez.

Subo pela lateral de uma das casas do complexo. Subo também no segundo andar. Estendo a mão, apoio-a no telhado e me empurro ali para cima. Chuto o painel solar, desligando-o, e me ajeito em cima dele, bem no meio, enquanto olho para a multidão.

Em busca de rostos familiares.

Na esperança de que me vejam e se aproximem.

A esperança.

Permaneço no teto desta casa pelo que parecem ser dias, meses, anos, e não vejo nada além de rostos de soldados e suas famílias. Nenhum dos meus amigos.

Eu me sinto oscilando, a vertigem ameaçando me dominar, meu pulso acelerado, forte. Estou pronta para desistir. Já fiquei aqui tempo suficiente para as pessoas apontarem, para minha imagem ser reconhecida, para a notícia de que estou aqui se espalhar, para alguma coisa acontecer. Alguém aparecer. Qualquer pessoa.

Estou prestes a voltar à multidão, a começar a buscar em meio aos corpos caídos, quando a esperança rasga meu coração.

Um a um eles saem de todos os cantos, do interior dos galpões nos complexos. Ensanguentados e feridos. Adam, Alia, Castle, Ian, Brendan e Winston, todos vêm em minha direção só para se virarem e esperar os outros chegarem. Winston está chorando.

Sonya e Sara arrastam Kenji para fora do galpão, dando passos pequenos enquanto o carregaram. Vejo que agora meu amigo está de olhos abertos, só um pouquinho. Kenji, sempre teimoso, tão teimoso. É claro que está acordado quando devia estar dormindo.

James vem correndo na direção deles.

Tromba com Adam, segura suas pernas. E Adam ergue seu irmãozinho nos braços, sorrindo como eu nunca o vi sorrir antes. Também com um sorriso enorme estampado no rosto, Castle assente para mim. Lily me manda um beijo. Ian faz um movimento estranho com a mão, simbolizando uma arma, e Brendan assente. Alia nunca pareceu mais jubilosa.

E eu estou olhando para eles, meu sorriso estável, mantido por nada além da minha força de vontade. Ainda estou encarando, esperando meu último amigo aparecer. Esperando que ele nos encontre.

Mas ele não está aqui.

Vou avaliando as milhares de pessoas espalhadas por essa área gelada, tão gelada, e não o vejo em lugar nenhum e o terror desse momento chuta meu estômago até eu ficar sem fôlego e sem esperança, piscando rapidamente os olhos e tentando manter a sanidade.

O telhado de metal debaixo do meu pé está tremendo.

Viro-me na direção do barulho com o coração batendo acelerado, e vejo uma mão tocando o telhado.

Setenta e oito

Ele sobe no telhado e vem até mim tão tranquilamente. Calmo, como se não tivéssemos planejado para hoje nada além de ficar parados aqui, juntos, olhando para um capô de corpos mortos e crianças felizes.

— Aaron — sussurro.

Ele me puxa em seus braços.

E eu caio.

Cada osso, cada músculo, cada nervo em meu corpo se desfaz ao seu toque, e eu me agarro a ele como se dependesse disso para salvar minha vida.

— Você sabe que... — ele sussurra, seus lábios em meu ouvido. — Que o mundo todo vai vir atrás da gente agora.

Eu relaxo, olho em seus olhos.

— Mal posso esperar por vê-los tentar.